ケータイ小説語考

私語りの会話体文章を探る

泉子・K・メイナード 著

明治書院

まえがき

筆者は常に変化し続ける日本語の姿を理解したいという気持ちで、いろいろなジャンルの日本語を観察・分析・考察してきた。日本語はどこへ行くかという疑問とともに、特に若者が日常使用する日本語にも目を向けてきた。現代の日本語を稚拙、乱暴無礼、軽薄であるとして、その変化を嘆く知識人もいる。しかし、言語とは、そもそも時代とともに変化する生き物であり、その変化を止めることはできない。筆者は、変化する言語にはそれぞれの表現性があり、その姿を安易な価値観に惑わされることなく理解する必要があると思っている。

筆者は2012年に出版された『ライトノベル表現論：会話・創造・遊びのディスコースの考察』で、ライトノベルという現代日本の言語文化現象を分析した。今回はケータイ小説という言語世界を考察の対象としたい。

ケータイ小説はライトノベルと同様若者に人気のある文芸であるが、独特の特徴をも持ち合わせている。ライトノベルが主に中・高生から30代、40代にわたる男性オタク系読者に支えられているのに対し、ケータイ小説はケータイ画面及び書籍化した作品を通して、主に女子中・高生、30代までの女性の間で読まれる。ライトノベルがプロ作家によるマルチメディア展開を含む市場を形成しているのに対し、ケータイ小説は多くの場合、小説をあまり読んだこともないし書いたこともないという素人の女性によってケータイサイトに投稿される。マルチメディア展開もあるが、ライトノベルのように主流を占めることはない。

作品傾向においても差異が認められる。ライトノベルがセカイ系で、キャラクター中心の文芸であるのに対し、ケータイ小説はむしろキャラクターを超えて、ワタシ系とも言える自分の世界中心の告白調の文芸である。また使われる言語に関しても、ケータイというコミュニケーション・ツールを媒介として創造され消費される小説であることの影響もあり、そこには他のジャンルと違う特徴が見られる。

2000年代に入り、投稿・閲覧、そして書籍化されたケータイ小説の愛読という行為を通して、ケータイ小説というジャンルは日本の言語文化の一部を形成するようになった。今回、筆者は書籍化されたケータイ小説の中から代表的な作品を選び、それらに焦点を当て、ケータイ小説に観察される表現や文体を「ケータイ小説語」として、その特徴は何かを追っていくことにする。本来、ケータイ小説は、ケータイ小説サイトで閲覧するものであるが、書籍化された作品はそれなりの人気に支えられたものであり広範囲の読者に読まれていることから、ケータイ小説語を分析するデータとして有効である。また、ケータイ小説サイトの作品は記録保持性に欠ける面があり、分析上の利便性や安定性を考慮して、書籍化された作品を分析の対象とすることにした。

ケータイ小説語を考察するにあたり、基本的な特徴として「私語り」と「会話体文章」をあげたい。私語りの作品は従来の一般的な「物語」より特殊化され、あくまで私から見た世界、私の経験した日常・非日常、私が深く感じた感情、を基軸に描かれる。ワタシ系の作品は、それが時として一人相撲のようなひとり会話であることも含めて、あたかも会話をしているような様相を帯びる。書き言葉の文章ではあっても、そこには話す「声」が聞こえる。そのような会話性に溢れた会話体文章は、筆者がライトノベルの文体を捉えるために提案したものであるが、ケータイ小説にも当てはまる。

現在ケータイ小説サイトには、投稿数の多い「魔法のｉらんど」と「野いちご」だけでも290万を超えるケータイ小説がアップされていて、それを無料で閲覧することができる。そして、毎日新しい小説が更新され、加えてスターツ出版などを中心に数多く書籍化されている。その膨大な日本語のディスコースには、現代の日本語の使用法が見てとれ、また、その考察は日本語の姿をより深く理解することに繋がるものと思う。

本書では、ケータイ小説語の特徴を幾つかあげた上で、私語りの構造、私語りのナラティブ・スタイル、私語りのレトリック、の３つの側面に焦点を当てる。最終章では恋愛といじめというケータイ小説のふたつの大きなテーマに関連して、私語りとサバイバル意識について考える。

本書では、ケータイ小説というジャンルの分析のみならず、ケータイ小説がなぜ書かれなぜ読まれるのか、それは現代の日本の文化や社会とどう関連しているのかを探る。そして最終的には変化しつつある日本語がどのように使われ、どんな意味を可能にするのか、根本的には日本語とはどういう言語かというテーマに繋げて考えていきたい。

今回のプロジェクトにあたり、日本語の資料や多くのケータイ小説が必要になり、ラトガース大学アレキザンダー図書館東アジアコレクションの関係者の方々、特に、Tao Yang さんと Li Sun さんに大変お世話になった。特別注文などにも早急に対処していただき、ほんとうにありがとうございました。

本書の出版にあたり、明治書院の久保奈苗さんに大変お世話になった。2012年に出版された『ライトノベル表現論』に続き、いつも適切なアドバイスとあたたかい言葉を送り続けてくださること、心から感謝します。ありがとうございました。

2013年夏

ニュージャージー州、ハイランドパークにて

ＳＫＭ

目 次

第1章 ケータイ小説の世界

1.1 なぜケータイ小説か

1.1.1 ケータイ小説とは

ケータイ小説とは、その名の通り、ケータイ電話での閲覧を前提にした専用ウェブサイトに掲載される文芸作品である。つまり「携帯端末から小説を配信し、携帯端末で読むという、新しいメディアを利用した小説配信の形式」（吉田 2008:3）である。

モバイルデバイスは従来のケータイ電話から、より画面の大きいスマートフォンにシフトしたが、本書ではスマートフォンを使用して創作・投稿・閲覧する小説の一部にもケータイ小説として捉える現象が当てはまるものとする。「魔法のｉらんど」などのケータイ小説サイトは、もともとケータイに限らずPCからのアクセスも可能であったし、スマートフォンに対応するアプリも提供されている。筆者はケータイ小説を広義に捉えるのだが、本書で分析の対象となるケータイ小説に限り、「モバイル機種を通して最初ケータイ小説サイトなどのウェブ上にバーチャルに存在し、人気のある作品として紙の本として出版される作品群のディスコース」を指して使うことにする。

ケータイ小説サイトは、2000年以来、中心ユーザーである女子中・高生によって、絶大な支持を受け続けている。黒川（2008）は、ケータイ小説についてそれが「ケータイでつづられた等身大のストーリー」（2008:6）であることを強調しているが、ケータイ小説はまさに、若い女性たちによる女性たちのための世界を創り出している。

ケータイ小説サイトで人気が出た作品は、ユーザーの希望もあり、単行本や文庫として出版、さらには映画化、テレビドラマ化されるなどのメディア展開を見せるものもある。こうして印刷物として入手できるようになったケータイ小説は、2007年に出版界を驚かせることになる。トーハンが発表した文芸書のベストセラーリストにおいて、書籍として出版されたケータイ小説が上位３位を占めたからである。しかも、10位以内に５作品がランクインしたのである。

１位は、ケータイ小説で最大の注目を集めた美嘉の『恋空　～切ナイ恋物語～』（以後、『恋空』と略す）、２位はメイの『赤い糸』、３位は美嘉の『君空』、５位は凛の『もしもキミが。』そして７位は稲森遥香の『純愛』であった（杉浦 2008:23-24）。2007年のこの現象を契機に、ケータイ小説が一般の読者に意識されるようになり、それまで女子中・高生に人気のあったマイナーなジャンルに過ぎなかったものが、ウェブサイトでの投稿・閲覧という現象だけでなく、広く書籍としても社会に知られるようになった。

ケータイ小説サイトは、2007年以後も人気を保ってはいるものの、単行本が一般の文芸書のベストセラーとなることはなくなった。ケータイ小説現象は2007年から2008年にかけてピークを迎えたと言えるが、一時期のブームは沈静化したものの、現在もケータイ小説サイトの投稿・閲覧が盛んなだけでなく、単行本や文庫本として書籍化され続けていて、その人気は衰えていない。

書籍となったケータイ小説の数が増加するにつれ、ケータイ小説は書き言葉のジャンルのひとつとして扱われるようになってきている。また読者層についても、現在は10代から20代、30代に拡がっていて、ケータイ小説というジャンルが現在の日本の言語文化の一部を成していることは否定できない。

1.1.2　ケータイ小説賞

ケータイ小説の人気を反映するひとつのバロメーターとして、ケータイ小説を対象にした賞がある。ここでは、代表的なふたつの賞に触れておきたい。

まず、日本ケータイ小説大賞であるが、これは2006年に創設され、2012年３月には第６回大賞受賞作が発表されている。受賞作品はケータイ小説サイト「野いちご」に連載されたケータイ小説の中から、ケータイ小説作家やメディア関係者からなる数人の審査委員によって選ばれる。

第1回から第6回までの大賞受賞作品は次のとおりであるが、これらはすべて書籍化されていて、いずれもケータイ小説の読者ならおなじみのものである。

第1回　十和　『クリアネス』
第2回　reY　『白いジャージ　～先生と私～』
第3回　kiki　『あたし彼女』
第4回　繭　『風にキス、君にキス。』
第5回　櫻井千姫　『天国までの49日間』
第6回　水野ユーリ　『あの夏を生きた君へ』

第6回日本ケータイ小説大賞の選考結果について、Livedoor ニュース（2012）から入手した情報を簡単にまとめておこう。

大賞（賞金100万円）受賞作品は、群馬県在住の水野ユーリ（23才）による『あの夏を生きた君へ』であり、受賞作の発表と同時に単行本として出版された。第6回は「勇気」がテーマであって、応募総数は3,248作品であった。大賞の他に、優秀賞、TSUTAYA 賞、特別賞などがあり、今回の受賞者は20代から30代の女性（主婦・会社員などを含む）であった。

もうひとつの賞としてあげておきたいのは、ｉらんど大賞のケータイ小説部門賞である。この賞はケータイ小説サイト「魔法のｉらんど」に連載された作品の中から、読者の反響、具体的にはアクセス数を中心とした採点で決められる。2011年の第4回ｉらんど大賞最優秀賞には、岬の『お女ヤン!!　イケメン☆ヤンキー☆パラダイス』が選ばれている。

このようにケータイ小説は小説家と読者だけでなく、出版社、メディア関係企業をも動員してひとつの流れを作っているのである。

1.1.3　ケータイ小説の批判と評価

2007年にケータイ小説が出版界に衝撃を与えた頃から、ケータイ小説についてネガティブな、またはむしろポジティブなコメントが評論界を賑わすようになった。

まず、ネガティブなものの代表は、朝日新聞（2008）に掲載された島田雅彦の意見である。島田は、asahi.com に掲載された記事で、朝日新聞朝刊で連載が始まる自らの作品『徒然王子』を朝日新聞のケータイサイト『朝日・日刊スポーツ』で同時掲載することを発表した。島田は、ケータイ小説は「おじさんにとって読むに堪えない」ものであるとし、ケータイ小説に対する挑戦として自分の作品をケータイサイトに載せることにしたとのことである。島田の言葉を借りよう。

携帯電話の限られた画面の向こうに等身大の自分や人間がいるという環境。これで爆発的に広がったのだろう。ただ、会話でたたみかけていくケータイ小説の書き方はいまに始まったことではない。東海道中膝栗毛など、江戸時代の滑稽（こっけい）本とか、シモネタ満載の読んで楽しいエンターテインメントがいっぱいあった。そもそもケータイ小説の情報量は少ないなと思う。漫画から絵を抜いて、吹き出しの会話だけにしたのがケータイ小説。ひとつのジャンル分けをしていいのかどうか、いまも疑問がある。川端康成の小説は読んでみると、同じようにスカスカ。すんなり、誰でも読める小説。だが、それでいて、ある種の凄（すご）みがある。そこが違う。

ケータイ小説は凄味のないスカスカ文章だという酷評である。

宮台（2009）もネガティブなコメントをしている。ヤンキー文化に関する対談で述べたもので、次のようにケータイ小説はコンピュータ・プログラムを使って書けてしまうと評している。

ケータイ小説の特徴は簡単で、「関係性」よりも「事件」ということですね。とりあえず非日常的な「事件」が次々起こる。そのたびに「気持ちはわかる」と言ってくれるやつがいて、それに感激する。そこには「関係性」が描かれていないので、年長世代には小説ではないと感じられます。「関係性」は入れ替え不可能な履歴を形作りますが、「事件」は何でもいいし、慰めてくれるやつがいれば誰でもいいので、「関係性」を紡げなく

なった人たちにとっては非常にアクセプタブル（受け入れが容易）なものになっていくわけですよね。(2009:23)

そしてさらに、続ける。

いまの子は「関係性」を提示されると、わからないか、拒絶されたと感じるか、どちらかなんですよ。「関係性」に縁のない読者がノレるのは、レイプとか、流産とか、彼氏が警察に捕まるとかの、非日常的で悲劇的な「事件」だけなんですね。で、「事件」のせいで落ち込んでいると誰かがわかってくれるという繰り返し。人間が書かなくてもコンピュータ・プログラムを使って書けてしまう内容ですね。(2009:24)

一方、ケータイ小説に対してポジティブな思いを寄せる者もいる。例えば、七沢（2008）は、「ネット社会の負の影響を受けながらも、ケータイ小説は『共感』を糧に、あたかもグループセラピーのように、心と心が結びつくコミュニティ、新たな共同体を形成してきた」(2008:18-19）と述べ、今まで人口のわずか数%程度の限られた人々に書かれてきた小説が、多くの人に開けることで「ケータイが表現メディアとして大衆化することでもたらされる“文化のニューウェーブ”への期待が私の中で高まっている」(2008:20-21）と記している。

ケータイ小説は文学か、というテーマを扱った石原（2008）も、ポジティブな見方をしている。そもそも文学かと高い位置から問うことに疑問を投げかけ、次のように述べている。

「ケータイ小説は『文学』か」という議論はほとんど無意味ではないだろうか。自ら「小説」と名乗って「小説」に似せて書かれている以上は、そしてすでに書店で書籍の形で売られている状況を考えれば、「文学」としか言いようがないだろう。「二〇〇七年の文芸書年間ベスト五位のうち、四点までがケータイ小説だった」という統計結果の括り方が多くのメディアで流通している現実は、すでに社会がケータイ小説を「文学」と認めたことをよく示している。「ケータイ小説などは文学ではない」と感じるのは、好みの問題か差別の問題だ。(2008:18)

ケータイ小説が文学か、という問いこそがすでに差別なのだと言っているのであり、ここには、従来の文学界への批判が感じられる。そして石原は、あとがきで次のように綴っている。

書き方の新しさだけでなく、物語の新しさを見つけられない限り、文学に新しいシーンを描くことはできない。もっとも、ケータイ小説作家は新しい物語など書こうとは思っていないだろうし、ケータイ小説の読者も新しい物語を求めているわけではないだろう。反社会的なエピソードが連ねられていても、最後に来るのは「安心」である。そういう「少女による少女のための中間小説」というポジションが、いまのケータイ小説である。それでも僕は、ケータイ小説に可能性を読もうと試みた。ケータイ小説の読者も何か言葉にできない新しさを感じているのではないだろうか。それは「祈り」のようなものではないかと思っている。(2008:125)

ケータイ小説は、読むに堪えないという立場も、人間が書かなくてもいいというようなコメントも、ケータイ小説に新しさを感じ将来の可能性を祈るのも、それはコメントする側の勝手である。しかし、最終的には、文学・文芸というものがエリートの判断に委ねられるのではなく、創造し消費する人々（ここではケータイ小説の作者や読者）にとって何なのか、を問わなければなるまい。筆者は、ケータイ小説がある年代の人々に理解できる・できないものであるかどうか、またそれが文学であるかどうかという批評論上の議論はあまり大切ではないように思う。現実として存在するケータイ小説のディスコースを観察・分析・考察することなしに、文学論の視点から自論を繰り広げることは余り有意義ではないとしか思えない。

筆者の立場は、どちらかというと、中村・鈴木・草野（2008）に近い。

「ケータイ小説は『作家』を殺すか」というセンセーショナルな題のついたこの鼎談で、まず、中村はケータイ小説は今までの小説の代わりではないこと、むしろ、J-Popやマンガの代わりであり「浪花節」なのだと言う。そしてケータイ小説が基本的に共感に支えられていることを指摘する。

同様に、鈴木はケータイ小説は実体験を通しての共感を呼ぶための装置みたいなものだとし、それが今まで既存の作家や出版社が発見できなかったニーズを発掘して市場を獲得したのだと述べている。そして、物語が、「いろいろあったけど、今の私はここにいる」というJ-Popの歌詞、特に浜崎あゆみの歌詞に似ていて、作品の中では「今」がどんどん塗り替えられ、しかも、それがぶつ切りで断片的、飛ばしても読めるような形式となっていると指摘する。さらに、「『ケータイ小説』に描かれているのは、携帯というフィルターを通して見た自分の生きてる世界なんじゃないか、という感じはちょっとします」（中村・鈴木・草野 2008:205）と述べていて興味深い。

鼎談の最後「ケータイ小説の未来を語る」という部分では、鈴木の次の言葉が印象的である。

> （略）ケータイ小説がもっと批評で取り上げられていいんじゃないかと僕は思います。それは単に「ケータイ小説」を褒めるってことじゃなくて、表現として既存の小説と別の可能性があるのかどうかを検討していく作業ですね。（中村・鈴木・草野 2008:208）

そして中村は、「今の『ケータイ小説』を無理に既存の小説に近づけるのはあまりおもしろくない」し「変な方向に伸びてるものを、そのまま伸ばして小説の可能性を広げていくことがあればいいな」（中村・鈴木・草野 2008:208）という気持ちを表現している。筆者も同様、ケータイ小説の中に自由で新しい文芸の可能性を期待したい。

ちなみに時代の変化とともに文化のコンテンツ全体が変容し、創造される作品の内容も変化するという考え方にShirky（2011）がある。Shirkyはグーテンベルグによる印刷革命の歴史を追いながら、インターネットの世界がそれに勝るとも劣らない大きな革命を起こしていることを指摘する。印刷技術が広く行き渡ることとなったヨーロッパでは、それだけコンテンツの質が落ちた。それまで稀であったものが、大量生産されることで豊かになり、その豊かさゆえに全体の質が下がったのである。しかし、最初は実験的だとされた作品が、時間が経つにつれ実を結ぶこともあった。

同様に、インターネットを通じて誰もが簡単に、多くの場合無料で、参加できる創造的な活動には、質的にいろいろなレベルのものがあり玉石混交状態なのであろう。しかし、その中から新しい文芸や文学が生まれる可能性は大いにある。ケータイ小説という実験的冒険も、新しい視点から見れば異なった評価が得られるのだろうし、そういう従来の視点を超えた批評が必要になる。いつの世も、目新しい文芸や芸術は猜疑心を持って扱われるものなのである。

筆者は、ケータイ小説は一種の大衆芸能的なものであり、それを侮ったりむやみに褒めたりセンセーショナルに大袈裟にメディアに載せることで終わることのないよう、もっと真剣に作品のディスコースを考察する必要があると思っている。

1.1.4 分析対象としてのケータイ小説

ここ10年、日本の評論家たちは、アニメやマンガのみならずライトノベルなどをポピュラーカルチャーとして評論の対象としてきたが、ケータイ小説も大衆文芸として否定できない文化現象となってきている。ケータイ小説は文化ではないという見方もなきにしもあらずであるが、文化とは所詮、それにアクセスする人々が決めるものであろう。少なくともケータイ小説の作者や読者の視点からは、ケータイ小説はひとつの文化として存在する。

これまでポピュラーカルチャーの中でライトノベルが話題になってきたのは、それが男子中・高生や多くは男性であるオタクたちの視点から論じられたことがひとつの要因になっているように思う。ケータイ小説は、話題になった時期においては、少女たちによって少女たちのために書かれた文芸と認識されていたため、ともすればその作品が稚拙だと批判され、詳細な分析のないままないがしろにされる傾向にあった。また、ライトノベル読者からは、敵対視される動向も見られた。

本書ではあえてケータイ小説を分析の対象とすることで、そのようなアンバランスを是正することを試みたい。ケータイ小説の研究は、メインストリームの談話分析から取り残された日本語の姿を追うことになるのだが、それだけに興味の沸くものでもある。

本書では、ケータイ小説の作品群を日本語の談話現象のひとつとして分析し、ケータイ小説に使われる日本語やその文体を「ケータイ小説語」として、その本質や特徴を理解していく。日本語表現の使われ方、それがどんな意味を可能にするか、根本的には日本語はどういう言語文化を創っているか、という問いかけも試みる。

ここで、本書はいわゆるハウ・ツーものではないことを断っておかなければならない。筆者は本書で、ケータイ小説をどう書くかという指南書的な内容を提示することを直接の目的とはしていない。ただ、ケータイ小説語の特徴を知ることで、そのレトリックや創造性を理解し創作のヒントとすることは可能であり、そのような意味でも利用していただければと思う。

1.2　概観：ケータイ小説の文章法

ケータイ小説の文体・文章法については、既に数々の指摘があるので、ここで幾つかまとめておこう。

1.2.1　ケータイ小説の文体

内藤（2008）は、ケータイ小説の指南書と言える『ケータイ小説書こう』という著書で、ケータイ小説と普通の小説を比較し、ケータイ小説は（1）横書きであること、(2) 一人称が多いこと、(3) 風景描写がほとんどないこと、(4) 事件が次々に起こること、をあげている。

同様に黒川（2008）は、本の小説とは違うケータイならではの書き方として、(1) 会話文を中心にストーリーが展開すること、(2) 行間を効果的に使うこと、(3) 地の文はおもに一人称であること、(4)「……」で間合いや心情を表現すること、(5) 記号で表情をつけること、としている。

田中 (2008) は、ケータイ小説はケータイメールの延長としてあるという見方をする。そしてケータイ小説の特徴は (1) 文が短いこと、(2) 改行が多いこと、(3) 詩的な表現になること、(4) 語彙数がわりあい少ないこと、などであるとしている。

ケータイ小説には、多くのビジュアル情報、表記工夫、イラストなどが使われていることも無視できない。特にケータイの画面で読む場合は、ビジュアル情報がより大きな役目を果たす。ケータイ小説の文体について、とくにケータイ版の文体を論じたものに長峯 (2011) がある。長峯はリアル系ケータイ小説、特に『恋空』と『赤い糸』について、ケータイ小説サイトから入手したケータイ版、単行本、文庫本など異なったメディアでその作品提示の方法に差があることを報告しているが、ケータイ版の文体については次のようにまとめている (2011:26)。

1. 句点で改行する。
2. 15文字を越える場合、読点でさらに改行する。
3. 修飾の構造がある場合、適宜分ける。
4. 体言止めを使う。
5. 「誰が・どうする」を倒置して「どうする・誰」にする。
6. 複数の種類のカッコを使う。
7. 記号を使う。
8. 擬音語を単独で使う。

1.2.2 文章のケータイ小説化

ケータイ小説の文体と他のジャンルとの差を明らかにするために、ケータイ小説に変換するプロセスを示したものに内藤 (2006) がある。内藤は (1) に示される小説の文章を、ケータイ画面で表現した場合として (2) を例示している。

(1) 内藤（2006:170-171）

彼にそっくりの背中を、カフェで見つけた。

肩幅が広くて、丸みがあって、あたたかな印象の、背中。

彼と関わったのは、もう一年以上も前なのに、私の瞳は身体のラインを、覚えていた。

その背中を見つけたのは、駅前のカフェだったから、別人だ、と思った。だって彼は、このどこにでもあるような郊外の小さな街に、何の用もないはずだから。それなのに、私の目は、その背中から離れることが、できなかった。

彼そっくりの背中をした人は、駅の改札から吐き出されてくる人波を眺めながら、マグカップを口に運んでいた。誰かを待っているのかもしれなかった。

少しでいい。横顔を見せてほしかった。

彼ではない別の人だと確認したかった。そうでないと、どうにも気持ちが落ち着かなかった。

今日は暑くて、半袖の人も、多い。彼と同じ背中の人も、半袖のストライプシャツを着ている。あの人も、ストライプが好きだった……。

ひょっとしたら。

本当に、彼なのだろうか。

そうであってほしい、と願っている自分がいた。今さら会ってどうなるわけでもないけれど。でも、あの日のことをあやまりたかった。どういう風にあやまればいいのかも、わからなかったけれど。

(2) 内藤（2006:184）

彼を見かけた。

懐かしい後ろ姿。

きっと彼だ。

そう思った。

だけど、顔を確かめ
ることが、できなかっ

た。

彼とはもう、1年以
上も前に疎遠になって
いる。近づいてみよう
かという気になりかけ
たとき、そのことを思
い出して、苦しくなっ
た。

私たちは、口論の末
に、終わってしまった
のだ。

話しかけたかった。

でも、気まずいムー
ドが、きっと、流れる。

そう思ったら、勇気
が出なくなってしまっ
た。

内藤（2006）によると、ケータイ小説に変換する際に大切なこととしては（1）表現はケータイ画面で読みやすいように短くすること、（2）各ページで「次のページに進む」をクリックして欲しいので、読者の興味をそそるようにする必要があること、（3）前フリを長くせず、いきなり説明を入れて、興味を持ってもらうこと、（4）1話の長さが原稿用紙3枚分くらいなので、終わりは尻切れトンボのような形にして、次はどうなるかと読者をハラハラさせるようにすること、があるとしている。上記の（2）の変換例には、まさにそのような操作がなされている。

ここで内藤（2006）が試みるのは、ケータイ小説化とでも言える操作であるが、どのような文章でもケータイ小説風にすることができる。この点について、福嶋（2010）の次の説明が参考になる。

> ケータイ小説においては、いわば既存の物語にパッチを当てて、手軽に変換するツールとして文体が用いられている。その程度に、ケータイ小説の文体は汎用性の高いものだと見なすことができる。したがって、「文学の世俗化」というのは、ケータイ小説の場合たんに読者の大衆化というだけではなく、文体そのものがいわば「オープンソース」のようになっていることまで含まなければならない。(2010:188)

福嶋がここで指摘する世俗化とオープンソースという観点は興味深い。ケータイ小説の文体・文章法は、ケータイで書くという行為からのみ出来上がる文体ではなく、ある種の言語使用上の操作が成されたものとして理解するべきである。

本書ではケータイ小説の文体の特徴を備えたケータイ小説語が、ケータイ小説らしさを実現する小説家の表現技法としてあることを明らかにしていきたい。

1.3　種類と傾向

ケータイ小説と聞くと、2002年に書籍として発売されたYoshi（2002）の『Deep Love アユの物語』があげられることがある。ただ、この作品は成人男性が10代の女の子向けに、読みやすく興味を誘うものという意図で多分に操作して書いたもので、内容的にも過激な面があり、その後のケータイ小説とは異種のものである。

本書で扱うケータイ小説は、その後ケータイ小説サイトで人気の出た作品、特に2005年に単行本として発売されたChacoの『天使がくれたもの』以後の作品に限ることにする。

1.3.1　ケータイ小説のジャンル

ケータイ小説の種類としては、2008年の時点で幾つかあげられている。例えばケータイ小説サイトのひとつである「モバゲータウン」に掲載されていたジャンルとしては、ポエム、恋愛、ノンフィクション、ファンタジー、青春・友情、ホラー・オカルト、童話・絵本、SF、ミステリー・推理、歴史・時代などがある（内藤 2008）。同様に黒川（2008）も、ケータイ小説のおもな種類として、恋愛、青春・友情、ホラー、ミステリー、ファンタジー、SF、ポエムをあげている。

2013年の時点では、ケータイ小説サイト「野いちご」のホームページには、次のような「ジャンル別小説一覧」があり、それぞれの作品数を掲載している。作品は、恋愛、青春・友情、ノンフィクション・実話、ミステリー・サスペンス、ホラー・オカルト、SF・ファンタジー・冒険、歴史・時代、コメディ、絵本・童話、実用・エッセイ、詩・短歌・俳句・川柳、その他、の順で紹介されているが、圧倒的に作品数が多いのは、恋愛で、107,000を超える作品にアクセスできるようになっている。

その人気にも見てとれるように、ケータイ小説の主流は、何と言っても恋愛小説、それも「リアル系」といわれる恋愛小説である。リアル系ケータイ小説とは、作者が「自分の作品は実話に基づいたフィクションである」という立場をとるもので、作者自身が実際経験した恋愛にまつわる悲しみや苦しみを癒すために綴ったとするものである。代表的な作品としては、『天使がくれたもの』『恋空』『赤い糸』など、比較的初期の段階で人気が出たものがある。

1.3.2　リアル系ケータイ小説

2007年にケータイ小説が出版界の話題になってから、2008年にはケータイ小説に関する解説書や指南書が多く出版されたり、学術誌上で文学的見地から論じられたりした。この時点でのケータイ小説の言説は、リアル系恋愛小説（多くの場合『恋空』）について論じたものが多い。

米光（2008）は、そのリアル系ケータイ小説について次のような特徴をあげている。以下は筆者がまとめたものである。

1．実話テイスト

作者のサイトや出版された本のあとがきで、実話をもとにして書いたことが明らかにされる。このため、小説の内容がもしかしたら読者の近くでも起こっている、または起こり得る、と思わせるところにリアル感がある。

2．少女の恋愛物語

物語の主人公は少女で、多くの場合実らない恋を描く。

3．定番悲劇イベント

いろいろな悲劇的な事件が入り乱れる構成になっている。代表的なものとして、いじめ、裏切り、レイプ、妊娠、流産、薬物、病気、恋人の死、自殺未遂、リストカットなどがある。

4．ハイテンポ

恋愛経験イベントが次から次へと起こり、話の展開がハイテンポである。

5．すかすかの文章

短い文、改行、広い行間隔など、すかすかな印象を与える。基本的には、ポエムのような文体で、心情を暴露する表現が多い。

6．社会的に正しくない

登場人物たちは社会常識がなく、無知・無責任である。

確かにリアル系ケータイ小説にはこのような特徴が見られ、結果的に上記の特徴はケータイ小説というジャンルに独特のイメージを強く植え付けることになった。

1.3.3　変化し続けるケータイ小説の世界

ケータイ小説の市場やジャンルの傾向は変化を遂げているのだが、その辺の事情は、佐野（2011）が詳しい。佐野によると、2007年以降ケータイ小説は、メディアで取り上げられる機会が減少したが、それは都心の大型書店で扱うことがあまりなく、むしろ地方の現象になっているからとのことである。ブームの頃と比較すると変化はしているが、ケータイ小説自体の人気は衰えていない、と主張している。地方の中学生の間では書籍化されたケータイ小説が人気があるが、その理由としては、地方の中学生の行動範囲が狭いことと他の娯楽施設が限られていることがある。ケータイ小説は限られた娯楽の中での、大切なエンターテインメントとして人気を得ているのである。

実際ケータイ小説はスターツ出版やアスキー・メディアワークスを中心とした特定の出版社によって出版され続けている。単行本と文庫本シリーズがあり、単行本の中にはファンタジーやミステリー的要素を含んだ作品や、メッセージ性の強い小説がある。一方文庫本シリーズではラブコメ・学園ものが多くなる傾向がある。佐野（2011）の指摘にもあるように、初期のリアル系ケータイ小説が不幸な結末に至ることが多かったのに比べ、最近の作品、特に文庫本シリーズものは、ハッピーエンドのものが多くなっている。

1.4　使用データ

1.4.1　書籍版について

本書では後述するように書籍化されたケータイ小説をデータとするのだが、ケータイ版やPC版のケータイ小説は、書籍版と違うという指摘があるため(長峯 2011)、ここで、PC版と比較しておきたい。

次は『白いジャージ　～先生と私～』（以後『白いジャージ』と略す）の冒頭部分で、(3) は「野いちご」サイト『白いジャージ』(2012) のPC版、(4) は書籍版である。

(3)「野いちご」サイト『白いジャージ』

第１章

先生のタオル

真っ白な飛行機雲が、青空を二つに分け
る。

「お前ら、また見学か？　嘘っぽいなぁ‥」

先生は、水泳の授業をいつも見学してる
私達に機嫌悪そうな顔で近寄ってくる。

「せんせ～、女の子なんだもん、仕方な
いの!!　女の子の日だもん。」

親友のゆかりの発言に、呆れたようにため息をつく
先生。

「はぁ‥毎週毎週‥おまえらの生理、おか
しすぎるよ‥病院イケ!!」

先生は、首にかけていたバスタオルで、
私達３人の頭をふわっと叩く。

全然痛くない愛のムチ。

「矢沢、お前さっき食堂で、たらふくうど
ん食ってたろ？」

優しい笑顔で、私にだけもう一度タオル被
せてくれた。

いい匂い。

このタオル、欲しい。

先生のタオル欲しい。

先生のタオルになりたい。

(4)『白いジャージ』6

1．先生のタオル

　真っ白な飛行機雲が、青空をふたつに分ける。
　「お前ら、また見学か？　嘘っぽいなぁ……」
　先生は、水泳の授業をいつも見学してる私達に、機嫌悪そうな
　顔で近寄ってくる。
　「せんせ〜、女の子なんだもん。仕方ないの!!　女の子の日だもん」
　親友のゆかりの発言に、呆れたようにため息をつく先生。
　「はぁ。毎週毎週……。お前らの生理、おかしすぎるよ。病院行け!!」
　先生は、首にかけていたバスタオルで、私達３人の頭をふわっ
と叩く。全然痛くない愛のムチ。
　「矢沢（やざわ）、お前さっき食堂で、たらふくうどん食ってたろ？」
　優しい笑顔で、私にだけもう１度タオルを被せてくれた。
いい匂い。

このタオル、欲しい。
先生のタオル欲しい。
先生のタオルになりたい。

明らかに行の長さ、行間隔などの差は見られるものの、文体は同じである。本書では、言語表現の分析が中心となるので、入手しやすく、またサイトから消える可能性のない書籍版をデータとすることにした。田中（2008）はケータイ小説では色やデザインが言語表現に融合しているので、ケータイ画面で読まなければもはやケータイ小説とは言えないという立場をとっているが、筆者はあえて書籍版をケータイ小説というひとつの書き言葉の文芸ジャンルとして捉えることにする。

1.4.2　データと提示方法

本書でデータとなるケータイ小説のタイトルを50音順にリストしておこう。詳細は巻末の使用データのリストを参照されたい。なお、本書で作品に言及する際には、サブタイトルは省略する。

『赤い糸』上・下
『あたし彼女』
『あの夏を生きた君へ』
『いつわり彼氏は最強ヤンキー』上
『イン　ザ　クローゼット　blog中毒』上・下
『お女ヤン!!　イケメン☆ヤンキー☆パラダイス』
『お女ヤン!!　イケメン☆ヤンキー☆パラダイス　2』
『賭けた恋』上
『風にキス、君にキス。』
『片翼の瞳』上
『君がくれたもの』
『君空』

『君を、何度でも愛そう。』上・下
『クリアネス　限りなく透明な恋の物語』
『恋空　～切ナイ恋物語～』上・下
『告白 – synchronized love– 』Stage 1
『粉雪』
『この涙が枯れるまで』
『視線』上・下
『白いジャージ　～先生と私～』
『空色想い』
『大好きやったんやで』上
『太陽が見てるから　～補欠の一球にかける夏～』上
『天国までの49日間』
『天使がくれたもの』
『呪い遊び』
『* 。°*hands*°　。*　～命をかけて、愛してた～』
『Bitter』
『ポケットの中』
『星空』
『やっぱり俺のお気に入り』
『ラブ★パワー全開』
『Love Letter』上
『ワイルドビースト　Ⅰ　―出会い編―』
『ワイルドビースト　Ⅱ　―黒ソファ編―』

ここで、スマホ小説という呼称でスマートフォンを使って投稿・閲覧する文芸作品が増加していることに触れておきたい。小林（2012）によると、スマホ小説は特に投稿・閲覧サイト「E★エブリスタ」を中心に拡がっていて、2012年５月の時点で、170万以上のさまざまな作品を読むことができるとのことである。このサイトでは恋愛小説に加え、歴史小説、ファンタジー、SF など、幅広い作品があり、有料会員は40代以上が5割以上を占めているとのことである。スマホ小説の詳細にわたる分析は本書の研究の枠外であり、将来の研究を待たなければならないのだが、その文体はケータイ小説に類似しているものもあると思われる。特に若い女性の投稿による若い女性向けの恋愛小説は、スマホ小説と言えどもケータイ小説と同類の文芸作品群である。本書で分析するケータイ小説語は、そのようなスマホ小説にも共通するものと思う。

なお、第8章では「いじり」を扱った小説として『りはめより100倍恐ろしい』を分析の対象とすることを付け加えておきたい。この作品はケータイで作成し、PCで編集したもので出版本は縦書きであり、他のケータイ小説と性格を異にするので別扱いとし、上記リストには加えないでおいた。

本書では多くの実例を使用するが、その提示方法は次のようにした。

1. 便宜上、場合によっては文に番号を振る。
2. 原作のルビは、人名を除いては原則として削除する。
3. 行間は原作に従う。
4. 改行の際の字下げについては、作品によって異なるものもあるが、統一して引用は行の頭から、段落は一字下げとする。
5. 原作に使われるビジュアル情報のうち各種の線、ボーダーなどは原則として再現しない。
6. マンガからの引用の場合に限って、吹き出しの外の語り部分は行間隔を省略する。

ケータイ小説語の分析にあたって、その物語の内容を簡単に説明する方が理解しやすいと思われる場合は、必要に応じて簡単なあらすじや登場人物の紹介をする。この説明は作品によっては何回も出てくる場合があるので、必要でなければ（あるいは既にその作品を読んだことのある方は）無視していただきたい。また分析の過程で、作品によっては「ネタバレ」しているものがあるので、承知しておいていただきたい。

1.5　本書の構成

第１章では、まず、ケータイ小説の世界を紹介してきた。ケータイ小説の定義、ケータイ小説の文体・文章法の概観、ケータイ小説の種類などに触れ、最後に具体的に本書で分析の対象となる作品のリストを提示した。

第２章では、ケータイ小説を囲む文化的環境について考える。ケータイ小説が話題になったゼロ年代の文化的背景、特に J-Pop やヤンキー文化の影響に加え、少女小説と少女マンガとの繋がりについて論じる。最後にケータイ小説サイトのアーキテクチャに触れる。

本書で試みるケータイ小説語の分析にあたって、その方法論を紹介するのが第３章である。特に、談話言語学、小説論、私小説論を復習し、ケータイ小説を書いたり読んだりする心理的な理由を探る。

第４章では、ケータイ小説語の表現上特に重要な側面で、後続する章で分析の対象とならない現象を幾つか紹介する。まず、本書のキーワードである私語りと会話体文章について説明する。続いて情報より感情が中心となるディスコースのあり方、ケータイ小説語がいかに遊びや創造性に満ちているか、ケータイ小説がポピュラーカルチャーという環境の中で存在すること、について論じる。

第５章、第６章、第７章では、それぞれケータイ小説の私語りの構造、ナラティブ・スタイル、そしてレトリックについて観察・分析・考察する。

まず第５章では、私語りという方法がいかに語りの構造や語り手のイメージに反映されているかを観察し、一人称の私語りの弱点を補う語り手リレーの現象や、ケータイというツールが私語りに及ぼす影響について論じる。

私語りのナラティブ・スタイルを論じる第６章では、＜私＞という意識がどのように物語の中に表現されるかを探る。具体的には一人称表現の使用・非使用、＜私＞からの見えとしてのナラティブ・スタイル、そして語り手が直接感情を吐露する心内会話や読者に直接アピールするスタイルを観察する。

私語りのレトリックとしてケータイ小説に目立つレトリック上の特徴を論じるのが第７章である。リズム感や心理状況の伝達を狙った細切れ表現、語り手のキャラ立ちを可能にする数々の言語のバリエーション、さらには、小説にユーモア感を盛り込むツッコミやアイロニーなどの視点から分析する。加えて、他のジャンルとの交錯・融合などを考察する。

最終章の第８章では、まずケータイ小説の会話体文章が、話す文化と書く文化というふたつの文化を超えて、話し言葉を黙読する文芸としてあることを論じる。続いてケータイ小説の大きなテーマである恋愛といじめのディスコースを分析する。ケータイ小説に描かれる恋愛の姿を理解し、いじめのディスコースを分析することで、ケータイ小説の持つ意味と、ケータイ小説がサバイバル手段としても存在することを考える。そして最終的には、ケータイ小説という新しい文芸ジャンルが、情意に満ちたパトスのレトリックを多用するという日本語の姿に重なるものであることを論じる。

第2章 ケータイ小説の環境

2.1 ケータイ小説の時代

ケータイ小説は、ゼロ年代の日本という社会的環境で生まれた。そこで、その文化を特徴付けるポストモダンと後期ポストモダン、ケータイ電話の普及に伴って顕著になってきたケータイ社会について考えておきたい。

2.1.1 ポストモダンと総表現社会

ポストモダンは、Lyotard（1984）の言うように、近代文化を支えてきた「大きな物語」が消滅することに特徴付けられる。稲葉（2006）は『モダンのクールダウン』という著書で、大きな物語が消えその代わりに「大きな非物語」として「データベース」が台頭したと指摘している。

同様に、東（2007a）もポストモダンにおける「大きな物語の衰退」を捉え、特にその傾向が1990年代以降の日本で否定しがたいものになったことを指摘している。そしてポストモダンにおいては「個人の自己決定や生活様式の多様性が肯定され、大きな物語の共有をむしろ抑圧と感じる」（2007a:18）ようになり、別の感性が支配的になったとしている。

「ポストモダン」という用語は、1980年代にLyotard（1984）やJameson（1984）の活躍によって、哲学、社会学、文学など、次第に広範囲の学問領域で受け入れられるようになった。

Lyotard（1984）は、ポストモダンと呼ばれる社会では、権威のあるひとつの構造のもとに構築された理論そのものが否定され、複数の理論や言説が入り乱れた状態になると主張した。

Jameson（1984）は、後期資本主義にコントロールされる80年代のアメリカ社会をマルクス主義の観点から批判した。Jameson があげたポストモダン社会の特徴の中に、従来のハイカルチャーとサブカルチャーの差がなくなったこと、そして文化がひとつのテーマにのっとって統一するのではなく、多数に分化・分散・共存すること、がある。

こうした大きな流れの中で、ケータイ小説は小さな物語のひとつとして生まれた。ケータイ小説は、純文学（または本格的な文学と言われる作品群）とは離れた次元で、つまり権威的な文学とは離れた文芸として読まれている。大衆という読み手・閲覧者との共感や共有感を大切とするポストモダンの多数・多重文化の波の中でこそ、反響を呼ぶ作品群なのである。

東（2007b）は、ポストモダンの世界とは、「単一の大きな非物語的なシステムのうえに、複数の小さな物語的な共同体が林立する社会」（2007b:556）であるとしているが、今私たちはまさにこのような複数の共同体が並存する複雑な社会に生きている。私たちが属す幾つかの集合体とは、東の言葉を借りれば「より単純に、同じデータベースに登録された（つまり、同じ種類のアイデンティティ・カードをもつ）構成員からなる緩やかな集合体」（2007b:561）なのである。

大きな物語のない社会としての現代、そのとりとめのない社会に私たちは取り残される。そこでは個人の責任が問われるのだが、その孤立感が深まることで他者に対する不安が深まりそれに耐えられなくなる。そのひとつの対応策としてネット上の繋がりがある。

ネット上のコミュニケーションは告白調になることが多いが、それはカミングアウトする内面の記述であることが多いからである。一方、そのような記述を支え、他人の内面を知って安心し合うバーチャル仲間の集合体が形成される。ケータイ小説を読んで共感・安心したいという気持ちに支えられ、ケータイ小説サイトの訪問者限定の共同体意識が育まれていく。

ゼロ年代に入り特に若者の間でインターネット人口が増え続けてきたが、インターネットの世界は誰でも自分の作品を多くの人に発表できるシステムを生み出した。梅田（2006）は「総表現社会」という表現でこの現象を捉え「これからは、文章、写真、語り、音楽、絵画、映像……ありとあらゆる表現行為について、甲子園に進むための高校野球予選のような仕組みが、世界中すべての人に開かれているのが常態となるだろう」（2006:15）と述べている。

梅田（2006）はさらに、より重要なのは技術革新によって知の世界の秩序が再編されることであると主張する。それは、今までエリートに与えられた表現の機会が大衆に与えられ、しかも、低料金または無料で参加できるということによる新しい知の世界の再編成である。ケータイ小説は、まさにこのような時代の申し子と言える。

2.1.2 ケータイ社会とモバイル的実存

ケータイ小説の台頭は、ゼロ年代に入ってケータイ電話の普及という環境が生まれたこと、そしてインターネットにアクセスできるインフラが整えられたこと、つまりケータイ文化と言える現象と切っても切り離せない関係にある。

ケータイ電話によるコミュニケーション社会は、原田（2010）の「新村社会」という表現で捉えることができる。新村社会においては若者の多くがケータイを頻繁に使用することで人間関係を形成し、身近な人と頻繁に連絡し合いながらその関係を調節する。一般的にケータイ文化の中の若者は、地方の生活に甘んじる者が多いと言われ、そこに新村社会が形成される。地方には限らないという指摘もある（古市 2011）が、地元を共有する仲間の中で安定を望み、人間関係を形成・保持・調整しようとしているとは言えるだろう。この小さな村社会とも言えるグループでは同調することが大切で、正しいことを主張するより、何よりも仲間の空気に従わなければならない。そしてこまめに連絡を取るというケータイ依存の生き方、まさにケータイを24時間離さないライフスタイルが求められる。

ケータイ依存の生活の中では、ちょっとした暇を見つけてケータイ小説を読むことはごく自然の行動である。また、自分でも書いてみて多くの人にアピールしたいという欲望を持つのも、自然のなりゆきである。ケータイを通して、いや、ケータイを通してのみ得られる新しい村に所属するという意識が、ケータイ小説の人気を支えるひとつの理由になっているのだと思う。

ケータイ小説時代の生き方に関連して、90年代以降の若者のコミュニケーションには、構造的な変化が見られるという主張もある。秩序の社会性に対して「繋がりの社会性」が上昇してきた、とする北田（2005）の考え方である。北田は繋がりの社会性について、次のように述べている。

> （略）九〇年代なかば以降、若者たちは、大文字の他者が供給する価値体系へのコミットを弱め、自らと非常に近い位置にある友人との≪繋がり≫を重視するようになる。重要なのは、その≪繋がり≫が、「共通する趣味」「カタログ」のような第三項によって担保されるものではなく、携帯電話の自己目的的（コンサマトリー）な使用（用件を伝えるためではなく、「あなたにコミュニケーションしようとしていますよ」ということを伝達するためになされる自足的コミュニケーション）にみられるように、≪繋がり≫の継続そのものを指向するものとなっているということだ。（2005:206、傍点は原文のまま）

こうしたケータイ電話使用者が持つ、ただ繋がっていたいという願望と、ケータイ小説の人気とは無関係ではない。ケータイ上のコミュニケーションは、それが親しい相手との個人的なものでなくても、少なくとも誰か・何かと繋がっているという確信を与えてくれるからである。

このようなケータイコミュニケーションの生き方を、「モバイル的実存」と呼んでケータイ小説の現象を説明する試みもある。宇野（2008）は、ケータイ小説は物語そのものが余計なものを後景化することで純化されていると述べているが、そこには、例えばライトノベルなどのキャラクター小説には見られない「モバイル的実存」が観察されるとしている。宇野の言うモバイル的実存とは、自覚的なコミュニケーションを通して、異なった共同体の中でそれぞれ独自の自分像を作り上げる生き方である。ある共同体で他者から決め付けられ押し付けられた自分像ではなく、それと置き換え可能な小さな物語を作る意思に支えられた生き方、と言ったらいいのかもしれない。

確かにキャラクター小説では、他者に対して自分が描く自己像の承認（押し付け）がなされる傾向がある。そこでは、キャラクターをそのまま受け入れる「キャラクター的実存」が強要される。しかし、ケータイ小説に見られるのは共同性の中の相対的な位置の獲得であり、自己の承認を得ようとする動きである。それぞれの共同体に合わせて、自分の立ち位置を要求することができるわけで、それはモバイル的実存であると言える。

キャラクター小説からケータイ小説に移行した時、自分の小さな物語は書き換え可能なものに転化される。ケータイ小説の中に見られるケータイ依存の人間関係や、具体性を欠く物語設定に読者が自分なりの実情を重ねて解釈するという、ある意味で都合のよい構造は広い意味で柔軟性があり、一方的な固定的な押し付けを避けるという意味でモバイル的である。

「大きな物語」がなくなった世界では、コミュニケーションが多くを決定するようになる。そこで大切なのは、自覚的なコミュニケーションであり、ケータイを通してどのような頻度でどういう方法で相手と接触するかということが生のあり方を形作っていく。ケータイ文化とは、密かに、しかし半強制的に、モバイル的実存を可能にするシステムであると言える。そしてケータイ小説の世界は、そのケータイ文化の中の語りの行為を中心に形成されている。

2.1.3　日本的ケータイ文化とケータイ小説

ここまでケータイ小説の時代的背景を考えてきたのだが、最後にもう一点忘れてはならない点がある。ケータイ電話の普及と使い方について、日本的とも言える独特の現象が見られることである。

原田（2010）によると、2008年時点で、高校生の96.5％が、自分専用のケータイを所有しているという。そして初めて自分のケータイを持ったのは、10代では14.24才で、20代では16.77才だとのことである。つまり、2008年に10代の日本人は、14才ちょっとで既にケータイ使用の経験がある、ということである。

そのケータイは、確かに身近な人々との人間関係の調整に使われるのだが、一方で自分の世界を持つためにも使われる。金（2008）は、日本人のケータイ使用の方法と韓国のそれとを比較しているが、そこには興味深い違いがあるとの報告がある。韓国ではケータイは外とのコミュニケーションに開かれているのに対して、日本ではむしろコミュニケーションの回路を限定するために使われる傾向がある、と言うのである。

日本人にとってのケータイ電話は日常生活で手放せない私的ガジェットで、音楽を聴いたりネット情報を得たりケータイ小説を読んだり、というむしろ個人的な行為に利用される。確かにケータイ世界にどっぷりつかりケータイ画面に見入ることは、他の人に邪魔されたくない、自分の世界にいたい、という願望の伝達と解釈することもできる。

ケータイ小説はこのプライベートな世界で、他人と交わることなく面倒な束縛を受けず楽しめる機会を提供してくれる。密かにお気に入りのケータイ小説作家と向き合う時間が持てる。ケータイ電話は、こうしたプライバシー願望を満たすための便利なツールとして機能するのである。

このような形で他者との繋がりを求めることは、従来のように具体的に他者と向き合うことを避けることになる。大塚はインタビュー（大塚・市川 2006）の中で、現代の日本を覆う社会不安について、それはより具体的には他者に対する不安だとし、次のように言う。

> だから、今この国をおおう言いようのない社会不安は、社会情勢が悪化したからではなく、他者に対する不安に耐えきれなくなったからなんだ、と考えるべきです。それは、「他者」と生きることに耐えていく主体としての「私」を作る言語が衰退した結果であり、「私」を持ち寄って公共性社会を必死に作ろうとしてきた運動や意思みたいなものが、完全に途絶えてしまったからでしょう。（大塚・市川 2006:30）

他者と向き合うことに不安を感じる主体は、モバイル通信やインターネットアクセスを通してムラ的コミュニティーを作り、自分が傷付くことなくアクセスできる繋がりの方法を選んでいるのであろう。その意味でも、コミュニケーション回路を回避する日本的なケータイ文化は、ケータイ小説に集う特殊なグループに限定された独特の世界を作っているとも言える。日本のケータイ電話の通話方式が世界標準でなかったため、孤立化したガラパゴスケータイと呼ばれたように、その使用方法にも日本的な傾向が認められるのである。

以上、ケータイ小説文化が誕生し、特に女子中・高生を中心にインパクトを与えることになったゼロ年代の背景を概観してきた。ケータイ小説という文芸は「小さな物語」を自由に（無料で）インターネット上で投稿・閲覧できること、それは書き換えられるモバイル的実存を可能にしていること、小説にアクセスすることがプライベートな時間の内面的な繋がりを可能にしていること、その限られた人とのコミュニケーション方法で他者に対する不安を取り除くこと、などが可能な時代の中でこそ存在する。そしてこれほどまでに人気のある文芸になっているのは、ケータイ小説という現象が上記の状況を必要とする女子中・高生たちの願望にうまくマッチしているからでもある。

2.2　ケータイ小説の周辺文化

ケータイ小説と文化の関係について、いろいろ論じられてきたが、ここで、音楽（J-Pop）とヤンキー文化に限って触れておきたい。ケータイ小説語の特徴を語るためのヒントとなる要素を含んでいるからである。

2.2.1　J-Pop の影響

速水（2008）はケータイ小説に影響を与えたキーパーソンとして浜崎あゆみをあげている。ゼロ年代を通して J-Pop の世界で女子中・高生の間で絶大な人気を誇り、カリスマ的存在だった浜崎あゆみが、美嘉の『恋空』に影響を与えたと指摘する。

まず『恋空』の一人称語り手主人公美嘉が恋人ヒロと別れた後、ヒロが好きでよく聴いていた浜崎あゆみの『Who...』を学園祭のバンドコンサートで演奏するという（1）のようなシーンがある。

（1）『恋空』上 212

「曲どうするぅ？」

鉛筆をくるくると回し眉間にしわを寄せるミヤビ。

その時美嘉の頭の中には、浜崎あゆみの「Who...」が浮かんだ。

ヒロが好きだった曲で、いつも一緒にいる時、部屋で聴いていたのを覚えている。

固有名詞の使用が少ないケータイ小説で、具体的に歌のタイトルが出てくるのは珍しい。それだけに確かに印象的である。『Who...』はあきらめきれない恋心を表現したもので、美嘉の気持ちと重なる。

しかし、『恋空』に決定的な影響を与えたと思われるのは、速水（2008）の指摘にあるように、ヒロの死と重ねることのできるやはり浜崎あゆみの『HEAVEN』の歌詞である。『HEAVEN』には「君が旅立ったあの空に　優しく私を照らす星が光った」という歌詞があるのだが、これは『恋空』に繰り返し現れる空のイメージと何重にも重なる。

空のイメージは『恋空』という小説のタイトルだけでなく、小説全体に満ちている。『恋空』の冒頭と末尾部分を引用しておこう。

まず、プロローグと第１章の間にポエムのような提示方法で、２ページにわたって次の記述がある。

(2)『恋空』上 8-9

もしもあの日君に出会っていなければ

こんなに苦しくて
こんなに悲しくて
こんなに切なくて
こんなに涙があふれるような想いはしなかったと思う。

けれど君に出会っていなければ
こんなにうれしくて

こんなに優しくて
こんなに愛しくて
こんなに温かくて
こんなに幸せな気持ちを知る事はできなかったよ…。

涙こらえて私は今日も空を見上げる。

空を見上げる。

そして小説の最終部分は次のようになっている。

(3)『恋空』下 359
ねぇ、
私は今でも恋してるんだ。
赤ちゃんがいる空に…
大好きなあの人がいる空に…

空に…

恋してるんだ。
恋してるんだ。

恋空…。

速水（2008）は、美嘉のこの文章について、浜崎あゆみとの関連を追いながら次のように説明している。

そして何よりも注目したいのは、この曲において「空」という言葉が登場することだ。『恋空』のラストは、死んだ彼氏と赤ちゃんのいる「空」

> に向かって主人公が語りかけるというくだりが、ポエムの形で描かれる。もちろん、それが「恋空」というタイトルにつながっている。この「空」という言葉もまた、浜崎由来のものであったのだ。(2008:26)

確かに空のイメージは、美嘉のその後の作家活動にも繋がっている。死んでしまった恋人ヒロの視点から綴った『君空』、そして、自分のホームページのサイト名も「Sorapist」である。速水（2008）の言う浜崎あゆみの影響を無視することはできないと思うが、空のイメージは多くの詩や少女小説などに観察できるものであり、そこには美嘉個人の思い入れも感じられる。

速水（2008）は、メイの『赤い糸』についても、浜崎あゆみの『Trust』の歌詞「赤い糸なんて信じてなかった」との関連性を指摘しながら、ケータイ小説の初期作品にJ-Popが及ぼした影響を強調している。

なお浜崎あゆみの歌詞では、自分の内面を中心にした戦いや喜びを回想的に描くことが多いが、その語り方は、ケータイ小説の語り方にも影響を及ぼしている。これは速水（2008）が指摘する「回想的モノローグ」で、これについては**5. 1. 3**で触れることにする。

2.2.2　ヤンキー文化との繋がり

速水（2008）はさらに、浜崎あゆみの『恋空』への影響がもっと深いところにもあると指摘していて興味深い。それは、ヤンキーのイメージである。実際、浜崎あゆみは過去のインタビューで、元ヤンキーだったことを告白しているとのことである。彼女の登場が1994年頃から一旦後退の気配を見せていたヤンキー文化に再度火を付けることになったという意味で、浜崎あゆみは遅れてきたヤンキーなのだと言う。

速水（2008）がヤンキー的な要素をケータイ小説に見出してから数年たった現在、ケータイ小説の作品の中にはヤンキー的な傾向が一層強烈なものも出てきた。そこで、ヤンキー文化自体についてもう少し考えてみよう。

ヤンキーには、不良、チンピラ、不良軍団、などのいろいろな意味があるが、永江（2009）はその特徴として（1）秩序を重んじること、(2) 下町系と郊外系があること、(3) 学校が嫌いなこと、(4)「落ち着きたい」と思っていること、などをあげ、要するにヤンキーとは、成熟と洗練を拒否する若者・青年のことだとまとめている。

難波（2009）は、ヤンキー系文化を多方面から論じた評論を集めた『ヤンキー進化論 不良文化はなぜ強い』の中で、ヤンキーは（1）社会への抵抗、(2) 右寄りの思想、(3) 特定の言葉遣い、(4) 奇抜なファッション、などで特徴付けることができるとしている。

広義のヤンキーは、不良文化全体を指すのだが、難波（2009）を参考にして具体的なキーワードを幾つかあげると、横浜銀縄、矢沢栄吉、ヤンキー語、学ラン、リーゼント、特攻服、改造車、暴走、茶髪、などがある。

そしてヤンキーの特徴として無視できないのが、郊外化と「ファスト風土化」（三浦 2004）である。難波（2009）は、ヤンキー論を語ることは東京なき日本論になるかもしれないとし、ヤンキー文化がいかに郊外に根付いたものかを語っている。

ケータイ小説は基本的に郊外を舞台に創作され、郊外で消費される作品群である。そこにはファスト風土化した郊外に住む少女が主人公として登場することが多い。そして作品の読者も郊外に住む少女たちが中心となっている。実際ケータイ小説は大都会の中心部の書店ではあまり売れず、郊外のショッピングセンターにある大型書店での売り上げを伸ばしているとの指摘もある（佐野 2011）。

それにしても、なぜケータイ小説とヤンキー文化は繋がりがあるのだろうか。それは、ヤンキー文化にもケータイ小説にも、ともにメインストリームを拒否する反体制的な態度が顕著に見られるからだと思う。両者に共通するのは、何よりも権威者に屈しない、進学・出世という道を選ばない、という態度にあるように思える。そしてあくまで純文学という権威的な文学ではない、というサブカル的な立場を維持する文芸としてケータイ小説は存在する。

社会的地位を求める上昇志向のある人（多くの場合大都市に出て行くのだが）はヤンキー的でない。上昇志向のある人は、むしろケータイ小説に描かれる世界とは関係なく生きているように思う。

もっとも、ヤンキーは不良文化の中で生きてはいるものの、単純に捉えるだけでは不十分であるとする指摘もある。斉藤（2009）は、ヤンキー文化には二重性が観察できるとしているが、それは外見の「強面」と内面の「純情さ」であると言う。斉藤の言葉を借りよう。

> おそらくこうした二重性の起源は、ヤンキー文化の根底にある「キャラクター性」にゆきつくのではないか。そう、「バカやってるけど純情」「やんちゃだけど真っ直ぐ」「ワルだけど情に篤い」といった、二面性の美学である。（2009:263-264）

ヤンキー的、反体制的な世界観の中には、人間らしい心情が隠されているのである。

ヤンキー文化とケータイ小説の関係に触れている東（2007c）は、「ケータイ小説の読者層はいわゆるヤンキーが中心だと思います」（2007c:385）と述べ、彼らはあまり小説を読むと思われていなかったのだが、実際コンビニでマンガと並べて置いたら売れたという事実が人々をびっくりさせたのだとコメントしている。そして東（2007c）は、この現象は従来の「文化」という概念を覆すものでもあるとし、次のように言う。

> それで、こういう流れの背景にあるのは、結局、いままで文化だと思われていなかったものが「文化」として再吸収（略）される過程だと思うわけです。（略）いままでは、TSUTAYAやマンガ喫茶なんて文化じゃないと思ってたわけです。でも、そこから育ってきた連中が小説を読んだり、映画を見たりする。そして市場を作る。それが文学にとっても無視できなくなる。それがライトノベルブームやケータイ小説ブームの本質だ、というのが僕の理解なんですよね。（2007c:385）

ケータイ小説はヤンキー文化の影響を受けながら、ひとつのカルチャーを生み出していて、従来の文化という概念を覆すような力がある。ケータイ小説の作品群には、他のポピュラーカルチャーの言語と共に、日本の言語文化を内部から変化させる力が秘められているように思える。

2.3 少女小説と少女マンガという背景

ケータイ小説は日本の文芸の流れの中で、突如として現れた現象ではない。その起源を辿るとふたつのジャンルとの繋がりが見えてくる。少女小説と少女マンガである。

2.3.1 少女小説の文体

米光（2008）は、少女小説の中で特に講談社X文庫をあげ、その中心的な作家として氷室冴子と新井素子をあげている。しかしこのふたり以外にも1980年代から2000年にかけて多くの少女小説作家たちが数多くの作品を残していて、少女小説が大きな流れとなっていた時期がある。始まったのは、講談社が少女小説の文庫シリーズ「講談社X文庫ティーンズハート」を発刊した1987年で、この後からブームが訪れる。このシリーズのもと、少女小説作家たちが女の子に向けて綴ったエンターテインメント小説が数多く出版された。

ティーンズハートシリーズの作者は若手の女性作家であり、多くの場合一人称語り手である主人公が女子中・高生という設定になっている。読者の年代に比較的近い同性の大人による小説ということで、女の子の話し言葉に近い文体で書かれている。従来、多くのジュニア小説は成人男性によって書かれ大人の編集を経て少女へ届くという形だったものが、大人の編集を通しているものの、若手女性作家から少女へという形に変化し多くの読者を得た。この変化はケータイ小説が素人の少女が大人の編集なしに少女へ届けるという形をとるようになる橋渡しとなっているとも言える。

少女小説の全盛期には、ティーンズハート大賞など、作家をめざす新人を募る賞も設けられ、より多くの人々に開かれた文芸のジャンルとなっていった。これも総表現社会におけるケータイ小説と無関係ではないように思う。少女小説の世界では、その作品群が特有のものであっただけでなく、プロ作家からアマチュアへの架け橋といってもいいような状況が現れたのである。

ここで、講談社ティーンズハートから出版された、人気少女小説作家三人の文体を観察したい。これらの作品は、純文学とはかけ離れた独特の文体であり、本書で分析するケータイ小説の文体と幾つか似ている点があるので、それを簡単に指摘しておく。本書の分析を読んでから再度この少女小説の文体を読んでいただくと、その類似性がより鮮明に感じられることと思う。以下、数多くの中から代表的な作品として、あさぎり夕の『ひまわり日記』、倉橋燿子の『天使のブレスレット』、折原みとの『Dokkin★パラダイス FILE 3』を観察したい。

(4)『ひまわり日記』8-9

今でも、はっきり覚えています。
はじめて、その黒く深い瞳に気づいたのは、
――四月八日――。
まだ、あこがれの美しさも知らない、
哀しみの涙も知らない……、
十四歳。
初恋未満のわたしだった――。

落ちつこうとしても、ダメ！
自然に胸が高鳴ってきちゃう。
だって、今日から新学期。
今日からわたし、中学三年生。

「今でも、はっきり覚えています」という表現で始まるこの作品は、少女が中学三年生の頃の切ない、しかし最後には実る初恋を描いたものである。そこには、ケータイ小説に見られる回想的モノローグ的な要素を見ることができる。そして最後の4行は話し言葉のままの心内会話であり、このような一人称語り手主人公の心中のつぶやきというスタイルもケータイ小説に見られるもの

である。全体的に会話体文章で綴られ、行変えが頻繁になされること、行間を効果的に使うこと、文が細かく分けられること、詩的な表現が多いことなど、ケータイ小説の文体の特徴と類似している。

『ひまわり日記』にも観察できるのだが、次にあげる『天使のブレスレット』では、倒置などを駆使して文を細分化し改行する手法が観察できる。そして繰り返しというパターン化した表現で文章全体のリズム感を生み出している。このようなレトリックもケータイ小説を特徴付ける表現方法である。

(5)『天使のブレスレット』14

正直いって、好きじゃなかった。
好きになれなかった。
親のいいなりになって、そのとおりに生きるお兄ちゃんが。
「疑問を感じることってないの？」
そういって、あたしがつめよったとき。
「疑問なんて感じたら、前に進めないよ」
涼しい顔で答えた。
そのあとで、
「じゃぁ、絵里はどうなんだよっ」
怖い顔でいった。
あたしは答えにつまった。
毎日毎日、疑問だらけで、
どうして勉強しなくちゃいけないのか、
どうして学校に行かなきゃいけないのか、
どうして親に反抗しちゃいけないのか、
どうして悪い友だちと仲よくしちゃいけないのか。

(6)は話し言葉の語り口調が印象深い作品である。友達にでも語りかけるような口調で自分の気持ちをストレートに表現している。具体的には細分化した表記（文③、文④、文⑤）やリーダー使用（文⑤、文⑨）、文⑦のト書き風の独立名詞句、また一人称語り手主人公が「亜衣」という固有名詞を使ってなされるなど、ケータイ小説にも見られる表現法が使われている。

(6)『Dokkin★パラダイス FILE 3』108

①告白してしまった。

②とうとう、暁兄（あきらにい）に告白してしまった。

③亜衣（あい）の気持ち。

④暁兄への、亜衣の想い。

⑤とうとう暁兄に…………。

⑥重い沈黙が、どれくらい続いただろう？

⑦あっけにとられたような表情で、じっと亜衣を見つめている暁兄。

⑧どうしよう。

⑨どうしよう……？

2.3.2　少女マンガの心内会話

ケータイ小説に影響を与えたとされる少女マンガの中で、特に話題になるのは中村が中村・鈴木・草野（2008）の鼎談であげる紡木たくの『ホットロード』である。本項では加えて80年代から90年代にかけての少女マンガの代表作として、いくえみ綾の『彼の手も声も』と紡木たくの『瞬きもせず』を分析する。

『ホットロード』は、2歳上の暴走族の隊長春山に恋をする14歳の女の子和希の物語で、モノローグ部分が多い作品である。マンガでは通常会話部分は吹き出し内に提示されるが、次に示すデータはすべて吹き出しの外に提示されたものである。

『ホットロード』の第1巻は、見開きとタイトルページに、市街地をバイクに乗って走っていく男の子の後姿に、次の言葉が重なっている。

(7)『ホットロード　1』3-4

夜明けの
蒼い道
赤い　テイル　ランプ
もう１度
あの頃の　あの子たちに　逢いたい
逢いたい……

この部分にはまず第一印象として、詩のように細分化・改行した提示方法が観察できる。このような提示はケータイ小説に使われるプロローグまたはプロローグ前の挿入部分に見られる表現と酷似している。そしてこの冒頭部分は物語をある過去の中に置き、回想的な物語であるというヒントを与える。これはケータイ小説の多くが自分の過去の出来事を告白する傾向があることと共通している。

『ホットロード』で和希が親との軋轢を表現する部分では、マンガのビジュアルや吹き出し内に提示される会話の間を抜って次のような語り部分がある。

(8)『ホットロード　1』28-29
うちには
パパの写真がありません
ママが　イヤイヤ結婚した男の写真だからです
高校時代からつきあってた
とゆー　ママの恋人にも
現在妻がいて
離コンちょーてーという
のをしているそーで
このマンションも
そのひとのお金から　出てるんだろうと
14歳の少女は　感じています

このような内面を表現する語りはケータイ小説の私語りに似ている。さらに、次の例のマンガの語り部分として提示される会話調の心内会話は、そのままケータイ小説の文章としてもおかしくない種類のものである。

(9)『ホットロード　1』70-71

今日は
土曜日で
ママは
(いちおー) 家庭のある恋人に
会えないのでヒマらしく
(略)
この女は
14歳をバカだと思ってる
なんにも
知らない
ガキだと思ってる
娘が　何に　ドキドキして
いるかも　しらないくせに
ママには
あたしのことなんか　一生わかんないよ

(10) に例示する『彼の手も声も』は、内気な女の子奈緒の恋物語である。奈緒は陸上部員の苫谷先輩が好きなのだが、親友の明世も先輩に思いを寄せている。ふたりの会話は、吹き出しの外に語り部分のように提示される。語り部分が会話の直接引用のような印象を与えるが、それは会話体文章のケータイ小説の文体と矛盾しない。明世のあいづちが「くすくす…」と「キャハハ……」と挿入されているのも会話の対話性を強調する。これもケータイ小説に観察される場の再生と類似するもので、ドラマのシナリオに似た効果を伴っている。

(10)『彼の手も声も　1』145-146

——あのねえ？　奈緒……

あたしあんな人いないと思ったんだぁ

　　　　　初めて会ってしゃべった時

新入部員の紹介があって

あたし遅れちゃって

女子は更衣室で着がえるの知らなくてさ

部室で着がえよーとしてたら

いきなし入ってきて

ちょっと沈黙のあとね

「あんた足　きれーだね——」

　　　　　ってゆったのよ———っ

　　　　　くすくす…　やだ　も——

それがさァ

もぉ　ぜんっぜんっ

いやらしくないんだよねえ

もぉ言っただけで

ぶんなぐりたくなるよーな奴も

いるけどさ

　　　　　キャハハ……

あたしなんてそん時

おもわずなんてったと

　　　　　思う———？

「ありがとう」だって———っ

このマンガには、(11) に見るように語りで予告するようなメッセージもあり、これもまたケータイ小説に観察できる現象である。

（11）『彼の手も声も　1』158

今はまだ　しあわせなあたしたち
悲しい涙にぬれる日も
いつかは来るのかしら

少女マンガのもうひとつの例として紡木たくの『瞬きもせず』から引用しておこう。高校一年生の主人公かよ子の初恋を描いた作品である。

（12）『瞬きもせず』35

その時
私はまだ
紺野くんのことをあんまり知らなくて
紺野くんは
朝練もしとって
ほんとーにサッカーが好きで
そんでバイトもしとって
体いっぱい
いためとる
気がしてた
毎日キンチョーして
笑いあったりすることだけでも――もう精一杯で
うちらの…　　あいだには
目に見えないものが
いっぱいいっぱいあるみたいで

主人公の方言を使った私語りが、話すように綴られる。この部分は（ここでは再現していないが）行間隔を広くとった提示となっていて、ケータイ小説としてもおかしくない表現・表示となっている。

80年代から90年代に人気のあった少女小説や少女マンガと、ケータイ小説の間には多くの共通点が観察される。ゼロ年代の少女を中心としたケータイ小説語に、少なからず影響を与えたと考えられる。もっともケータイ小説作家が少女小説や少女マンガをどのくらい読んでいたかは知るよしもない。ただ、言語文化的な環境として既にケータイ小説語に類似した日本語表現が拡がっていたことは無視できない。

2.4　ケータイ小説サイトのアーキテクチャ

2.4.1　投稿サイトとその文化

ケータイ小説は、インターネットを通して生まれ消費される。そこでケータイ小説サイトの代表として「魔法のｉらんど」と「野いちご」のアーキテクチャ（情報環境）とその文化を確認しておこう。

「魔法のｉらんど」は無料ホームページ作成サービスとして1999年にスタートし、2012年には会員数600万人、月間ページビュー27億という日本最大のケータイ小説サイトとなった（ASCII Media News Release 2012)。「魔法のｉらんど」のサイトに2013年の時点で掲載されているケータイ小説作品数は280万という膨大な数で、それが読み放題というケータイ小説世界を提供している。2011年に当サイトに連載された『ワイルドビースト』は多くの反響を呼び、書籍化もされているが、そのアクセス数は（2012年４月の時点で)、全８巻とも140万から200万であり、第１巻は実に830万というアクセス数を記録した。その後書籍化され、2013年８月の時点で、単行本シリーズの売り上げは60万部となっている。

「野いちご」は、ケータイ小説のベストセラーを出版しているスターツ出版が2007年に開設した無料ケータイ小説サイトである。作品の出版や映画化の可能性を前面に打ち出したサイトとして「魔法のｉらんど」に次ぐアクセス数がある。2012年の時点で「野いちご」は、月あたり5000作品のペースで投稿作品があり、高校生より中学生の間に人気があるとのことである（Livedoor ニュース 2012)。

「魔法のｉらんど」や「野いちご」などのケータイ小説サイトのアーキテク

チャを語る上で無視できないのが、そこに観察できる一種独特の文化や価値観である。濱野（2008）は、ネット社会でのケータイ小説現象を説明するのに役立つ概念として「限定客観性」を紹介している。限定客観性とは、Herbert A. Simon が提案した bounded rationality の訳である。Simon（1984）は、経済・政治・心理など広い範囲にわたって、人間が意志決定・決断をする時のプロセスを説明している。個人の判断は理性的な思考だけによって決まるものではなく、現実的には幾つかの条件が課され限定されてくる。それはある人が手にする情報に限りがあり、その人の思考力にもまた決断に費やすことのできる時間にも限りがあるからである。

濱野（2008）がその限定客観性を取り上げるのは、ケータイ小説投稿サイトのようなソーシャルネットワークサービス内部に認められる客観性が、一種独特のものであることを説明するためである。特定のコミュニティ内部では普遍的で客観的であるかのように成立している基準が、外側からは理解不可能である場合がある。

濱野（2008）は、情報社会自体について、それが「『限定客観性』の有効範囲をほかならぬアーキテクチャ（情報環境）によって画定する社会のこと」（2008:258）なのではないか、と述べているが、ケータイ小説の情報環境には独特の世界観が存在すると言える。

例えば、ケータイ小説サイトのアーキテクチャを反映するものとして、リアル系ケータイ小説の一定のパターンによる構成があげられる。本田（2008）はケータイ小説に頻出する７つの要素として、売春、レイプ、妊娠、薬物、不治の病、自殺、真実の愛をあげているが、ケータイ小説の中にはこれらをミックスすることで構成されているものも多い。このような事柄が女子中・高生の日常生活に溢れているわけではないのだが、次々に起こるショッキングな事件は、自分の周囲にいる誰かに起きた、または起きるかもしれないことと感じられるものではあるのだろう。

特に初期のケータイ小説の世界には、７つの要素のミックスという情報環境が多く見られ、このようなパターンは一般社会の常識からはみ出しているものであっても、ケータイ小説の世界ではそれなりのリアル感を持って受け止められてきた。定番の悲劇的なイベントが次々とハイテンポで展開してもそれが不自然に感じられないのは、ケータイ小説の作者と読者の間にだけ通用するリアル感が認められるからである。外部から見た場合は不自然でも、そのグループ内では限定客観性が有効に働くため、あり得る出来事として受け取られるような環境が整っていると言える。

2.4.2 投稿方法・作品・アクセス数

ネット上でケータイ小説を発表するには、まず会員に登録しホームページを開設する必要がある。そして、文章を書く機能（例えば「魔法のｉらんど」のBOOKという機能）を開いて小説を書く作業に入る。具体的には、表紙作成、タイトルやジャンルの決定、本文執筆、作品のアップ、作品チェック・確認、作品完成まで頻繁に更新、という作業を続けていくことになる。

ケータイ小説サイトのアーキテクチャと関連して、ここでケータイ小説サイト上の作品の特徴について確認しておくべきであろう。本書では、書籍化されたケータイ小説を直接の分析対象とし、日本語のひとつのジャンルとするのだが、本として印刷された作品とケータイの画面に映し出される小説とは特にビジュアル上の違いがある。

田中（2008）は、ケータイ小説はケータイで読まなければならないことを主張している。本ではケータイ画面のいろいろな情報が伝わらないからである。田中は『恋空』の例をあげて、ケータイ画面では、次のような情報がプラスされると説明している。（番号は筆者が便宜上付けたものだが、各項目は原文（2008:43）のままである。）

1. 改行幅は、行間によって異なる。
2. 文途中が改行などで区切られていることがある。
3. ♪…などの絵文字や記号が用いられている。また、疑問符も２つ重ねられている。
4. 「ブルルル」のフォントは半角であり、通常の言語表現上用いられるフォントとは異なる。

5. 背景とフォントに色がある。『恋空』の背景は淡い桜色であり、文字は濃い桜色である。

このようにケータイ小説サイトという環境で閲覧するケータイ小説は出版された作品とは違った印象を受けるものではあるが、文体自体はそれほど変わらない。確かにケータイ小説サイトのアーキテクチャは、ケータイ小説の特質や鑑賞のされ方に影響を及ぼすのだが、本としてのケータイ小説も、あくまでモバイル通信という環境の中で投稿・閲覧された作品であることを確認しておきたい。

膨大な投稿作品の中で人気を得るためには、投稿サイトでの工夫が必要になる。黒川（2008）は「たくさんの人に読んでもらうためのテク７」と題して次の７点をあげている。以下、３ページにわたる黒川の説明の項目のみをリストしておこう（2008:44-46）。

1. とにかくマメに更新！
2. 書いたら宣伝を忘れずに！
3. 表紙で興味をひきつけよう。
4. 読者を味方につけて！
5. 検索されやすい言葉がカギ。
6. サイトの傾向をつかもう。
7. 人気作家をとことん研究！

ケータイ小説が、読んでもらうための工夫を必要とすることから、それが作品の価値を無視することになりがちだという指摘もある。アクセス数を上げることの重要性ばかりが重視され、人気投票による賞や書籍化・映画化などでさらに人気を得るようになる仕組みになっている。つまり、ヒットするかどうかは作品の良し悪しだけではなく、うまくアクセス数が増えるレールに乗れるかどうかがカギになるのである。特に、主催者であるケータイ小説サイトのお墨付きが効果的で、「この作品はおもしろい」などと宣伝されると読者からのアクセス数が増え、他の読者もアクセス数が多い作者なら面白いだろうと思う、というプロセスで人気が出ていく。ケータイ小説の世界では最終的に読者が多い作品こそが勝利者であるというこの傾向を、批判する立場をとるケータイ小説作家もいる（anurito 2010）。

同様に中村は、中村・鈴木・草野（2008）で、ケータイ小説の作品群の中で目を引くものもあるのだが、残念なのはネット上の人気が何よりものを言う世界であるため、タイトルとあらすじの強い作品が有利になる傾向があることだと指摘している。コミュニケーションの方法自体がコンテンツの有様に影響を及ぼすことは当然考えられることであるが、これはケータイ小説の特徴を考察する上で無視できない点である。

2.5　書籍化とメディア展開

ケータイ小説はサイトで無料で閲覧できるのだが、読者はそれを書籍として入手したがり、多くの作品が書籍化される。中には販売数100万部を超えるものもあり、『恋空』上・下は200万部を超える売り上げとなった。

2.5.1　しゃれた製本

ケータイ小説の単行本の出版には特別な配慮が見られる。例えば『赤い糸』は、本文が赤字で印刷され、カバーも赤に白い糸が描かれるなどである。

装丁では、特にカバーに凝ったデザインが使われる。色使いは、ピンク、ブルー、イエロー系の明るいもの、かわいいイラスト、ラメ入り、透明カバーなど、女の子に受けそうなものになっている。またヤンキー系の作品なら黒地にピンクや赤といった派手な配色や大胆な図柄が目立つ。

特に興味深いのは『あたし彼女』の場合である。縦約18センチ、横約10センチという手にとりやすいサイズで、各ページはケータイ画面を再現したような短い語句が連なる独特の構成となっている。また、物語で表現される一人称語り手主人公あたし（アキ）と彼（トモ）の感情的な変化が、各ページの右側の余白に２本の線でビジュアル的に表現される。アキの視点から描かれる心情はピンクの線、トモの視点でトモが語る部分は黒い線となっている。

ケンカした時のアキの気持ちは、その右側にギクシャクした気持ちを表現するギザギザの線が描かれる。例えば次のような部分に共起する。

(13)『あたし彼女』139
なにソレ
なんなのソレ
もろ
引きずってます
みたいな
腹が立つ
「そしたら…
そんな
引きずってるなら
アタシと
付き合ってんじゃね～よ
フザけんなよ！」

一方、ふたりの恋がうまくいっている時は、次に示す部分の右側にハートが絡み合う2本の線が描かれている。

(14)『あたし彼女』410
だって
あぁ
もぉ
アタシ
こんなに
幸せで
大丈夫？

他にも、ケータイ小説には写真入りのものや、章扉にイラストが付いたものなどがあり、全体的に女の子にアピールする「かわいらしさ」を表現したものが多い。

2.5.2　メディア展開

人気のあるケータイ小説は、書籍だけでなくさらにメディア展開される。例えば『恋空』は「魔法のｉらんど」に2005年から連載され、2006年『恋空』上・下として書籍化、2007年に映画化された。続いて2008年にはテレビドラマ化、マンガ化（全８巻）された。また、2007年には美嘉の恋の相手であるヒロの視点から書かれたサイドストーリー『君空』が書籍として発売された。

このようなメディア展開を通してマルチメディアの作品となることで、ひとつのポピュラーカルチャーを形成する。その過程でもともとは無名だった者が、しかも当初はケータイ小説作家を目指していたわけではなかった者が、結果的に作家活動を続けるようになることもある。

『恋空』と『君空』の著者美嘉は、2008年と2009年に『こんぺいとう』上・下、2009年に『いちご水』、2010年と2011年にカタノトモコとの共著としてマンガ風イラスト入りのエッセーシリーズ４冊を出版している。ケータイ小説も続けて発表していて、2011年には『GIRLY　痛く、切なく、優しい愛』上・下を出版している。さらに、ホームページ「Sorapist」(2013) で、ケータイ小説世界の読者たちに話しかけ続けている。ブログは折に触れてアップされていて、2013年８月時点での総訪問者数は3,690万を超えている。

第3章
ケータイ小説語へのアプローチ

本章ではケータイ小説語を観察・分析・考察するにあたり、その枠組みを幾つか簡単に確認しておきたい。

3.1 談話言語学のアプローチ

伝統的な言語学では文を最大枠として、節、句、語彙、形態素、音韻、音素といった単位を分析する姿勢をとってきた。しかし、ここ30年近く談話や文章を単位として、言語現象を観察する姿勢が顕著となってきた。それは、会話分析、談話分析、語用論、社会言語学など一連の研究領域で、学問の対象となる現象が大幅に拡大してきたことに支えられている。

3.1.1 コミュニケーションの出来事としての言語

言語を文より大きな意味の単位として分析する立場は、筆者も30年来維持してきたことである。筆者は談話を「実際に使われる言語表現で、原則としてその単位を問わない。単語一語でも談話と言えるが実際には複数の文からなっていることが多く、何らかのまとまりのある意味を伝える言語行動の断片」（メイナード 1997:12-13）であると定義した。本書で分析するケータイ小説は、まさにこの日本語の談話現象の一部である。

談話言語学では、言語をコミュニケーションの出来事として捉え、談話全体を視野に入れてその姿を観察・分析・考察する。文、節、語句、形態素などの単位は、最終的にはある談話の出来事を創造的に実現するために機能すると見る立場をとる。ケータイ小説の分析にあたっては、大小の言語表現のひとつひとつがその創造にどのような役目を果たしているかを知ることが大切になる。何よりもケータイ小説を書き、閲覧し、読むという現象を人間がコミュニケーションの場で具体的に参加する行為と捉え、その仕組みや意味を理解する必要がある。

なお、談話という表現は文章と対照的に使われることがある。この場合文章は書き言葉、談話は話し言葉とされるのが一般的であるが、筆者は談話分析を広義に捉え、話し言葉も書き言葉も含めて談話という表現を用いてきた。今回もそれに準じる。また作品の文章（及びコンテンツ）を指してディスコースという表現も使用することにする。

筆者は本書で分析するケータイ小説語を「会話体文章」という表現で性格付けるのだが、そこにはまさに会話と文章という従来は別扱いされていたものが融合された現象が見られる。この現象は言語というものを、広く談話として捉えることの大切さを教示してくれているように思う。

3.1.2　創造性を無視しない考察

言語表現は、ともすれば、ある規制・規範に縛られて作成されるものであると考えられがちである。言語に内在する文法的な規則であれ、社会的、語用論的な規範であれ、言語を使用する者は一定のルールに従って言語を用いる、または、用いるべきであると考える傾向がある。確かにある一定の文法規則に従って使うのでなければ意味不明に陥りやすいのではあるが、言語使用には意図的に規制や規範から逸脱した表現もあることを忘れてはならない。例えば、場違いの極度に丁寧な表現はアイロニー表現として利用されることが多い。

他にも、文字通りの意味を成さない表現が数多くある。修辞疑問文、メタファー、トートロジーの類はその好例であるが、文字通りに解釈できないことで、もっと情意を含んだ解釈を余儀なくされるのである。これらは規制・規範を逆利用することの効用であり、もともと言語に備わっている逆説の論理と言ってもいいだろう。

私たちは日常生活で言葉遊びをすることもある。ふざけていつもと違う口調で話したり、方言や各種の言語のバリエーションを借用したり、駄洒落を言いあったり、ユーモアたっぷりの談話をお互いに楽しんだりというのも、言語生活の一部である。このように言語は、創造的行為を実現する手段としても存在する。言語には多種にわたる機能があるのだが、それは言語を談話という人間らしい表現の実践として見ることで理解することができる。

言語が個人によって自由に創作され消費される時には創造性や個性を伴い、むしろ、楽しんだり遊んだりする側面が前景化される。そのため、ケータイ小説語を考察するためには、それなりのアプローチが必要になる。特に大切なのは、言語の機能や役割にはその情報としての意味だけでなく、主体の存在を知らせる言語の表現性や創造性が含まれることを受け入れるアプローチである。そのような表現効果は、単なる部分の集合ではなく全体を流れるものとしてある。そしてその全体の表現性を捉えるためには、意味が作品の具体的なディスコースの複数のレベルで相互作用を繰り返しながら、相手と交渉されて実現するものであると理解する必要がある。談話言語学のアプローチではこの姿勢を維持しながら、いろいろなレベルの言語使用がケータイ小説というディスコースにおいてどのような意味の実現に繋がっていくかに焦点を当てながら、考察していく。（詳細はメイナード 2004、Maynard 2007などを参照されたい。）

3.1.3　場交渉論

具体的にケータイ小説を観察していくに当たって、その意味の把握をどのように考えるかという理論的な問題がある。筆者は『情意の言語学』（メイナード 2000）で「場交渉論」という言語論を提唱し、それに基づいて幾つかの日本語の現象を情意の意味実現という観点から論じた。本書でもその基本的立場を維持する。

談話の意味は「場」つまり、そこでコミュニケーションの参加者が相互交渉しながら言語行為を遂行するスペースで成就されるものと考える。具体的には「認知の場」「表現の場」「相互行為の場」のそれぞれの「場」に、事物・主体・相手の３つの要素を認め、それらの相互関係を「感応的同調」や「見え先行方略」「なる視点」「感情の焦点化」などによって解釈するものと理解する。

言語記号の意味概念として、意味の可能性を持った「可能意」、交渉されて具現化する「情報」と「情意」、さらに「情報」と「情意」の統合された「交渉意」を認めるが、コミュニケーションで大切なのは、話し手と相手の交渉の結果としての「交渉意」である。「交渉意」は「認知の場」「表現の場」「相互行為の場」という３種の場の交差する場、つまり「トピカの場」に存在する。

場交渉論では、３種の場に関連した６つの機能を認める。「認知の場」と関連して「固体認知」と「命題構成」の機能、「表現の場」と関連して「情的態度の表明」と「対他的態度の伝達」の機能、「相互行為の場」と関連して「参加行為の管理」と「共話行為の調整」である。

本書で観察・分析・考察するケータイ小説についても場交渉論の枠組みからアプローチすることで、その意味や機能をより鮮明に把握することが可能になる。言語の主体が操作する言語表現が「トピカの場」にどのような影響を与え、どのような意味交渉に貢献するかを考察することで、ケータイ小説というコミュニケーションの「場」における言語の出来事が何を表現しているのかを具体的に理解していきたい。

ケータイ小説語の意味は作者と読者で交渉されて実現するのだが、そこには重要な場や機能が認められる。具体的には後述するが、特に重要なのは「表現の場」であり、「情的態度の伝達」や「対他的態度の伝達」が前景化される。これは、本書で論じるケータイ小説のスタイルである会話体文章の根源的な特徴が、情報の提示というよりむしろ感情や相手への態度といった人間的な意味と深く関わっているからである。さらに、ケータイ小説では「相互行為の場」にも焦点を当てる必要がある。特に「参加行為の管理」として、ケータイ電話の操作自体が登場人物の人間関係を示すのだが、そこに情的態度が表現されるからである。

3.2　小説へのアプローチ：マルクス主義文学批評

ケータイ小説は小説か、という議論がなされることがあるが、それは「小説」というものをどう見るかによって変わってくる。筆者はケータイ小説を後期ポストモダンの日本における「小さな物語」として認めるのだが、その理由を明らかにしなければならない。まず、マルクス主義文学批評の中からLukácsとBakhtinの小説論を復習する。そして次項で、日本の小説分野のうちケータイ小説と関連付けられがちな「私小説」についての論考に触れることにしよう。

Lukácsと Bakhtinはマルクス主義の影響を受けていることから、その思想は「大きな物語」を代表するものであると言わなければならない。しかし、その立場はあくまで反体制的であり、ポストモダンの文化を語る上で無力ではない。

小説のジャンル性を社会・歴史の中に位置付けることを試みたLukács（1971）は、小説とは何かという疑問に答を提供してくれる意味で重要である。一方Bakhtinは小説というジャンルを読み解くことで言語哲学を提唱した学者であり、小説の言語を分析する際には無視することができない。それはBakhtin（1981、1984、1986）がロシア・フォーマリズムの流れを汲んで、文学論が一般的に言語表現自体を軽視・無視しがちであるのに対し、具体的に言語表現、特にその意味・機能に着目したからである。

ところで、文学史上、小説を論じるにあたり避けて通れない小説家はドストエフスキーであるが、現代日本でもその存在が見直されているようである（秋山・井出 2011）。Lukácsは、後述するようにトルストイを超えた小説家として、ドストエフスキーをあげ、また、Bakhtinもドストエフスキーの作品について多くを語っている。この意味でも、ここでLukácsとBakhtinに触れる意義があると思う。

3.2.1　Lukácsの小説観

Lukács（1971、原作は1914年から1916年にかけて執筆され1920年に出版された）の小説論は、ヘーゲル的な見方で、小説というジャンルを歴史の中のひとつの過渡的な現象として見ている印象が強い。小説は、文学が進歩・発展してきたその歴史の中のひとつの段階として出現したもので、もとは、エピック（叙事詩、英雄詩）から小説へ、そして将来はまたエピックへ、という流れの中に位置している、と説く。

小説とは「全く罪深い時代の表現形態」であり、それは「問題を抱えた人間がその人生について語る」ものであると言う。Lukács（1971）の言葉を借りよう。

> 小説の内部形態は、問題を抱えた個人が自分とは何かを問いながら、自分に向かって歩む旅の過程であると理解されてきた。それは、ただ単に存在する真実――つまり多くの人々に真実だと理解されている各種の真実、しかしその個人にとっては無意味の真実――に囚われるような退屈な状態から逃れて、自分を鮮明に理解し認識することへの道のりである。(1971: 80 筆者訳)[注1]

小説をこのように見る時、それは単なるジャンルというより、自分の内面を探るための手段であると考えることができる。小説はフィクションであり虚構を描くものであるが、それは単にストーリーを作るということではない。小説の奥底には自己理解という欲求が隠されていなければならない。この視点から考える時、ケータイ小説は少女たちが思春期にあって自己意識に目覚め、自分を探し理解しようとするそのひとつの過程で書き綴る「小さな物語」であり、それは確かに「小説」なのである。

Lukács（1971）が、文学の歴史の、ある過渡期に存在する小説というジャンルの中で注目するのは、まずトルストイの作品であった。例えば、トルストイの短編“Three Deaths”（『３つの死』）について、それが自然と密接に繋がって生きる大衆の心情を描いたものであるとし、その作品は新しいエピックとも言えるものだとしている。一方、ドストエフスキーについては、単なる「小説」を書いたのではなく、次の引用部分にあるように、新しいジャンルの作品を書いた作家であるとコメントしている。

> ドストエフスキーは小説を書いたのではない。彼が作品の中で明らかにした創造性とはヨーロッパの19世紀の浪漫主義や、そのような潮流に対す

る浪漫主義の枠内に収まりがちな多くの反動的な態度を肯定したり否定したりする動きとは全く関係ない。彼は、新しい世界に属する存在である。(1971:152 筆者訳)注2

3.2.2　Bakhtin の文学哲学

歴史の中にうまく嵌め込むことのできない新しいタイプの小説家として、ドストエフスキーが浮かび上がるのだが、そのドストエフスキーの作品を高く評価し、後に発表する言語哲学の源としたのが Bakhtin（1981、1984）である。Bakhtin（1981）は何よりも、小説というジャンルは、言語についての理解を深めるのに必要な作品群であり、小説を分析することで文学批評論が生まれるのだと主張した。

もっと根本的には、Bakhtin（1981）は人間の存在に言語哲学が不可欠であることを説き、そのために小説が役立つのだとする。ある小説を考察するためには、その言語形態を静的に捉えるのではなく、小説をひとつの「発話行為」として捉える必要があるとする。しかもその小説のディスコース外部の情報を考慮に入れることで初めて小説の言葉を理解することができる、と Bakhtin は言う。小説に出てくる「会話」は、単なる登場人物の発話のやりとりとして片付けられるものではなく、そこには価値観や社会文化的な態度が隠されていると理解しなければならないのである。

エピックと小説を対立する範疇として捉えた Lukács（1971）とは対照的に、Bakhtin（1981）は1940年に書かれたとされる“Epic and the Novel”という評論で、小説というジャンルがエピックを超えたもの、同じ線上では語れないものであることを強調する。小説というジャンルはいつも変化し続けていて、その時代ごとに新しい形態になるのであって、その変化には終わりがない。エピックと小説は対立するジャンルではなく、むしろ小説の中にエピックが内包されると考えるべきだとするのである。

Bakhtin（1981）はこの評論で小説の特徴について論じているが、以下は、その論点を筆者がまとめたものである。

1. 小説というジャンルだけが、新しい形態や新しい解釈の仕方に開かれている。
2. 他のジャンルにはそのジャンル内の代表作といわれる規範、正典と認められる作品があるが、小説にはない。
3. 小説というジャンルは常に、今、創られつつあるジャンルであり、静止した作品群として存在するわけではない。
4. 他のジャンル（例えばエピック）を研究することは、死んだ言語を研究するに等しい。小説の言語を研究するのは、生きている言語の研究であるばかりでなく、まだ若い言語を研究することでもある。
5. 小説のディスコースは、自由で、社会や大衆の変化に敏感に応じる。
6. 小説の言語は、変化に富んだスタイルを伴う多くの人々の声を導入し、さらに、文学作品の中に見られる複数に重なるスタイルを利用する。
7. 小説は他のジャンルの言語を受け入れるために、常に意味的にオープンである。それは今変化しつつある未完成で今も進化を遂げている現実と、随時関連性を維持する作品群だからである。
8. 小説の言語は、日常の話し言葉に近く、その変化にも敏感に対応する。

小説をこのように開かれた変化しつつあるジャンルと考えると、ケータイ小説というジャンルが現代日本の社会に生まれるべくして生まれてきた文芸の一形態であり、それを小説と認めないわけにはいかないのである。

Bakhtin（1981）はエピックについて次のように言う。エピックは、あくまである国のヒーローの物語であり、現在の時点から遠く離れた時代の英雄伝である。古典文学では、多くの場合過去の栄光を称える作品が多く、今の時代の事実を語ることのないエピックの世界はすでに終わった世界なのである、と。Bakhtin（1981）は、1935年から1945年にかけて執筆されたとされている“Discourse in the Novel”の中で、小説のディスコースへのアプローチを論じているが、その中には、ケータイ小説を分析する上でヒントとなる指摘もある。

例えば、それまでの言語へのアプローチの誤りを次のように批判している。

> 言語哲学、言語学、文体論（つまり、今まで私たちの前に提示されてたもの）はすべて、話し手と、話し手が所有するとされる単一の独自の言語との間を、簡単に直結させて受け止めてきた。しかも、その言語が個人のモノローグ的な言葉として具現化するものだと短絡的に理解してきた。そのような考え方は、言語のあり方にふたつの極を見出しているにすぎない。つまり、彼らが知っている言語や文体のすべてをふたつに分ける極であるが、片方は単一の言語という概念であり、もう一方は、個人がそのような言語を使って話すのだという理解の仕方、である。(1981:269 筆者訳)[注3]

しかし、言語というものは、そんなに単純なものではない、とBakhtin（1981）は続ける。言語とは複数のバリエーションに富んだものであり、その表現には声の多重性が認められるからである。

3.2.3　声の多重性

筆者は今まで何度もBakhtin（1981、1986）の声とその多重性という概念を日本語の談話分析に応用してきた。Bakhtinは、談話の断片、その中に出てくる１行の文、たった１語にさえも幾つかの異なる声（voice）が響いていると主張する。つまり、言語表現には常に複雑な視点を代表する声が聞こえ、そこに多重性（heteroglossia、multivoicedness）が認められるという立場である。

この立場は、もっと根本的にはBakhtin（1981）の言語観である言語の対話性に基づいている。Bakhtinは談話の意味解釈にはその談話自体だけでなく、談話の表現を介してその外部で起きているコミュニケーションにも目を向ける必要がある、つまりテキスト（文章）だけでなくコンテキスト（言語使用の環境）にも注目する必要がある、と説く。そして、特に語り手と聞き手、もしくは語り手と先行する（または後続する）語り手との間で、談話内部のコミュニケーションが行われていることに注目する必要があると主張する。

Bakhtin（1981、1984）が主張する言語の対話性がケータイ小説語の研究に直接関係するのは、(1)「会話」的な談話を理解するのに有効であること、(2)

そこに充満する多種多様の声を他のジャンルをも含む広いコンテキストを考慮に入れて理解できること、(3) 言語の主体や相手を単数の個として見るのではなく、お互いに作用し合う複数の意識として理解できること、などである。特にケータイ小説の対話性は、3つのレベルで観察できる。まずディスコースの中に会話部分で相手の反応が示され生き生きとした会話が提示されるレベル、語り手が読者に向ける言葉を通して対話性が成り立つレベル、そしてケータイサイトで作品の書き手と読者が作品外で対話するレベル、である。

複数の社会の声を、ただ複数あるとするのではなく、Bakhtin（1981、1984）に沿って理解すれば、対話として内在化した社会の声として捉えることになる。従って声の多重性を語る時、それは別に従来の文学作品の中にだけ見られるものではなく、ありとあらゆる言語表現、つまり人間が言語を使用する行動すべてに認められるものであると考えねばならなくなる。本書で考察するケータイ小説という現象は、その内部にそのような声の多重性を備えた作品群を形成している。

Bakhtin（1981）は、学問のあり方についてもうひとつヒントを与えてくれる。それは言語をモノロジックな発話であると考えること、そしてすべてが中央に向かって集中する求心力（centripetal forces）にコントロールされていると考えることが、単一の視点から見る誤った言語観に繋がるという点である。例えば言語学で言う祖語（proto-language）の概念を思い起こそう。ヨーロッパの言語の起源を辿っていくと、ひとつの現存しない祖語に行く着くという考え方である。しかし、言語には常に遠心力（centrifugal forces）が働いている。求心力と遠心力というイメージを受け入れることはマルクス主義が非難する中央集権的イデオロギーへの批判を思い起こさせる。ここで私たちが受け止めるべき大切なメッセージは、言語現象を中央集権というシステムの内側に固定するのではなく、外に向かう開放的な現象と見るべきであるという点である。

この立場は、ケータイ小説語を考察の対象とすることの是否についてふたつのヒントを与えてくれる。今書かれ読まれている小説（ケータイ小説）を否定して古典のみを小説とするのは、小説というジャンルをむやみに制限するもので、生きた言語へのアプローチを拒否するものに他ならないこと、そして、ケータイ小説を小説でないとする観点こそが中央集権的であり、声の多重性を認めない狭い立場だと認識する他ない、という2点である。

3.3 私小説論

ここで、視点を日本の文学史に移してその小説論を確認しておこう。ケータイ小説と関係があり近代日本の文学を代表する小説は、何と言っても私小説である。日本の私小説は、西洋の自然主義が日本に輸入されたことから始まったとされるが、日本には、西洋の自然主義を生んだような市民社会も思想も存在していなかったし、個人主義の確立もなかった。

3.3.1 私小説批判

上述したような状況で取り入れた文学の動向は、小説家が自分の体験や私生活をただありのままに表現するという、日本的な私小説であった。それはともすると、告白小説や心境小説というやや屈折した文学になっていった。

私小説についての論評では、小林秀雄の『私小説論』と中村光夫の『風俗小説論』がよく知られている。中村は1950年に出版された『風俗小説論』(2011再版)で、1935年に発表された小林の論文『私小説論』(1962)を受け継いだ形で、私小説を批判している。日本の私小説というジャンルは、西洋文学を無理に受け入れた結果生まれた貧弱な内容の作品群であったと指摘する。中村の立場は次の引用部分(長い文の一部のみ)に示す通りである。

> 西欧では自然主義文学は、ロマン派の個性過信に対する反動として生まれた非個性的文学であったのに対し、我国の自然派小説は、少なくともその主流をなす私小説においては、作家の個性偏重の文学であり、この点でロマンチック小説の性格を強く帯びていたわけですが、しかしその反面で我国の実証主義時代の「幻滅」の作用は、小説が小説である以上必ず持つ筈の仮構性をさえ否定して、「真実」であるために或る部門の科学そのままにまず事実の記録であることを小説に求めたので、これを例えばフロー

ベルやゾラが同じく観察や解剖を唱えながら、その「想像力」をどれほど逞しく駆使して仮構の世界を築いているかということと比較するとき、こうした素朴な誤解を生じたのは、科学がどれほど新しい驚異を地上にもたらそうと、ともかくそれを自己の頭脳から生みだしたことだけは判っきり意識している西洋人と、これを外来の魔術に似た畏怖の情を通じて受取らねばならなかった東洋の後進国民とが、科学に対して抱き得る妄信において質的に違ったものを持ったためではないかと思われますが、(略)。(2011:73-74)

3.3.2 新しい私小説

このような批判を受けてきた私小説は滅亡したかに見えるのだが、＜私＞をテーマとする小説が根本的に消えてしまったわけはなく、1980年代からは新しい私小説が生まれていると主張する立場もある。例えば富岡（2011）である。

富岡（2011）はまず、従来の私小説について次のように言う。

作者である「私」の体験や事実を赤裸々に「語ること」。伝統的な私小説は自身の秘密を、あるいは他者との関係を語ることで、その真実を「あばき出す」ことを目的としていた。それはしばしば周囲の者たちを犠牲にすることを厭わないエゴイスティックな表現行為であったが、しかしそこにこそ人間の「真実」があり、「存在の根拠」があるという信念に支えられてきた。それは逆説的に、普遍的な心理や理想を目ざす「近代」の価値を信じることとつながっていた。(2011:9)

そして富岡（2011）は、現在活躍しているポストモダン時代の新しい私小説作家として車谷長吉と西村賢太をあげる。車谷長吉は、私小説という表現において自身や血族だけでなく、時代そのもの、現代そのもの、の無根拠性をあばき出していると指摘している。

さらに西村賢太の作品に触れ、次のように述べている。

> 西村作品は「エンタメ私小説」などとも称されるように、私小説がかつて主題とした、貧乏・酒・病気・女という素材をかき集めて、それをメガロポリス東京の地図上に展開していくことで、むしろ読者の笑いと共感を生み出している。同時に現代社会への痛烈な風刺の側面を持っている。(2011:12)

このように、現在はむしろ社会化した＜私＞のディスコースを考慮に入れた形態を私小説とする立場が見られる。

一方小谷野（2009）は『私小説のすすめ』という著書で、今までの私小説に関する誤解を解き、むしろ私小説に興味のない人の方が不自然だという私小説肯定論を繰り広げている。小谷野は、「私小説というのは、基本的に、自分とその周囲に起きたことを、そのまま、あるいは少し潤色して描いた小説のこと」であると定義し、私小説というジャンル分けはかなりいい加減なものであるが、根本的には「自己暴露」で、恋愛をめぐる「情けなさを描く」(2009:8) ものであるとしている。このような見方に基づくと、ケータイ小説も確かに私小説的である。

小谷野（2009）はさらに、小説と物語の差について、「王妃が死んだ。続いて王が死んだ。」とするのが物語、「王妃が死んだ。その悲しみのあまり王が死んだ。」とするのが小説であると説明している。＜私＞の視点からの感情が織り込まれることによって、小説が生まれる、とういう見方である。その小説の中でも、私小説こそが真の純文学であり、そのジャンルが日本独自の失敗に終わったと批判されてきたのは、実は間違いであったと言う。小谷野は、私小説は立派な文学形式であり、それを批判する人こそ無知か恋愛に興味のない人だとさえ言い切っている。

以上見てきたように小説へのアプローチは多様であり、私小説に関しても諸説がある。しかし、ケータイ小説を小説と見て分析するという立場を簡単に否定することができないことだけは明らかになったと思う。文学史の流れの中に、ひとつの「小さな物語」としてケータイ小説という文芸があることはもはや否定できない。

3.4　ジャンル論

筆者は『マルチジャンル談話論』（メイナード 2008）で、ジャンルについて考察したことがある。本書でも、ケータイ小説がひとつのジャンルを形成していると論じるのだが、その前に、ジャンル自体をどのように捉えるかを確認しなければならない。

一般的にジャンルというと、書き言葉、その中でも文芸作品の表現様式に関連してその種類を指すことが多い。例えば、小説、エッセー、詩歌などである。筆者は従来のジャンルという枠組みを広げて、ジャンルを「意味を創造する人間行為に典型的に観察できる一定の表現様式によって支えられたある種の談話のタイプ」（メイナード 2008:2）と定義した。表現様式とは、語彙、文法、談話構造、表現のパターンやスタイル、広くはビジュアル記号をも含む。また、ここで言う談話とは、バーバル記号としての言語とビジュアル記号とを含むコミュニケーション行為を指す。

ジャンル研究は、日本では文章論や文体研究などと関連している。特に言語学関係では社会言語学の分野で扱われることが多く、（言語表現の）スタイル、位相、バリエーション、文体、話体、などの項目のもと論じられてきた。

海外では、ジャンルと類似した概念としてスタイルやモード（mode）がある。スタイルは日本で一般的に認められている書き言葉の文体に加えて、話し言葉のスタイルを指すこともある。ここで言うモードとは、基本的には表現手段のことで、例えば、言語、音声、ビジュアル記号などの手段を指して言う。

3.4.1　社会的コミュニケーション行為としてのジャンル

ジャンルに関する先行研究の中で、本書のアプローチにヒントを与えてくれる研究態度として、ジャンルをひとつの静的な形態として把握するのではなく、ある社会の状況や必要性に迫られてそれに応える表現の範疇であるとする立場がある。

例えば Bazerman（2002）は、ジャンルとはコミュニケーションのための社会的なスペースである、と主張する。ここで Bazerman があえて社会的なスペースと言うのは、ジャンルの選択が人間性にも関与していて、私たちが日常使用するジャンルがそれなりの態度を示すことになるという意味においてである。私たちは、ある場で特定のジャンルのコミュニケーションに参加することによって、同じようなことをし、同じようなことを考え、同じようなことを感じるようになる。あるジャンルのコミュニケーションに参加することで実現するのは、情報や情意の共有だけでなく、そのグループへの所属を意識するという社会的なアイデンティティの実現でさえあると言える。ジャンルは何よりも社会的背景に応えるコミュニケーション行為と捉えるべきなのである。

このジャンルへのアプローチを、ケータイ小説に当てはめて考えてみたい。ケータイ小説に参加する当事者たちは、特殊なコミュニケーションの実践を通して、ケータイ小説という世界に住み、同じような虚構と現実を生きる。そして、そのジャンルの特徴に支えられたある種の感情を味わうことになり、それなりに満ち足りた気持ちにもなる。もっと言えば、ケータイ小説の読者はケータイ小説の世界を経験することで、そこで与えられる満足の仕方に慣れ、それがごく自然のことのように感じられるようになるということである。つまり、あるジャンルのコミュニケーションに参加することは、単なる表現の問題ではなく、それが一時期のものであれ、そのジャンルで認められ保護される人間性を実現することに繋がる。ケータイ小説は、確かに作者と読者の生のあり方にも影響を及ぼしていると言える。

コミュニケーションが大衆的なスケールで複数のメディアを通してなされる昨今、社会性を帯びたジャンルの概念を避けて通ることはできない。筆者は、ジャンルという概念をケータイ小説の分析に応用することで、ケータイ小説語が、個人的にも、また、社会的にも、どのような表現機能を果たしているのかを考えていきたい。

3.4.2　文芸ジャンルとしてのケータイ小説

ケータイ小説には、それに適したコミュニケーションの方法があり、それは読者にどうアピールするかに直結する。ケータイ小説のアピールの仕方の特徴は、そのジャンル性を特徴付ける重要な要素である。本書で明らかにされる表現上の特徴は、読者との関係、読者が置かれた文化・社会的環境との関係を視野に入れることでより鮮明になる。

さらに、ケータイ小説は文芸作品の表現様式としてあるだけでなく、上述したように、その世界に参加する者に複数のアイデンティティを提供する場であり、文化・社会的な意味をもたらすことのできる作品群である。本書では、そういう視点からケータイ小説のジャンル性を考えていく。

具体的にケータイ小説が一種の文芸ジャンルであるという主張は、例えば福嶋（2010）に見出すことができる。福嶋は、ケータイ小説をライトノベルと並べ、両者が新種のパルプフィクション、つまり「読み捨てるのに向いた軽い文学」（2010:175）であるとしている。日本における従来のパルプフィクションはマンガなのだが、近年はマンガに加えてライトノベルとケータイ小説が台頭してきているとし、次のように説明する。

> だが日本で、ここ十年のあいだに台頭してきたライトノベルやケータイ小説は、まさにその漫画、あるいはアニメやゲームに大きな影響を受けて書かれた小説に他ならない。それらは、ちょっとした暇つぶしや友人との話題に適した文学であり、ふつうの意味での芸術性の高さを求めているわけではない。ライトノベルやケータイ小説は「文学の世俗化」が極端に進んでいる様式であって、「良き文学」を定めるゲームにほとんど乗らないまま、独自の進化を遂げている奇妙な世界でもある（略）。何にせよ、若者の生活圏に密着した文学として、それらは日本に定着した新種のパルプ・フィクションと理解するのが妥当だろう。(2010:176)

福嶋（2010）はさらに次のように続ける。

> （略）これら新しいパルプ・フィクションは市場原理に確かに連なってはいるものの、さしあたり大衆文学の中のマイナー文学と呼ぶのが相応しいように思われる。主流的なメディアで広く承認されるような想像力からは微妙に逸脱しつつ、しかし濃縮された何かを集団的に複製＝模倣していく

こと、そこに現代のライトノベルやケータイ小説の文学性の核があるのではないか。(2010:177、傍点は原文のまま)

ケータイ小説のジャンルについて、創作する者の側に焦点を当てて論じたものに宇野(2008)がある。宇野は、ケータイ小説の特徴として、その多くが「プロットと簡単な会話による簡易な文章表現によって成り立っている」(2008:307)ことをあげる。ケータイ小説とは、脱キャラクター化した文芸なのだと言う。そしてそこには「物語の純化」(物語、プロットそのものが前景化される)が見られ、それはポストモダンの現在、「文体」のような「大きな物語」に支えられた表現の空間が効力を失ったことと結び付けることができる、と指摘する。

さらに宇野(2011)は『リトル・ピープルの時代』という著書で、大衆が誰でも創作でき消費できるというリトル・ピープルの時代において、ケータイ小説は当然生まれるべくして生まれたひとつの言語文化である、とコメントしている。

以上のような言説があることを考えると、ケータイ小説を現代日本の文化社会に存在するひとつのジャンルとして認めないわけにはいかないと思う。

他にもケータイ小説をプラスに評価し、ひとつのジャンルと認める立場がある。田中(2008)は、日本語はケータイ電話での読み書きに向かないとしながらも、「新しい形態の世界的文芸が日本で完成される可能性はあるだろう」(2008:45)と述べている。また本田(2008)は『なぜケータイ小説は売れるのか』の中で、ケータイ小説は「私の物語」であり、そこから新しい物語が生まれる可能性があると指摘している。ケータイ小説はティーンエイジャーのための「私の物語」が、日本の各地方都市に発信されるようになったものであり、そこには確かに消費者に支えられたジャンルがあると、本田は言う。

このようにケータイ小説をひとつのジャンルとして認めようとする立場は拡がりを見せており、筆者も同様の立場をとる。本書ではケータイ小説語を分析することでその特性を明らかにし、より具体的にジャンル性を確立することに繋げたい。

3.5 ケータイ小説を書く心理

ケータイ小説の人気は一向に衰えず、新しい作品が続々と投稿されているのだが、投稿の理由は何なのだろうか。ケータイ小説作家志望の投稿者もいて、作品の発表の場として利用している場合がある。しかし、多くの場合特にリアル系ケータイ小説の場合は、最初は自分の苦しみや悩みをケータイで綴ることによって癒されたい、また、みんなに聞いてもらいたいという願望を持っていることが多い。少なくとも、あとがきやホームページに記された作者のメッセージにはそういう告白が多い。もちろん、作者の本心を知ることはできないが、ケータイ小説作家のインタビューなどを読んでもそのような解釈が可能である。ケータイ小説を書く動機としては、純粋に伝えたい、聞いてもらいたいという欲求が多数を占めているのである。

3.5.1 あとがきからわかる書く理由

例えば『天使がくれたもの』には、そのあとがきに、心の中の苦しみをどうにかしたいという願望から小説を書いたという記述がある。恋人カグに本当の気持ちを告げることができず、ようやく告白しようと決意した夜、カグが交通事故にあって即死してしまう。5年半後、後悔のあまりカグの墓参りができなかった自分にケリをつけようと、小説を書くことを決意する。Chaco はあとがきに次のように記している。

(1)『天使がくれたもの』238

この『天使がくれたもの』は、私の経験談であり…ケジメをつけるために記したものです。

「書き終えたら、彼に逢いにいこう」

そう決意して、ホームページに書き始めました。

最初は、誰かに読んでもらうためではなく…自分自身のために。

書いていく中で読んでくださる方がいて、書き終えた時にはたくさんの方から…たくさんのお言葉をいただきました。

『天使がくれたもの』のこの言葉は、作者が癒しのために小説を書くことになったことを読者に訴えるものである。作者が自分の過去を小説として書き自己言及することが、自己治癒になるということを直接読者に知らせ、アピールしているのである。

『恋空』の場合は、別れた恋人ヒロとの約束を果たすためという説明がある。美嘉は恋人ヒロと別れたものの、癌で入院しているヒロに再会する。そのブランクの間の経験や気持ちをお互い日記に書いて、ヒロが退院したら交換しようと約束する。しかし、ヒロは病死し、その後美嘉は２冊のノートを前にして、その内容をケータイ小説サイトに載せることを決意する。

(2)『恋空』下 361

小説として書き始めた理由は、旅立ってしまったヒロにも届くのではないかと…そんな小さな願いがあったから。

そして、二人過ごした日々を読んで、少なからず誰かに何かが伝わってほしいと思ったからです。

『天使がくれたもの』と『恋空』は、気持ちの整理や悲しみを癒すために書かれたとされるが、この２作品だけでなく、リアル系ケータイ小説の中には癒しのために書かれたと想定される作品が多い。

3.5.2　インタビューからわかる書く理由

ここで具体的にケータイ小説を書く理由を理解するために、佐々木（2008）を参考にしよう。佐々木はケータイ小説作家10人を対象としたインタビュー結果に基づいて、作者が小説を書く理由を幾つかあげている。次はこの内特徴的な理由を筆者がまとめたものである。

1. 自分は恋愛小説は好きではないが、ただ、読者に喜んでもらいたいから書く。
2. 父が病死したことから立ち直れなかったため、弱音をはく場所としてケータイ小説の世界を見つけた。

3. 偶然、ケータイ小説サイトで読んだChacoの『天使がくれたもの』に感動して自分も書いてみたくなった。
4. もともと掲示板に父母との不和を書き綴っていたが『天使がくれたもの』を読んで、小説としてアップすることにした。
5. ケータイで小説を書くことがただ好きでたまらず書き続けている。
6. 自分が風俗の世界で経験したことを多くの女の子たちに知って欲しかった。

このように、書く理由はいろいろなのだが、全体的に自分の気持ちを吐露したいというパターンが多い。さらに、ただ吐露したいだけでなく誰かに読んでもらいたいという願望もあることに注目したい。実際、インタビューではケータイ小説作家全員が声を揃えて、読者のサポートが大切だと強調している。読者に励まされるから書き続けられると、誰もが言っているのである。

それにしても、なぜ、ケータイ小説作家は、自分の物語を語りたがるのだろうか。鈴木（2007）はウェブ社会に偏在する自分について論じているが、それがひとつのヒントを提供してくれる。私たちがブログなどを通して、ウェブ上で自分について語るのは、心理学の分野で認められている「自伝的記憶」の再生のためだとのことである。自分の過去を語ることで、あの時の自分と現在の自分を結び付け、それが次第に再編成され続け、そこに自分のアイデンティティを見つけるのだと説明している。ケータイ小説の場合も自分の世界で起きたことを小説として他者に語ることで、より一貫性のある自分を見出すと言ってもいい。そして、読者もまた、ケータイ小説を読みながら他者の経験を追体験し、それなりに自分の記憶を調整したり再編したりしながら、自分を探すのだろう。

自己の物語を語ることは、女子中・高生たちが友人や恋人とプリクラをとって飾りつけるのと似ている。両方とも自分の生の証として何かを作っているという点においてである。私たちが過去の写真を見て自分の思い出を辿り、その記憶の中に自分が何者なのかと問いかけるように、ケータイ小説を書くことは過去の自分を今に取り戻しながら今を生きる自分を探す作業でもある。書くという作業を通して、ケータイ小説作家は自分を取り戻そうとしているのかもしれない。

ここで、ケータイ小説作家が多くの場合学生や社会人であり、プロの小説家ではない点を思い出すことも大切である。例えば、高校生であれば、固定的な人間関係から解放されることで、自分の日々の役割を忘れ、小説の世界に自分を置くことができる。しかも、周囲の人に秘密のまま、匿名で投稿でき、さらに他者からの反応を得ることもできるのである。このような隠れ作家になることで、ポストモダンの文化の中で複数の属性を持つアイデンティティを楽しむこともできる。ケータイ小説を書くことが日常からのひとつの逃避になっていると理解することも不可能ではない。

3.5.3　アイデンティティを求めて

さらに心理的な動機を探ると、ケータイ小説の作者はアイデンティティを求めて、自分についての物語を書いているという見方ができる。浅野（2001）は「自己物語論」を紹介し、＜私＞とは自己物語を通して産み出されるものであると論じている。浅野を引用しよう。

> 人々は日々の行為の中で無意識のうちに一定の自己のイメージを抱き、それを前提にして振る舞い方を選んでいるものであるが、この自己イメージは自分自身のうちで——また自分自身に向かって——自己物語を絶えず語り続けることによって維持されているものだと考えられる。なぜなら自分がどんな人間であるのかということは、結局、自分について物語ることによってしか支えられないからだ。言い換えれば、自己とは、絶え間なく続く「心の中のおしゃべり」によって産み出され、支えられているのである。(2001:6-7)

ケータイ小説とは、この「心の中のおしゃべり」がケータイを通して発表されたもの、と理解することもできる。

浅野（2001）によると、このような自己物語には（1）視点の二重性、(2) 出来事の時間的構造化、(3) 他者への志向、という3つの特徴があるとのことである。ケータイ小説はこの3つの条件を満たしているのだが、少し具体的に考えてみよう。

視点の二重性とは、語り手の視点と登場人物の視点を指す。物語を語ることは、語り手の視点と、その視点とは別に、語られる物語の中の登場人物の視点を作り出す作業である。興味深いことに、リアル系のケータイ小説では作者と主人公の名前が一致することがある。例えば『恋空』の作者としての美嘉と主人公の美嘉であり、『赤い糸』の作者としてのメイと主人公の芽衣である。あたかもひとつの視点であるかのような操作がされているのだが、そこには小説である限り必然的に複数の視点が存在する。しかもこの場合視点の融合も見られる。（この点については、**5.2.4** で再度触れたい。）

出来事の時間的構造化とは、物語の中で起きる出来事を選択し、配列する操作である。それは作者の意図的行為であり、ただむやみに羅列するわけではない。本田（2008）のいうケータイ小説の7つの要素（売春、レイプ、妊娠、薬物、不治の病、自殺、真実の愛）にしてみても、それらの要素をどのように羅列するかについて作者の創作上の決定がなされているのである。

他者への志向とは、物語が本質的には他者に向けられた話しかけであることを意味する。ケータイ小説は私について語る私語りではあるが、ただひとりよがりに語っているわけではない。読者に納得のいくような形で語る必要があり、それは、既に相手の視点を受け入れながら話しかけることでもある。

こうした物語るという行為は、おのずから作者を＜私が語る私＞という構造の中に追いやる。作者という＜私＞は、語る＜私＞と同じであると同時に違う＜私＞なのである。語るという行為の中で、その同一化され差異化された＜私＞は、常に変化し続ける。ケータイ小説作家はそこに救いを求めて、その行為を通してアイデンティティを求めながら、自分の物語を綴っているように思える。

3.6　ケータイ小説を読む心理

ケータイ小説は多くの読者を動員しているのだが、読む理由は何だろうか。まず、ケータイ小説の世界は、中村が、中村・鈴木・草野（2008）で発言しているように、むしろJ-Popやマンガの代りとしてあり、若者がより共感しやすい雰囲気を提供する。

しかし何よりも根本的には、作者や登場人物の経験を共有したい、ということである。その共感の仕方は、ケータイ小説の内容が実話に基づいたものという想定があるため、近くで起きるかもしれないというリアルな感覚を伴うこともある。それにしても、読者はなぜ読む必要性を感じるのだろうか。

3.6.1　アイデンティティを探す冒険

ケータイ小説を読んで共感するとは、自分のアイデンティティの一部を見つけることに繋がる。読者が発見する複数のアイデンティティに関連して浅野（2005）の自己物語論が、再度ヒントとなる。自己の物語がその人の一生に意味を与える、つまり、自分について語ることがその人の一生に一貫性をもたらすことは既に触れた。しかし一方、読者も小説を通してアイデンティティを見つけることが可能である。少なくともそういう読み方は不可能ではない。

自己物語論に基づく自己の生成は、現在、より複雑になっている。浅野（2005）が指摘するように自己物語の多元化が起きているからである。浅野は、辻（1999）の「フリッパー志向」に触れながら、ひとつの自己物語ではなく小さな自己物語が並列するような状況で、物語が創造され消費されると指摘する。フリッパー志向とは、若者が示す選択的な友人関係のあり方であるが、具体的には人間関係に応じて複数の自己を操作し、幾つかの自己を切り替えながら人間関係をマネージしていくことを指す。

これは**2.1.2**で触れた宇野（2008）の言うモバイル的実存にも繋がるのだが、浅野（2005）はこの傾向が特に1995年以降の日本で顕著になったと述べている。その状況に関連して、浅野があげる3つの特徴をまとめておく。

1. 標準的な人生物語が失効し、新しいシステムでは、それぞれの場面で各人が自分自身について物語を語るように要求されている。
2. 場面に応じて自己物語を自由に編集・再構成する者が増えた。
3. 情報社会の進展、とくにインターネットの普及により、自己の複数性を低リスクで維持・管理するためのインフラが整備されている。(複数のブログを書き分けることなどが簡単にできるようになった。)

この複数の物語と複数のアイデンティティという見方は、ケータイ小説を読む理由を理解する上で参考になる。ケータイ小説を読む者が経験するのは、人生のある時期に必要とするアイデンティティの冒険なのではないだろうか。ケータイ小説作家をはじめ、小説の内部に登場する人々との複数のアイデンティティを共有することで、自分とは異なった人生、ただし、自分にもあり得るかもしれない人生を経験しそれを慰めとするという構図が見てとれる。ケータイ小説が実体験に基づいているという立場を取るのは、共感を呼ぶための装置であり、それによって読者がそれぞれ自分の生活と関連付けて共感できるような仕組みになっているのである。

具体的には、七沢(2008)が指摘しているように、例えば、自分も辛い目にあっているがケータイ小説を読んで勇気をもらいリストカットをやめた、というような共感である。さらに七沢は2007年のNHK.ETV特集「ケータイ小説@2007.jp」の中で放送された内容について次のようにレポートしている。

> 番組ではまた『天くれ』に共感する岐阜県の高校二年生の読者を訪ねる。第一志望の高校受験に失敗して居場所のない思いをしていた彼女は、『天くれ』を読み、やはり受験に失敗した主人公の舞がそれを乗り越えていく姿に励まされたという。愛知県に住む二十一歳の女性は、高校進学をめぐり両親と衝突し、心を閉ざしていたときに恋人と出会ったが二年後に死別。失意のどん底で『天くれ』に出会い、Chacoさんとメールのやりとりをするうちにそれが実話であることを知ったという。大切な人を失って苦しいのは自分だけではないと思うことで次第に心の傷が癒されていっ

た、と語る。(2008:17)

ケータイ小説を読むことで結ばれる仲間は、あたかもグループセラピーを可能とするような心と心が結びついた新しいコミュニティーを形成すると言ってもいい。七沢は、ケータイ小説を読む女子中・高生を、愛情の希薄な社会の「愛情避難民」と呼んでいるが、彼女たちは自分たちのコミュニティーの中で、お互いを支え合っているのである。グループ意識は薄いとしても、ケータイ小説の世界では、作品を通して作者と読者は強く繋がっていると感じているように思われる。

ケータイ小説に読者が共感できるのには、もうひとつの理由がある。それは、ケータイ小説には、固有名詞や情景描写が欠如している（速水 2008）という特徴に関係がある。山下（2008）も指摘しているように、ケータイ小説作家は苗字がなく記号的であり、生身の人間を具体的に感じさせることが少ない。物語の内容についても、ブランド名や特定の場所名を出すことがない。物語がひとつのひな型として提供されるため、読者にとってケータイ小説作家の世界観と自分の世界を結び付けることが比較的簡単になるのである。

女子中・高生の中でケータイ小説を愛読する者は、多くの場合受験勉強に明け暮れるタイプの人間ではなく、自分の周りの日常生活を楽しみ、友情や恋愛を大切にするタイプである。ケータイ小説の恋のテーマは、自分の日常生活に当てはめることのできるような内容であり、そんな恋物語であればこそ、より強く共感することができるのであろう。

3.6.2　ケータイ的生活とケータイ小説

なぜケータイ小説を読むかという問いに関連して、ケータイ電話というコミュニケーション・ツールの影響を無視することはできない。まず、ケータイを使う生活自体がケータイ小説の閲覧行為のきっかけになる点について考えてみたい。ケータイが人間関係を調整したり、自分の世界をエンジョイするツールであることは既に述べた。ケータイの使用はさらに使用者の生活様式に影響を及ぼしている。中村・鈴木・草野（2008）の中で鈴木は「『ケータイ小説』

に描かれているのは、携帯というフィルターを通して見た自分の生きてる世界なんじゃないか、という感じはちょっとします」(2008:205) と述べているが、ケータイに依存する生活自体がケータイ小説を生む契機になっているとも考えられる。そこではケータイ的生活が描かれることになり、読者はそれをまたケータイで読む。こういったケータイを巡る循環的な経験は、ケータイ中心の生活ではごく自然のなりゆきと言える。

さらにケータイ小説は、簡単にいつでもどこでもアクセスできることも忘れてはならない。ケータイという共通のコミュニケーション・ツールを通して、作者と読者の親密度が助長される。両者ともケータイから離れられない日常を生きているからである。

ケータイ小説がケータイを通して読者に伝わることが、ある読み方を可能にしているという面もある。武田 (2008) はケータイ時代のコミュニケーションの特殊性について、(1) 即時性、(2) モバイル性、(3) 非干渉性の3つをあげているが、特に、ケータイ電話にまつわる非干渉性は、作者も読者も他者からの干渉を受けず、密かに、しかも直接繋がるコミュニケーションを可能にする。

上記のようなコミュニケーションは、ネット上の人間関係として知られている「インティメイト・ストレンジャー」という関係を生み出す。インティメイト・ストレンジャー、つまり親しい他人とは、匿名の間柄であるにもかかわらず、親密に結ばれる人間関係を指す。ここでケータイ使用者間に認められる人間関係を、その匿名性と親密性の関係から論じている富田 (2006) がヒントとなる。ケータイ上で関係を結ぶ相手は匿名であるが、匿名であることでそこにある親密性が生まれる、という。私たちは従来、(1) 匿名であり親密ではないまったくの他人、(2) 匿名ではないが親密でもない顔見知り、(3) 匿名ではなく親密な友人や恋人、という3種の人間に囲まれて暮らしてきたのだが、それに匿名であり親密な関係がメディアを通したコミュニケーションを基盤に登場してきた。それがインティメイト・ストレンジャー、親しい他人である。

ケータイ小説の読者と作者との関係、またはブログ上で知り合う読者同士は、ケータイというツールを通して可能になる擬似友情とでも言える関係を生む。ケータイ小説を読むひとつの理由は、このようなバーチャルな友情を心の支えとするためでもあるだろう。現実の生活では会ったことのない相手でも、心の底から分かり合えるような「親しい他人」なのである。

3.6.3　読者にウケるケータイ小説

最後に、読者側の視点を考慮してケータイ小説を論じたものとして、吉田（2008）に触れておきたい。吉田は、ケータイ小説が読者にウケるポイントとして次をあげている（2008:194-196）。

1．言葉のリアリティに読者は共鳴している。
2．作者と読者がすぐ近くにいる。
3．本は読者たちと共創した商品。
4．友だちにメールをするような感覚。
5．記号化されたディスコースを通して心を伝える。
6．恋愛テーマの作品が支持される。
7．心の深いところでの共感を、作者と読者で共有。
8．常につながっていたい心。
9．ケータイ・メールの口コミ効果。
10．いつでもどこでもスキマの時間で楽しめる。

この中で特に１、２、３、７、８、10は、なぜケータイ小説を読むのかという問いにヒントを与えてくれる。

ケータイ小説には、例えばライトノベルとは対照的に、イメージが強烈なキャラクターが存在せず、私小説のような強烈な作家性もない。一番強烈なキャラクターは読者だという指摘（山下 2008）もあるくらいである。ケータイ小説は読者に読むことで感じ得る共感を提供するという、最も根本的なアピールの仕方をするジャンルであると言える。昨今のケータイ小説現象は、そのようなジャンルを求める読者が、特に女子中・高生の中に多数いることを物語っている。

注1　原文（の英訳）は次のようになっている。

The inner form of the novel has been understood as the process of the problematic individual's journeying towards himself, the road from dull captivity within a merely present reality—a reality that is heterogeneous in itself and meaningless to the individual—towards clear self-recognition.（Lukács 1971:80）

注2　原文（の英訳）は次のようになっている。

Dostoevsky did not write novels, and the creative vision revealed in his works has nothing to do, either as affirmation or as rejection, with European nineteenth-century Romanticism or with the many, likewise Romantic, reactions against it. He belongs to the new world.（Lukács 1971:152）

注3　原文（の英訳）は次のようになっている。

Philosophy of language, linguistics and stylistics［i.e., such as they have come down to us］have all postulated a simple and unmediated relation of speaker to his unitary and singular "own" language, and have postulated as well a simple realization of this language in the monologic utterance of the individual. Such disciplines actually know only two poles in the life of language, between which are located all the linguistic and stylistic phenomena they know: on the one hand, the system of a *unitary language*, and on the other the *individual* speaking in this language.（Bakhtin 1981:269　イタリックは原文のまま）

第 4 章 ケータイ小説語の表現性

本章では、後続する章で分析する対象とならない、しかし、ケータイ小説語を特徴付ける表現方法を紹介する。

ところで、先に進む前に断っておかなければならない点がある。ケータイ小説語の特徴と言っても、本書で観察・分析・考察するケータイ小説は限られたものであることから、分析結果が総てのケータイ小説に当てはまるわけではないという点、そしてケータイ小説語として紹介する特徴はケータイ小説というディスコースの必要条件でもなければ十分条件でもないという点である。ケータイ小説語はあくまで日本語の一部であり、他ジャンルの日本語と重複する面があるのは当然である。ただ、ある傾向が認められることは確かであり、筆者はそれらの現象に焦点を当てて、ケータイ小説語とはどんな表現性を実現するのかを探っていきたい。

4.1 私語りの告白調文芸

4.1.1 私語りとしてのケータイ小説

筆者はケータイ小説を、物語と異なった「私語り」として捉える。本書で言う私語りとは、原則的に一人称の語り手と物語に登場する主人公が同一人物と解釈されやすいような形で提示され、語り手の身の回りに起きた出来事を、読者を意識しながら告白・伝達するという姿勢を保つ、大衆文芸の一種である。＜私＞の視点から世界（それは恋の相手を中心とした自分の周辺からなる宇宙なのだが）を見つめ、＜私＞の感情を基軸として語る私語りは、ケータイ小説ならではの文芸を可能にする。

筆者のこの見解と似た立場に中西（2008）の「マイ・ストーリー」という概念がある。マイ・ストーリーとは、ケータイ小説が自分の感情を中心に語る告白調の作品であることを意味する。具体的には、中西はケータイ小説が根本的にガール・ミーツ・ボーイという構造ではあるが、その構造に典型的に見られる他者の発見理解という要素が希薄である点をあげ、むしろ自分の感情を中心に語り続ける作品であるという。そして次のように説明する。ケータイ小説の中では、なぜ相手が好きなのかという自覚や、相手を距離を置いて対象化して見ることが余りない。ケータイ小説の作者は、恋愛関係になった細かいいきさつや契機を説明することなく、全てが相手との運命的な巡り合いなのだと受け止め、ただひたすら自分の感情を吐露し続ける。小説構造上、他の要素は重要ではなく、時々あらすじも明確でなくなるような傾向があるのだが、最終的には自分の感情を重視することで物語が流れていく、と。中西（2008）の言葉を借りよう。

> ケータイ小説の主人公とて自己を見失う危機にしばしば見舞われるが、「私の感情の真実」をみつめさえすれば、正しい出口に必ずたどり着ける。言い方を変えると、ケータイ小説とは、時々の感情によって揺らぐこの私をどうしたら率直に肯定できるかの物語、徹頭徹尾一人称の物語なのである（2008:10）

このようにケータイ小説は自分中心で、自分の視点を貫き通すものが多いのだが、筆者はその語り方を「私語り」という表現で捉えたい。

4.1.2　私語りとライトノベルという物語

さて私語りのケータイ小説の特徴を明らかにするために、ここで同じ現代の大衆文芸であるライトノベル、つまり物語、と比較してみたい。ライトノベルが一人称語り手の世界のみでなくファンタジーを含む壮大な物語であるのと対照的に、ケータイ小説は私語りを維持するのだが、ここで特にライトノベルのセカイ系という特徴と関連付けて考えてみたい。

まず、セカイ系について復習しておこう。セカイ系の定義はいろいろあるが、代表的なものとして限界小説研究会（2009）をあげたい。限界小説研究会（2009）によると、セカイ系という表現は「2000年代（ゼロ年代）の前半に、コミックやアニメ、ライトノベル、美少女ゲームといったいわゆるオタク系文化の中の一群の作品に表れた独特の物語構造や主題系を示す用語としてネット上で使われ始めた言葉」（2009:5）であるとのことで、次のように説明している。

> （略）それは「物語の主人公（ぼく）と、彼が思いを寄せるヒロイン（きみ）の二者関係を中心とした小さな日常性（きみとぼく）の問題と、『世界の危機』『この世の終わり』といった抽象的かつ非日常的な大問題とが、一切の具体的（社会的）な文脈（中間項）を挟むことなく素朴に直結している作品群」を意味している。（2009:6）

また斉藤（2008）はセカイ系の作品においては、中景が喪失していると指摘している。近景とはお互いに感じ取れる距離、中景とは家族や地域社会、遠景とは神秘的な世界である。家族や地域社会の喪失したセカイ系の作品では、キミとボクが直接神秘的なものや広大な宇宙に繋がっている。

キミとボクというふたりだけの関係は、ケータイ小説のワタシ（またはアタシ）とカレシという関係と共通している。中間項を欠くライトノベルと同様、ケータイ小説は特定の中間項に限ってのみ接触することはあっても、基本的には社会的な文脈から切り離されている。

ライトノベルではセカイと戦うボク、キミのためにセカイを舞台に戦うボク、というファンタジー物語が繰り広げられる。一方ケータイ小説では、あくまで自分の身の回りの世界が中心のワタシ系であり、ワタシが切なく恋するカレシという私語りが展開される。

ところで、ライトノベルとケータイ小説に多く見られる若者の社会に対する無関心さは、少なからずポストモダンという文化的な要素が影響しているものと思われる。宮台（1995）はポストモダンに生きる若者が終わりなき日常に生きることを余儀なくされ、日常性の中の非日常性（たとえばサッカーのワールドカップなど）に興奮する様相を論じている。近代という時代が素晴らしい未来を約束するかのように体感されたのに反し、ポストモダンにはそういった大きな夢はなく、日常性の中に安住するような生き方が促されるのである。こういった社会観を持っていればやはり社会への関心が薄いのもうなずける。

しかし、だからと言って若者は不幸なわけではない。古市（2011）が論じているのだが、日本の若者は社会や日本に対しては絶望感を抱いていても、日常生活には満足しているという。実際、2010年の調査によると、20代男子の65.9%、20代女子の75.2%が、満足しているという結果になったとのことである。身の回りの状況は悪くないし、快適な生活ができて一緒に楽しむ友人がいればそれでいい、という視点が明らかになっている。彼らはセカイ系、サバイバル系、ジブン系のエンターテインメントに興じる傾向がある。

同じく、古市（2011）によると、若者は恋愛しているかという質問に関して、18-34歳の未婚者で異性の恋人がいる割合は、男性が27.2%、女性が36.7%となっているとのことである。ケータイ小説の読者の年齢はこの調査より若い年齢層なのだが、ケータイ小説の世界に生きる女子たちは、日常生活では実現しない恋愛（特に切ない純粋な恋）にあこがれる面もあるものと思う。

ライトノベルとケータイ小説は中間項を欠くという共通点を持ちながら、いずれも満足した若者たちに向けたエンターテインメント文芸作品として人気を伸ばしているのである。ただ、ライトノベルの冒険や萌えではなく、ケータイ小説では恋愛へのあこがれが強い。

さらに具体的にケータイ小説とセカイ系のライトノベルを比較するために、両者の物語の中で、主人公がどのように経験を積んで成長・変化していくかに焦点を当ててみよう。

セカイ系のライトノベルでは、主人公が弱者として登場する場合でも、何らかの戦いを通して成長していく過程が描かれる。その戦いは、世界の危機というような大きなテーマに遭遇する小さなボクが、自分を発見するための戦いである。この点について、長谷川（2009）の興味深い見解がある。

主人公は無力であることを自覚し、自らの無力に立ち向かい、お膳立てされたような大々的な奇跡では無く、小さな偶然を糧に、本来ならば関わることのできない≪世界≫に、自らの存在をねじ込むことによって、自らの≪個≫を手に入れる。主人公の≪個≫の排除という＜セカイ系＞の絶望は、ここに至ってようやく贖われるのである。(2009:193)

一方、ケータイ小説にはこのような世界を危機から守るという構造はない。しかし、主人公が自らの無力に立ち向かい、小さな偶然を糧にワタシとカレシという関係に自分を見つけるという構図になることは多い。社会的な存在意義を見出すことができなくても、小さな、しかし、純粋な愛を見出すのである。ケータイ小説は＜私＞を中心とした小さな身の回りの世界で成り立っている。そこには宇宙やファンタジー不在の、そして中景を喪失したままのワタシ（またはアタシ）とカレシの世界がある。

ケータイ小説の世界はワタシとカレシの世界であると今述べたが、カレシという表現に注意したい。相手の男性は＜私＞の視点から定義されている。つまり単なる他者ではなく、女性が愛の対象とする人間である。そして多くのケータイ小説では、「私はやっぱり彼が好き」という自分の心理変化をメッセージとして読者に伝えることが中心となる。

ケータイ小説は、あくまで＜私＞中心で＜私＞から見たカレシをテーマにした語りの態度を維持する。常に意識されるのは、ライトノベルのような世界の危機やこの世の終わりといった非日常的な問題意識との関連性に置かれるキミとボクではなく、小さな偶然のもとに生じる恋愛関係の中に自分を発見することで、生きる意味を見出そうとするワタシとカレシである。それはあくまで一人称語り手主人公の私語りとして存在する。

なお、ケータイ小説の中には、限られてはいるものの、恋の相手であるカレシが一人称語り手主人公となる場合がある。この場合はボクとカノジョという関係になるのだが、ケータイ小説作家は女性であることが多く、女性の視点から、つまり、私が理想とする彼が一人称の告白的語りをするのであり、この場合も女性的な視点を無視するわけにはいかない。この意味で、やはりケータイ小説にはワタシとカレシという深層構造が認められる。(この点については**5.2.3**で触れる。)

ところで前島(2010)は、現在のオタク文化はセカイ系では説明できないとして、日常系とか空気系と言われる作品が出てきていると指摘している。そして現在、オタク系文化は物語重視からコミュニケーション重視へシフトしているという。少年の自意識を描いたセカイ系から、美少女たちの終わりのないコミュニケーションを描く物語へ変化してきているという。一方宇野(2008)は、ゼロ年代のオタク文化はもうセカイ系ではなく、彼の言うところの「決断主義」に変化しているという。

前島(2010)や宇野(2008)の指摘にあるように、セカイ系自体が過去の遺物に過ぎなくなるとしても、ケータイ小説のように恋愛をテーマとするものは、小さな自分の世界を描き続ける作品として存在し続けるように思う。実際のところ、セカイ系に欠ける社会を近代国家社会という意味にとれば、そういう社会には直接関係なく、むしろ社会から離れた世界を描く恋愛小説や文学作品は多い。多くの恋愛小説は社会問題とは直接関係なく、というより社会からは無視される、拒否されるという状況の中で、ふたりの世界での生き方が語られるからである。私語りのケータイ小説は、やはり非社会的と言われるライトノベルを含む作品群に類似しているのみならず、一方で恋愛小説の流れとも繋がっている。

4.1.3 私語りの表現性：内面暴露と見え

ここで、ケータイ小説の私語りを支える日本語の特徴について、簡単に触れておくべきであろう。本書の分析は、まさにそういった私語りの日本語とそのレトリックを明らかにすることであり、それは後続する章で考察する。ここでは私語りという告白的な語り方が、内面暴露と見えというふたつの概念によって特徴付けられることを述べるにとどめたい。

ケータイ小説、特にリアル系と言われるケータイ小説は、私の身に起こったこと、特に恋愛関係にまつわる感情を、心の奥深いところから言葉にして引き出す。それは、自分の内面を暴露する作業である。

例えば、心内会話として、内面を表現する例として（1）がある。（心内会話についての詳細は**6.5**を参照されたい。）

（1）『ポケットの中』98
アユミ先輩に、わたしは笑ってうなずいた。
緑の芝生の上の陸人を見ると、気持ちがすっと明るくなる。
うん、これでよかったんだ、きっと。

「うん、これでよかったんだ、きっと」という表現は、自分で自分を納得させようという心内会話であり、誰も直接聞くことのない発話である。「これでよかったんだと思う」ではなく、あたかもひとりごとの会話をしているような心内会話は、自分の心を吐露することで物語を成り立たせるという、自分中心の語りの視点を反映している。

また、私語りの効果を生むためには自分の視座から見える世界、つまり自分の見えを描く表現が使われることがある。例えば、次の短く挿入された風景描写は、一人称語り手主人公美緒の見えに他ならない。

（2）『告白』Stage 1　163-164
でも……三上くんと付き合うことで、恭一への気持ちをホントに忘れられるかな。やっぱり恭一を好きでいるか、いないかということに彼は関係ない気がする。
見上げた秋晴れの空は、青色というより、涙色に近かった。

「見上げた秋晴れの空は、青色というより、涙色に近かった」という表現は、美緒の目に映った風景であり、限りなく感傷的な描写になっている。それは情景描写というより心情表現に近い。こうして自分の見えを表現することで、その風景を見る私を間接的に前景化する表現は、私語りのケータイ小説に有効な技法である。

ここではたったふたつの例を出したにすぎないが、ケータイ小説が私語りの小説であることのヒントにはなっていると思う。ワタシ（またはアタシ）が切なく恋するカレシ、そのカレシとの世界を私視点で語る。それは心内文のモノローグや、あたかもひとりで会話でもしているような心内会話部分で表現される。そして状況描写も、私の目に映った心象風景として表現される。そんな私中心、私起点の小説がケータイ小説なのである。

4.1.4　私語りの限界と工夫

ここで私語りで綴る文芸の問題点に触れておきたい。それは、私小説、一人称小説の限界という観点からアプローチできる。特に小説というジャンルを論じる上で避けて通ることのできないドストエフスキーの作品に関して触れたい。ドストエフスキーの作品については多くの書評や論評があるが、秋山(2006）に興味深い指摘がある。初期の作品が一人称で語られることについての下記のような言及だが、これはケータイ小説という一人称の文芸と無関係ではない。

> 私小説は、けっきょくのところ、一人称小説のスタイルで描く。なぜそうなのか。人間の内面を描くからだ。内面世界のドラマが、現実世界のドラマと対抗する、もう一つの主題として登場してきたからだ。
> 私は見た、見たものについて私はこう感じた、感じたものについて私はこう思った……という心のドラマの、主宰者であり主人公であるもの、そして、そんなドラマが確かにそこに在った、ということを保証する「証人」は、「私」だからである。(2006:109)

このように一人称の重要性を認めることができるのだが、一人称小説には表現上の問題点もある。秋山（2006）も指摘しているのだが、実は一人称小説の問題に正面から向き合った小説家が、他ならぬドストエフスキーたったのである。

ドストエフスキーの処女作である“Poor Folk”（『貧しき人々』）は手紙形式で、主要登場人物の男女の文通で形成されている。狭い台所の片隅に住む

Makarと、不幸な境遇にあるVarvaraという遠戚関係にある男女間の物語がすべて手紙文で語られる。ふたりの気持ちが交換されるのみで語り手の介在は一切ない。しかしなぜ一人称の語り手のみでは不充分だったのだろうか。それは「私」だけでは語りきれないものがあり、相手が登場しないのでは片手落ちになってしまう、という一人称小説の弱点を補う必要があったからである。小説には何らかの形で他者が出現しなければならない。文通という語りの構造は、ふたりの気持ちがひとりの一人称語り手では直接表現できないことの証である。手紙文は一人称で語られるが、常に相手に語りかけるという特殊な形態であり、そこには必然的に対話性が生まれる。

次にドストエフスキーは、一人称の手記という形で“Notes form the Underground”（『地下生活者の手記』）を発表する。「I am a sick man…… I am a spiteful man. I am an unattractive man.」という悲劇的な告白で始まるこの短編小説では、「私」が自分の世界について語っていくうちに、自己否定せざるを得なくなるという矛盾が語られる。心内会話を導入したり語り方自体についてコメントしたりするのであるが、語りの過程で自分も物語自体もつまらないものに思えてくる、という私小説の矛盾と困難さを表現することになる。

このふたつの作品に、初期のドストエフスキーの私小説・一人称小説に関する苦悩を垣間見ることができる。ドストエフスキーはその後多数の視点や複雑に入り乱れる告白、登場人物の声、描写を組み合わせた長編小説を書くことになる。このように西洋においても一人称告白小説は、その構造自体に矛盾をはらんでいたのである。

ケータイ小説は一人称で語られるが、後述するようにそれなりの工夫がなされていて興味深い。私語りという手法は私小説と違って、語り手の自由が利く小説法である。例えば異なった登場人物がそれぞれの視点からリレーをしながら私語りをすることも可能である。私語りとは語り方の一種であり、必ずしも私小説的な視点の一貫性を意味しない。ケータイ小説の私語りはより自由な形で声の重複を可能にし、複数のキャラクター的特性を包み込む。ケータイ小説は新しい形の私的小説、一人称小説と言える。

4.2　会話体文章で綴る私語り

4.2.1　会話体文章

日本語では、従来、話し言葉（談話）と書き言葉（文章）の特徴がはっきりしていて、簡単にその区別ができるという見方がされてきた。話し言葉と書き言葉の差は確かにあるのだが、実際には、話し言葉的な表現が書き言葉に使われることも多い。話し言葉的な要素を多く含むスタイルは「新言文一致体」と言われ、それは「仲間に向かって話すように書く」（佐竹 1995:54）文体である。

佐竹（1995）は、新言文一致体の表現と表記の特徴について次のように説明している。表現面の特徴は、例えば「おっと洗濯も簡単、すぐ乾いちゃうしね」の「おっと」「ちゃう」「ね」などに見られる。概して（1）「ね・さ・よ」などの終助詞の多用、（2）流行語の多用、（3）「ちゃう・じゃ」などの俗語形の使用、（4）「こないだ」などの融合形の使用、（5）文末の言いさし表現の使用、（6）「あっ、そうそう」のような挿入句の使用、などの特徴がある。表記面の特徴は、例えば「イジケてるなんて、サイテー」のようなカタカナ表記や長音符号に見られる。新言文一致体は、若者雑誌の文章やジュニア小説にその典型が見られるほか、若者たちが書く文章、例えば、中高生が授業中に友達に回すメモ、若者が記入する感想ノートなどにも見られる。

また、極めて話し言葉に近い文体として、「おしゃべり文体」（田中 1999:232）が知られている。近年このおしゃべりしているような調子の文章が、一般読者向けの書き言葉にも頻繁に用いられる傾向がある。

ところで、新言文一致体は最近の現象であるが、類似した文体が1980年代に既に見られた。軽いノリの文体で、それはスナック菓子のように軽いところがあり、読み出したらやめられない。この文体は「昭和軽薄体」と呼ばれ、椎名誠がその旗手と言われる。安本（1993）によると、昭和軽薄体の特徴は（1）題材として日常のささやかなことを描いていること、（2）しかしそれが新しい楽しみ方を提供すること、（3）カタカナ表記が多くそれが話し言葉の感じや、ややふざけた感じを出すこと、（4）擬人法が多く、そのため会話体が使われること、そして、(5) 漢字使用が少なく読みやすいこと、などである。これらの特徴はすべて文章に軽さを感じさせる要因となっている。

なお、石黒 (2007) は、IT 革命の進行した90年代後半から2000年代前半に日本語の文体は第3次言文一致体へ転機したと指摘している。石黒の言う第3次言文一致体とは、パソコンやメール、ブログ、チャット、ネット掲示板などに使われる話し言葉の要素を含む書き言葉である。石黒は、加えて、書き言葉を話し言葉らしく書くのは難しいが、話し手の「声」を出す方法として、感覚的描写、心理的描写、日常的表現、対人的表現、即興的表現、音声的・韻律的表現などの活用を上げている。この傾向はケータイ小説にも観察されるものであり、ケータイ小説語は確かに他のインターネット上のコミュニケーションと類似している。

井上・荻野・秋月 (2007) にも、デジタル社会の日本語について同様の指摘がある。井上・荻野・秋月は、昭和後期から平成にかけてケータイメールが新しい言文一致体をもたらしたとし、メールには方言なども使われ、手紙文とは一線を引いた会話体が使われるようになっているという。

このような変化を経てきた書き言葉のスタイルであるが、筆者は文芸・文学に使われる会話中心・会話的なスタイルを「会話体文章」と呼ぶ (メイナード 2012)。会話体文章は、石黒 (2007) の言う第3次言文一致体を含む新言文一致体を受け継いでいるが、おもに文芸のスタイルを指す言葉である。それは会話的な小説の文体で、マンガ、アニメ、ライトノベルなどのポピュラーカルチャーに使われる文体とも共通点がある。

一般的に会話体文章は、マンガやアニメに使われる日本語の影響を受けている。筆者も報告したように (メイナード 2012)、誇張した表現がライトノベルに多く使われるが、そこにもマンガやアニメの影響が観察できる。佐藤 (2009) もライトノベルの表現について、マンガの世界で視覚的に極端な特徴を持つキャラクターが登場するように、言葉の表現も日常の言語より強調したものになることが多いとコメントしている。

ところで、誤解を招く前に断っておくべきことがある。会話体文章は、すべてのケータイ小説に同じように使われるわけではないし、また、ある作品を通して常に使われるとは限らないという点である。ケータイ小説の特徴として観察される文章の姿ではあっても、それのみが使われるわけではない。例えば、背景の説明や描写部分で物語調になったり詩的な表現になったりすることがあり、会話的な表現ではないこともある。また、後述するように手紙や詩が挿入される場合もあり、そこでは会話体文章は影を潜める。ただ、全体的な印象として、ケータイ小説の作品群は会話体文章を通して、話しかける態度や遊びの雰囲気、そしてそれによる親近感を生み出すことは否定できない。

会話体文章はケータイ小説の中で、会話性に溢れた会話や心内会話などに使われ、会話の声が聞こえる文章として、読みやすく共感しやすい雰囲気を作る。具体的には、会話体文章には言語のバリエーションがいろいろな効果を狙って使われる。このような言語の会話性はポピュラーカルチャーの日本語に一般的に見られる現象であり、それはポストモダンと関係があると言えよう。現代日本の文化的環境が、会話的でバリエーション豊かな日本語が駆使されやすいポストモダンというコンテキストを提供しているからである（メイナード 2012）。

会話体文章の特徴は、会話文を中心にストーリーが展開し、語り部分にも会話的表現が多く使われることにある。会話文は発話をそのまま再現するような形態となり、話しかけるような語り部分が展開する。文章の会話化現象と言ったらいいだろうか。この会話体文章こそがケータイ小説の作品群に採用される文体である。以下、幾つかその特徴を追ってみよう。

4.2.2 会話らしい会話

文学作品における会話部分は作家が吟味したものが多く、整った発話が多い。そこには、咬み合わない会話や相手の発話をそのまま自分のものとして続けるような発話はあまり使われない。それは会話部分と言えど、文学作品の一部としてあくまで理想的な会話が挿入される傾向があるからである。

ケータイ小説に観察される会話は理想像ではなく、より日常生活に近いものになる。選ばれる語彙や文型もそうなのだが、会話のインターアクション自体にもその傾向が見られる。話者交替をしていても会話が咬み合っていなかったり、あいづち表現や言い直しなどがそのまま使われたり、相手の言葉を遮ったり続けたりという会話のストラテジーがそのままディスコースに現れる。（会話らしい会話についてはメイナード 1993を参照されたい。）そこでは会話の場がよりリアルに再現されるため、臨場感が生まれる。

（3）は会話が咬み合っていない例である。「な、なんで…？」と再生することで臨場感を出し、しかもその質問に答えないというある意味理想的ではない会話を使うことで登場人物の対人的な態度を表現している。

（3）『いつわり彼氏は最強ヤンキー』上 218
「よっ」
「よっ、て…。な、なんで…？」
「迎えに来た」
「な、なんで…？」
「行くぞ」
「な、なんで…？」

（4）は、一人称語り手主人公の綾乃が同僚の千恵と会話するシーンである。ここでは、下線部のように千恵の発話を綾乃が続ける。このように相手の発話に続ける行為は日常会話でも観察できる共作の一種である（岩崎・大野 1999、メイナード 2001）。話し手と聞き手の密接なインターアクションを反映した会話はそれだけ対話性に溢れていると言える。

（4）『ラブ★パワー全開』31
　そりゃそうかもしんないけど。
「仁も綾乃の事、好きっぽいし。時間の問題じゃん？」
「え、何が？」
「んー、告白？」
「……なら、された」
　ボソっと言ったあたしに、

「まじで⁉」

と、社員食堂中に響くんじゃないかって大声で叫んだ千恵は、身を乗り出して聞いてきた。

4.2.3 語り部分に聞こえる発話の残響

会話的な表現は直接引用される会話表現だけではなく、語り部分にも多く使われる。その代表的なものは心内会話である。次は一人称語り手主人公の語り部分であるが、「よね」「もん」「なぁ」「じゃん」などの終助詞の使用や「なっちゃった」「ってか、涙まで拭いてるし」という表現は、会話的である。

(5)『ポケットの中』86

女子がみんな大騒ぎするはずだよね。このまんまファッション雑誌の表紙を飾りそうな人なんだもん。この人こそが、女の子の夢見る理想の王子様なんだろうなぁ……。

その結城さんが、お腹抱えて笑ってて、わたし、めちゃめちゃはずかしくなっちゃった。

そ、そんなに笑うことないじゃん。

ってか、涙まで拭いてるし。

また、カラフルな会話体文章として次のようなものもある。主人公のミホは「日本屈指のご令嬢」なのだが、本当はヤンキーである。そこで、きどった会話ではお嬢様言葉が選ばれるのに対して、心内会話にはヤンキー言葉が出てくる。

(6)『お女ヤン‼　2』15

「バナナはおやつに入らねぇって連絡回ったか？　みいちゃん」

人の話聞いてないよこの時代遅れのヤンキーたち。

ていうかバナナおやつに入らないの⁉　どちくしょう！

バッチリ持参してきちゃったよ、みんなには秘密にしよう。

ミホの語り口はおもしろおかしいふざけた会話や、他者に向けたツッコミで満ちている。『お女ヤン!!』シリーズには、主観的な心情描写が会話のような文章で綴られるという、まさにノリのある会話体文章が使われている。

ケータイ小説の会話体が会話的であると言っても、日常会話そのままではないことに注意しなければならない。それは（6）に見られるように、しばしばマンガ・アニメ的で遊びの要素を含む。このような口調は小説をカラフルにし、また登場人物の個性やキャラクターの特性を明らかにする機能も果たしている。

これ以外にも、語り手が語りの一部を言い直すことで、あたかもその場で話しかけているような印象を与える表現もある。（7）では一人称語り手主人公さくらが、恋仲になるレオが自分を助けてくれたその時の反応を言い直している。

（7）『クリアネス』18

振り返ると、レオがいた。彼は刑事じゃなくて出張ホストだ。

ほっとした。

……じゃなくて、なんでレオがいるの？

（8）は一人称語り手主人公彩花が友達とペットショップへ行くシーンである。ここにも言い直しが観察できる。

（8）『空色想い』193

誰かさんによると、時代は動物愛護らしいからね。

「いらっしゃいませー」

あたしたちは天国……じゃなくて、ペットショップへ。

さらに興味深いのは、筆者が会話修飾節として捉えた現象が見られることである。会話修飾節とは直接引用がそのまま名詞を修飾したり、修飾される名詞の前に「な」や「の」を伴う修飾表現である（メイナード 2008）。直接引用は会話表現であるが、それが記述・描写に統合されることであたかも話しているような具体的な臨場感を表現する。次の「近寄るなオーラ」は、命令形が名詞句をそのまま修飾する例であるが、これも会話体文章の効果を生む手法のひとつである。

(9)『いつわり彼氏は最高ヤンキー』上 9

人目をひきつける魅力がありながらも、常に近寄るなオーラが漂っていて、そう簡単には彼に近づけない。

ここで「近寄るな」という表現はその発話の場を思い起こさせ、それが同時に描写文に導入されることで語りの場をも招き入れる。語りの中に発話の残響が感じられるこのような会話体文章には声の多重性が効果的に表現され、それだけ語りが味わい深く、興味深くなるのである。

4.3 ケータイ小説語の遊びと創造性

ケータイ小説語では、言葉で遊んだり新しい言葉を創ったりすることがある。編集という過程を経ずに比較的自由に表現できるケータイ小説であれば、自然とそういった行為が可能になる。また作者も読者も言葉について意識していて、それを楽しむ傾向が見られる。

4.3.1 表記工夫と表記変換

まず、表記による遊びの例を見たい。次は「です」の代わりに「DEATH」、「だい」の代わりに「DIE」を使った例である。この作品の内容に暗い面があり、死や死ぬという意味も全くの場違いではない。英語表記にすることで、日本語では伝えられない意味を暗示する手法である。

(10)『ワイルドビースト Ⅰ』21

これは監禁？

それとも軟禁？

……どっちにしても身は危険DEATH

(11)『ワイルドビースト　I』42

そう思ったりもするけど、絶対にそんな事はなくて……

……あなたは何者DIE？

(12) のような日本語と英語の洒落を利用した表現もある。

(12)『イン　ザ　クローゼット』上 243

だけど、アタシの吐いたゲロを拭くマユマユ、おまえが一番のお気に入りみたいだよ。

嫉妬、嫉妬、SHIT。

クソもしてやろうかしら、マジ腹立つ。

ケータイ小説の表記工夫には、濁点や発話音の再生も見られる。マンガやライトノベルに使われるが通常使われない濁点が使われることがある。それは母音に付いて間投詞として使われることが多いが、それ以外にもあたかも会話の発話を忠実に再現したかのような使用法がある。発話の特徴を文字化したもので、崩れた発話であることを知らせるマーカーとして機能する。例えば泣いている状況を示すひらがな表記として (13) のようなものがある。このような表記を通して泣き声が聞こえてくる場を再現し、描写より演技としての会話表現を可能にする。

(13)『大好きやったんやで』上 164

「グズッ、れいぢゃん」

「ん～？」

「ありがど。本当……いづもありがどぉ」

「おう」

「……ごべんねぇ。でも、ありがどぉぉ」

表記を変換することで、特別な意味を前景化することもある。例えば（14）のようにカタカナ表記によって、意味がわからないことを示すなどである。一人称語り手主人公美緒が、ある男の顔を見ながら誰かと迷うシーンである。

（14）『告白』Stage 1　7-8

でも、とりあえず表情に締まりがない。こんなヘラ顔、どこかで見たっけ？

深田恭一、深田恭一、フカダキョウイチ……。眉間にシワを寄せて考える。でも、考えても深田恭一なんて名前に聞き覚えはなくて、男の顔にも見覚えはなかった。

『天国までの49日間』では、一人称語り手主人公安音が幽霊として登場するのだが、悪霊にとりつかれ、自分を裏切った親友美琴の首を絞めそうになるシーンがある。（15）では悪霊にとりつかれた幽霊の安音の発話がカタカナ表記となっていて、正気に戻ると通常の漢字表記になるという手法が使われる。

（15）『天国までの49日間』194

美琴はやっぱり笑って言った。

涙を浮かべながら。

「あたしは……安音が……大好き……」

「ミコト……」

「嘘じゃ、ないよ……」

「ミコト……美琴……!!」

4.3.2　造語の冒険

ケータイ小説では、作品のタイトルや章タイトルなどに、漢字を組み合わせた造語が使われる。これは、『恋空』による影響もあるように思うのだが、幾つか例をあげておこう。

まず『恋空　～切ナイ恋物語～』というタイトルの「恋空」という造語と、

「切ナイ」という表記である。両方とも通常の用法ではないことから、逸脱性による意外性や新鮮さをもたらす。そして『恋空』の章タイトルは次のような漢字の熟語にローマ字読みが続いている。

恋来 koirai

恋涙 koirui

恋迷 koimei

恋淡 koitan

恋夢 koiyume

恋旅 koitabi

恋空 koizora

同様に美嘉による『君空』でも、「君想 kimiomoi」「君道 kimimichi」「君跡 kimiato」「君待 kimimachi」「君空 kimizora」という章タイトルが付いている。

『太陽が見てるから』上・下にも「夏恋」「涙空」「夏叶」という章タイトルが使われている。また『空色想い』には次のように漢字熟語の間に英語が入っている。

恋–blue–兄

咲–pink–空

空–white–夢

雲–gray–空

空色–sora–想い

『視線』では英語と日本語のサブタイトルが使われている。例えば「Chap. 1」には「WISH 想い」「First Impression 初夏の出逢い」「That's Sensation 同級生」「Awaking 潜在意識」などのサブタイトルがあり、英語と日本語の関係はまちまちなのだが、それはともかくなかなか創造的な言語ミックスとなっている。ケータイ小説の中に日本語的な（しばしば誤った）英語表現が使われるが、これは何でもありの創作活動の中で外国語まで使ったバリエーションを楽しむわけで、他の文化の複雑な声や視点を混入させる点、興味深いディスコースとなっている。

この他にも幾つか新しい形のタイトルも見られる。『この涙が枯れるまで』

の章タイトルには絵文字が付いていて、例えば「♥告白」となっていたり、『あたし彼女』の章タイトルでは「アタシ／こんなんですけど？」「いつもと違う感じ？」「アタシって／なんなの？」「てか／好きなんだけど？」「がんばって／みたけど？」などスラッシュのところで改行された２行のタイトルとなっている。

ケータイ小説作家は、従来の出版本のように編集者の手による訂正がないことを承知の上で、表現の創造性をエンジョイしているのである。

4.4　ポピュラーカルチャーとの相互関係

4.4.1　ポピュラーカルチャーの影響

ケータイ小説の世界に住む人々は年齢的にも興味の面でもポピュラーカルチャーの影響を受けやすい。ケータイ小説を書く側も読む側も、その日常生活はポピュラーカルチャーとは切っても切り離せないものである。

その意識はいろいろなかたちで現れ、例えば（16）と（17）に見るように「テレビドラマじゃあるまいし」と「少女マンガに出てくる王子様キャラ」という表現で、物語や登場人物のベタさ加減についてコメントするものがある。

（16）『粉雪』190

「あたしの家にお金があるの知ってて、友達になったみたいなの。それで、あたしの彼に対する好意を知ってから、この計画を思いついたみたい。全部、ハメられてたの！」

テレビドラマじゃあるまいし。

あたしは苦笑した。

（17）『空色想い』12

少し茶色がかったサラサラな髪。まつ毛の長い透き通った目。背が高くて、肌が白くて。……あれだよ、あの典型的な、少女マンガに出てくる王子様キャラ。

具体的に芸能界への言及がなされることもあり、ケータイ世代やケータイ小説的世界を基盤とした新村社会（原田 2010）での共通知識を強調する。若者に人気のあるタレント名を出してコメントすることで、みんなが共有すると思われる知識にアピールし、そこではさらに共通意識が助長される。

(18)『Bitter』21-22
「小栗旬カッコイイよねぇ！」
「ねーっ！」
「えーカメのがいーよー」
「黙れ！　今は小池徹平の時代です！」
「なんでよぉーカメのがいいってばあっ」
(19)『イン　ザ　クローゼット』上 303
寝起きでこの演技、アドリブにも強いアタシには、デ・ニーロも真っ青だろう。咄嗟に出る嘘に、アタシは身をゆだねているだけだ。

4.4.2　ポピュラーカルチャー作品の言及

さらに、ポピュラーカルチャーの作品名を出す場合もある。(20) は映画の『トラ、トラ、トラ』を思い起こさせ、(21) はアニメの『ルパン三世』に言及している。

(20)『イン　ザ　クローゼット』下 187
そうだ、これは孤独なアタシの戦争なんだ。
勝利品は、ナルミ。
芋引くわけにはいかねえんだよ。
トラ、トラ、トラ。
攻撃開始。
(21)『大好きやったんやで』上 203
「しっつれいしまーす!!　ちょっと俺もまーぜーてっ！」
「あっ龍くん!!」

「さ〜やかちゃ〜ん‼　久しぶりじゃ〜ん‼」

まるでアニメのルパン三世のように龍さんが登場した。

ケータイ小説作家は具体的な作品名を出しながら、読者も同じ知識を持ち合わせた同じ世界の住人であることを強調する。

以上、本章ではケータイ小説語に顕著に観察できる表現性から重要なものを幾つか取り上げて考察した。ケータイ小説は私語りであり、そのスタイルとしては会話体文章が維持され、しかもいろいろな工夫や創造性に満ち、ポピュラーカルチャーという文化環境に敏感に反応する。後続する章ではケータイ小説語のあり方をさらに具体的により詳しく観察・分析・考察していくことにする。

第5章
私語りの構造

本章ではケータイ小説の私語りがどのような構造・構成になっているかを問う。まず、物語の展開が比較的早いこと、回想的なモノローグがあることなどを含む全体の構成について考察する。次に、私語りのケータイ小説で作者や語り手のイメージがどのように表現されるか、また、語り手や登場人物の視点の融合がどのようになされるか、など、作者・語り手・登場人物の関係を探る。

さらに、ケータイ小説では、語り手がシフトし、あたかもリレーをしているような構成になる現象が見られる。そのリレーの様相や、なぜ語り手のリレーがあるのかを全体の構造に関係付けて論じる。本章の最後**5.4**では、ケータイ小説がケータイ電話というツールと切っても切り離せない密接な関係にあること、特にケータイの使い方やメール・通話の内容、またメモリー機能などが小説の構成上どのような役目を果たしているかを考察する。以上の点に焦点を当てることで、ケータイ小説を特徴付ける私語りの構造を明らかにしていきたい。

5.1 語りの構造

5.1.1 スピーディーな展開

ケータイ小説では多くの出来事が起き、それを中心にスピーディーに物語が展開する。例えば『恋空』を例にとってみると、そのプロットの展開の早さに驚かされる。まず、12ページで実際の物語が始まると、24ページで一人称語り手主人公美嘉が後に恋人となるヒロと出会う。28ページでヒロが元カノと別れたことを知った美嘉はヒロとつきあいたいと思うようになる。すぐに30ページでヒロの家に行き、34ページでふたりは結ばれる。そうかと思うと、43ページでヒロとのデートに向かう途中美嘉が男たちに襲われレイプされる、という具合である。

平野（2009）は、話の展開が早い小説とそうではない小説の差について述べていて、ケータイ小説の構造を理解する上で参考になる。話の展開が早い小説では、小説の登場人物がどういう人間かを説明するために登場人物の行動を提示することが多いため、プロット進展型述語の使用が多く使われるという。一方、話の進展が遅い小説では、主語充填型述語の使用が頻繁に見られ、登場人物の人物像の描写をすることが多いと指摘する。ケータイ小説では、登場人物の行動を次々に提示していく傾向があり、確かに、プロット進展型の叙述が多くなっている。

平野（2009）は『恋空』についてもコメントしているが、『恋空』の場合「一行ごとのテンポ感は、小説というより、マンガの一コマを思わせるところがある」（2009:224）と述べている。平野が指摘するように、『恋空』の展開の早さは文体の特徴にも支えられている。その特徴は（1）文章が非常に短いこと、（2）改行が多いこと、（3）主人公と一人称の語り手が合致した視点で語られること、（4）形容詞、形容動詞、副詞、といった修飾節が極端に少なく接続詞も省略されること、などで、いずれも、短く具体的に行動提示をする文体に向いている。

5.1.2　風景描写の機能

話の展開が早いことの裏返しとして、風景描写が少ないことがあげられる。従来、ケータイ小説には風景描写が少ないことが指摘されてきたのだが、この点についても平野（2009）のコメントが興味深い。平野は「美しい風景描写は、プロットの前進を忘れて、そこに留まり続けたいと読者に感じさせるが、退屈であれば、むしろ場面展開を優先させて欲しいと思われてしまうだろう」（2009:39）と述べ、効果的な風景描写の重要性を指摘している。

また中条（2006）は、くだくだしい描写はやってはいけないが「文学的なコクを出すためには、描写がどうしても必要」（2006:247）だとし、描写だけでもスリリングな物語が書けるとして、描写の重要性を説いている。

ただ、ケータイ小説の作者も読者も、じっくり風景描写をしたりそれをしみじみ味わったりという生活のスタイルに慣れていない。せわしなく小さな画面を見ながら打ち続ける小説であれば長い描写文は避けられ、また読者も話がどう展開していくのかを知りたいのであって情緒に浸る余裕があまりない、というのが現状である。

確かにケータイ小説には風景描写の欠如が認められるのだが、風景描写が全くないわけではない。語り手の目に映る景色を心象風景として描くものや、物語によっては詳しい風景描写を入れて意図的に物語のスピードを落とす場合もある。

（1）に観察できる空と夏雲の描写は、一人称語り手主人公彩花の感情と融合した心象風景と言える風景描写である。

（1）『空色想い』9

青すぎる空を見上げながら、はあーっと小さなため息をつく。重い足取りのあたしとは正反対に、夏雲は早く流れていた。

（1）では、彩花の視点移動が彼女の目に映る風景によって表現され、それが感情と重なる。特に「重い足取りのあたしとは正反対に、夏雲は早く流れていた」という部分は、雲の描写とコントラストすることで自分の感情を鮮明にする。このような短い表現にも作者の風景描写を無視しない態度が見て取れる。

一方、比較的長い風景描写が使われる場合も見られる。（2）は、一人称語り手主人公さくらが、海岸にひとりでいるところを金髪の男の子に口説かれたシーンの続きである。恋人のレオを思っていると、その同じ海岸に長い間会えなかったレオが前触れもなくやって来る。そのふたつの出来事の間に風景描写が置かれる。

（2）『クリアネス』270

わけがわからない、といった表情で彼が去って行くのを見送ってから、あたしはシルバーリングにキスをした。

与那国の夕暮れは、東京よりもずっと遅い。
普段なら宿の手伝いで忙しいこの時間帯。
夕日を見るために島の西側まで来るのが、休日のあたしの定番だ。
浜辺にひとり腰を下ろして、足の指の間を埋める砂とたわむれながら、その時を待つ。
そしてやがて、一日の役目を終えた太陽が眠りにつく時、自然は切ないくらいの美しさをもって、あたしの前に姿を現す。
「……きれい……」
思わず漏れるのは、いつだってシンプルな言葉だ。
群青色の絵の具を一本使い切ったような濃いブルーが、徐々に空と溶け合って、神々しさすら感じさせる。
その姿は、どれだけ色を使ってもパレットの上じゃ表せない。
海と重なった太陽があたしを照らす。
まばたきもせず見入ってしまう、日本で最後に沈む夕日。

この部分に続いてさくらのレオへの思いが心内会話で表現され、そこへ、レオが現れる。作品を通して風景描写は少ないのだが、ここで（2）が使われるのには理由がある。(2）は、ひとつの出来事から次のクライマックスとも言える出来事が分離すると同時に次に移行する間を埋める風景描写なのである。マンガであれば、風景のみのコマが幾つか挿入されるような技法である。

ケータイ小説には風景描写が少ないことは確かであるが、作品によってはその効果を狙って私語りの技法として使われていることも確認しておきたい。

5.1.3 回想的モノローグ

ケータイ小説の構造に関連して「回想的モノローグ」（速水 2008）という形態が知られている。回想的モノローグとは、自分の過去の思い出を振り返り、ある程度距離を置いた視座から語る心内文や心内会話である。ケータイ小説が基本的に一人称で書かれ、過去の出来事を思い出してコメントするという語りの形態をとる限り、回想的モノローグが多いのは当然であろう。そこで語り手が現在ではなく、過去に触れる行為について考えてみたい。

語り手は、自分が語る行為と物語の内容を時間的に関係付ける必要がある。物語の内容を、現在か、過去か、未来か、のある一時点に置かなければならないからである。語りには、物語の内容に焦点を当てるもの（行動主義的で、出来事のみを語るタイプ）と、語り部分に焦点を当てるもの（内的独白で、語りそのものが中心）があり、語りの時制には、同時的、回想的、未来的なものがある。一般的に、語り手が過去や未来のことを語ると、それだけ語り手の存在を意識させられるものである。

この点について Stanzel（1971）が参考になる。Stanzel は、narrative situation という表現で語り手が置かれる状況について述べているが、特にいわゆる一人称小説の「I」という表現について、それが、経験する自己（experiencing self）と語る自己（narrating self）に分裂されることを指摘している。そして、物語の語り方には、語り手と語る内容との距離の調節が大切で、それは、このふたつの自己の兼ね合いによって表現されるとし、次のように述べている。

> 語りの距離感とは、語る自己と経験する自己との距離である。この距離は、自己の二つの形の疎外感と緊張感の程度を意味する。(1971:67)[注1]

語る自己と経験する自己の距離は、語る時制と経験する時制が異なる時、より強く意識される。語るという行為には常に時間が関わっているのだが、例えば、語り手が以前経験したことを回想的に語る時、経験した時点と語る時点が違うわけでそこに距離感が生まれる。回想的にレポートしているような語り方は、読者に語り手を個人として意識するように仕向けるとも言える。Stanzel（1971）の言葉を借りれば「語る自己は過去や未来に言及する時、より意識される」(1971:67)[注2]のである。

過去に言及する例を、ケータイ小説から抜き出してみよう。(3) と (4) は、語り手として現在にある自己と、出来事を経験していた自己との時間的距離を表現する。あくまで回想しながら語る回想的モノローグであり、そこに語り手の存在が感じられる。

(3)『風にキス、君にキス。』125

…八年前。

不器用ながらも、確かに毎日を精一杯生きていた。

忘れるには思い出がありすぎる。

——君のいた、思い出が。

(4)『Love Letter』上 6

ジュリ。大きくなったらぼくたちふたりのおよめさんにしてあげる。

“当たり前”って思った。

だって、エイジもタイキも同じくらい好きだから、2人と結婚するのは当たり前って。

そんなあの頃に戻れたらいいのに。

エイジとタイキへの想いが、同じ種類の“好き”だったあの頃に……。

ケータイ小説のところどころに過去に関する言及が見られるのは、語り手がある出来事をもう済んだこととして過去の辛い思い出とするからである。読者に現在の自己から見た過去の自分の姿を冷静に捉え、ある意味で達観したような印象を与える語り方である。それは、同じような経験をする・した・しているかもしれない読者にある種の安心感をもたらすものでもある。

5.1.4 未来の導入

一方、語りの現在から、物語の経過や結果を暗示し、読者に何かを予感させるような、未来への言及が加えられることもある。小説内容の予告や結末への前触れを小説の随所に加える作業であるが、このような語り手の思いやりは読者に語り手の存在を意識させる。

（5）は、『空色想い』の第3章の「フレンズ」というサブセクションの最後に出てくる部分で、内省的なコメントがセンタリングして詩のように提示される。ここには未来を予測させるものがあり、読者に何らかの心の準備を促すような機能がある。同時に、読者がこれからの進展を無視することができないようにするエンターテインメント性が感じられる。

（5）『空色想い』136

あたしはまだ
知らずにいた

必死に笑うことの意味を

誰かを想いながら
生きることの意味を……

（6）は『視線』の上巻の最後の部分で、幸せの絶頂にいる主人公と恋人の関係が描かれる。しかし、その中に「忘れることはない」「忘れるはずがない」という表現を繰り返すことで、読者は、きっと忘れるような状態に陥る何らかの事情が待っているんだ、という予感を感じ取る。

（6）『視線』上 284-285

もう少し……もう少しこのままでいさせて……。

佐伯君の隣にいて、何度、そのように思ったことか。
まるで映画のワンシーンのように、遠く沈んで行く夕陽の中にふたり。
ずっと忘れることはない。
どんなことがあっても、忘れるはずがない……。
こんなに幸せの絶頂の中で見たふたりだけの夕陽なのだから。

このように、読者を引き付けておくために、また、読者の心の準備のために、未来や物語の結末の前触れを挿入するという技法が使われる。

ケータイ小説の中には物語の後半で、何年か後にどうなったかが提示されたり、数年後の未来編がいろいろな手法で追加されたりすることがある。次に示す『星空』では、10年後に一人称語り手主人公流奈に手紙が届きそれが自分を救ってくれたという構成になっている。

(7)『星空』260

2005年12月30日。翼がこの世を去って10年が経ったその日、あたしの元に1通の手紙が届いた。

その手紙は、10年後の流奈へ、という書き出しで始まる。そして流奈はその手紙の内容に救われ、次のように語っている。

(8)『星空』264

本当の笑顔の意味を知ったあたしは、今日も笑顔でいる。

また翼に出逢える、その日まで――。

5.1.5 『空色想い』の構造

ここでケータイ小説における語りの構造を具体的に観察してみたい。分析例としてリアル系ケータイ小説である『空色想い』を分析しよう。Ayaka. による『空色想い』は、第2回日本ケータイ小説大賞優秀賞受賞作であり、一人称語り手主人公彩花の空との恋を描いている。

『空色想い』は、全5章から成り立っていて、各章はさらに幾つかのサブセクションに分かれている。例えば、第1章「空-blue-兄」は「empty me」「カラフルな夏」「23:03の星」というサブヘッド付きである。

構造上まず気がつくのは、語り部分に詩のような（センタリングして提示した）部分が挿入されていることである。第1章に入る前に、詩のようなプローグが提示され、さらに各サブセクションの終わりにも数行の詩のような感想が挿入されている。

(9)『空色想い』1

空が笑う
雲は早足
まるであなたが
そこから見ているようでした

……泣いたらその分笑うの？
……今はあたし、できそうにないの

自由から生まれた運命は
あまりにも脆かった

——空色想い——

あなたが見上げる空は
キレイですか？

最初のサブセクションの終わりには、次の表現がある。

(10)『空色想い』22

真新しい部屋のにおい
真っ白なだけの天井
まだそこには
空っぽなままのあたしがいた

このような挿入部分は語り手が物語の世界から一歩遠ざかって、回想的・感情的に内省し、それをつぶやくように表現したものである。この手法はケータイ小説の他の作品にも見られるのだが、語りの中に韻文を挿入するという手法は、短歌などを散文の中に挿入する日本文学の伝統と無関係ではあるまい。

物語の構造上興味深いのは、死んでしまった恋人宛の送れないメールが作品の最後に追加されていて、主人公がどうなっていくかが語られる点である。これは最終章の後に追加されていて、「To. xx」というタイトルが付いている。エラーメールとしてケータイ電話のメモリーに保存されていたもので、日付は2005年３月10日から2008年８月５日となっていて約２年半の彩花の気持ちが綴られる。

物語内部の時間を追っていくと、15才の彩花が登場するのが2003年６月の設定であり、母親の再婚で義兄として一緒に住むようになった空に恋する彩花が描かれるのが2004年、そして2004年12月に空は家を離れ大阪の専門学校へ行く、という流れになっている。ところが、2004年12月24日に空が交通事故死し、彩花は2005年12月24日に一周忌を迎えてようやくお墓参りに行けるようになる、という時点で終わっている。

「To. xx」には13ページに渡って送られなかったケータイメールが掲載されているのだが、それを通して読者は彩花20才の2008年まで辿ることができる。このように、物語の本体に添付する形で未来が語られる。しかも、この部分がケータイというツールを介していることが、ケータイ小説らしいアピールの仕方になっている。なお、ケータイ小説は、ケータイを介して順に書かれることによって、全体の構成が最初からなされていない場合が多く、構造上必要な部分をあとから付け足す傾向があるように思う。書きながら順に補足していくという私語りの方法であればこそ、このような巻末に添付するという形で未来の物語が提供されるのだろう。

5.2　作者と語り手のイメージ

小説の語り手は、実在する作者とは同一ではない。言うまでもないことだが、一人称の作品でも、物語の語り手の「私」は作者（ケータイ小説家）ではない。また物語内部の「いま」「ここ」が示すのは作者の執筆状況ではなく、物語内部の時間的、空間的規定を指す。そうであっても、一人称の告白調のケータイ小説の場合は、ケータイ小説作家と語り手のイメージがダブるように提示されることが多い。本項では作家と語り手のイメージとその関係、さらに語りの視点を伝える表現について考えてみたい。

5.2.1　ケータイ小説作家のイメージ

ケータイ小説作家は素人であることが多く、人気のある一般読者を対象とした小説家がメディアで紹介されたりテレビ番組に登場したりするのと違い、メインストリームのメディアに出ることはほとんどない。そこで、ケータイ小説作家は実際にどのような形でメディアに登場し、ケータイ小説愛読者に向けてどのような情報が提供されているかを、2012年に第6回日本ケータイ小説大賞を受賞した水野ユーリの場合を例に、簡単に探ってみよう。

まず、書籍化された『あの夏を生きた君へ』(水野 2012) のあとがきには、この作品を書くことになった動機が説明されている。自分も小説に登場する主人公の千鶴のように「死にたい」と軽々しく口にしていたのだが、東日本大震災の未曽有の大災害を目前にして命があることのありがたさを深く感じるようになり、それをケータイ小説で表現したかったと述べている。

本のジャケットには、著者紹介として次の記載がある。

> 群馬県在住の23歳。血液型はO型。マイペースで、趣味は読書と絵を描くこと。好きな食べ物はおでんとカレーライス。

さらに、ケータイ小説サイト「野いちご」のプロフィールサイト (2012) にも、簡単な紹介が掲載されている。まず、自己紹介、今までに書いた小説一覧、おススメの本、また、マイリンクとして、小説、詩、絵などを置いている「MILK TEA」があり、加えて小説専用イラストサイトとして「ミルクと色鉛筆」が紹介されている。

このような情報に加えて「野いちご」のサイト (2012) に、日本ケータイ小説大賞の受賞式のニュースが写真入りで紹介されている。大衆をターゲットにしたメディアではないものの、愛読者でケータイ小説作家についての情報を知りたい者には、実在する作家のイメージが植え付けられる。作家と語り手、作家と主人公を重ねて読むことが可能である。

5.2.2 語り手のイメージ

語り手のイメージの中で特に興味深いのは、作家名と一人称語り手主人公が同名の場合である。つまり、リアル系のケータイ小説に見られる現象で、作品が事実や経験に基づいた実話ベースのフィクションであるとされる作品である。

例えば『恋空』では作家名と一人称語り手主人公が美嘉であり、『赤い糸』では作家名がメイであり、一人称語り手主人公が芽衣である。『星空』も同様に作家名と主人公が流奈となっている。このような語りの構造には、実在のケータイ小説作家と登場人物の重複が見られる。それが意図的に操作されたものであるにしろないにしろ、読者は作者と語り手を重ねて読むことになり、それだけ身近にまたリアルに感じるようになる。

ケータイ小説の場合、ケータイ小説サイトから小説外の情報をも簡単に入手することができるので、限られた範囲内ではあるにせよ、作家像に照らし合わせながら登場人物を理解することが容易であり、そのような視点から私語りの小説を読むことができる。ケータイ小説は作家という生身の人間と実際に作品を書く作者の立場と、加えて小説の語り手主人公という虚構の人物が時として重複するように構成されていて、そこには従来の私小説とは違った意味での作家・作者・語り手・登場人物の融合と揺れが観察できる。

5.2.3 女視点の男語り

ケータイ小説の多くは女性の主人公である一人称語り手が語るという構図になっている。一人称語り手主人公が男性である場合もあるのだが、そこにはやはり女性の「声」が響いているように思える。ここでは、『恋空』と『君空』、『この涙が枯れるまで』に限って観察しておこう。

『君空』は『恋空』の作者美嘉が、小説に登場する病死した恋人ヒロの立場から書いた作品である。作者は女性、語り手は男性、という形であるが、あくまで女性からの目線で語られる。『恋空』と『君空』の冒頭部分に焦点を当てよう。

（11）『恋空』上 8-9

もしもあの日君に出会っていなければ

こんなに苦しくて
こんなに悲しくて
こんなに切なくて
こんなに涙があふれるような想いはしなかったと思う。

けれど君に出会っていなければ
こんなにうれしくて
こんなに優しくて
こんなに愛しくて
こんなに温かくて
こんなに幸せな気持ちを知る事もできなかったよ…。

涙こらえて私は今日も空を見上げる。

空を見上げる。

『君空』も全く同じように始まるのだが、最後の２行が入れ替わっている。

（12）『君空』3

いつか、また、もう一度、君に出会いたい。
眩しく、透明で、果てしなく壮大な、この青空の下で。

このような恋心を表現する韻文は、男性作者・男性語り手の小説では余り見かけられない。特に『君空』の始まり方は、既に『恋空』を読んでいる読者にアピールしながら、ヒロも美嘉を愛していたんだという相思相愛関係を強調するために書かれている。ヒロの態度が美嘉が望んでいるような純愛に満ちていることを、願望的に綴っているのである。

同様に『この涙が枯れるまで』も、一人称語り手主人公の優が「僕」で語る物語であるが、こんなふうに愛して欲しいという気持ちを恋人に託す表現が使われる。

(13)『この涙が枯れるまで』3

幸せって何？
僕は知らなかった
君と出会って気付いたよ
幸せのホントの意味
あなたは、
幸せのホントの意味…
答えられますか？
僕は…
ずっとずっと…
ここから君を想い続けるよ

(14)『この涙が枯れるまで』7

太陽をなくした世界に
僕はいる
暗くて、狭くて
先の見えない世界で
僕は今日も君を思っている

この
ヒラヒラと桜が舞う中で
君の笑顔を
思い出している

特に（13）の「あなたは、幸せのホントの意味…／答えられますか？」と「僕は…／ずっとずっと…／ここから君を想い続けるよ」という表現は、女の子がしそうな質問と女の子の願望がそのまま男の子から発信される表現である。（14）の「この／ヒラヒラと桜が舞う中で／君の笑顔を／思い出している」は、いかにも女の子が描く風景である。

もっとも男性が創作する作品や歌詞にこういったセンチメンタルなものがないわけではないが、そこには女性視点が反映している作品が多いように思う。例えば、男性の作詞・作曲・パフォーマンスによる女歌の場合のようにである。

作者の性は語り手の性の中に潜入していて、男語りの小説とは言え、女性の視点を垣間見ることができる。悲しい恋は永遠のテーマであるが、『この涙が枯れるまで』というタイトルもさることながら、（13）と（14）には、女性視点から見た恋愛シーンのイメージが見てとれるのである。

5.2.4　語り人称の融合と揺れ

従来一般的に小説作法としては語りの視点の一貫性が唱えられ、一人称と三人称の混合、融合は避けられるべきであるとされてきた。しかし、ケータイ小説の中には語り人称が融合したような現象も見られる。幾つか例をあげよう。

『天使がくれたもの』は、多くのケータイ小説と違って、基本的には三人称の視点から語られる。それは次の冒頭部分、高校の入学式を終えたシーンで明らかになる。

（15）『天使がくれたもの』7

式を終え、手渡されたクラス分けのプリントを手に…自分の名が記されたクラスへと向かう。

そして、少し心細い気持ちに深呼吸をして、一歩足を踏み入れた。

…ところが、彼女の目に飛び込んできたのはヤンキー…コギャルの山。

…普通の子はおらんのか？

ポカンと口を開けて周りを見渡すが、極端に近寄りづらい暗い空気をはなつ女の子がチラホラと見当たるだけ。

…舞はため息をついた。

彼女は席に座り、ぼーっと周りを見渡す。

ここでは描写文には「彼女」と「舞」が使われていて、語り手と主人公の間には距離感が生まれるようになっている。

ただ、この作品の一部には三人称と一人称の融合とでも考えられる表現が見られる。

(16)『天使がくれたもの』166

①…ミナミの町を歩く２人。

②映画の看板を指せば、チケットを買って連れていってくれる。…本当は興味なんかない映画なのに…。

③館内で寝息を立てる彼が、とても愛しくて…。

④商店街を歩けば、誰もが学生のカップルと間違えるような２人。

⑤今日の記念に、並んで撮るプリクラ。

⑥すごく…すごく幸せで。

⑦この瞬間が、ずっと続いてほしいと…舞は強く願った。

(16) には一人称語り手の心内会話的な表現と、三人称の語りの印象を受ける部分とがある。文①と文④については三人称視点で第三者の描写と解釈することができるのだが、舞がドラマチックに「２人」と表現している一人称の声とも解釈できる。

『天使がくれたもの』の語りが、基本的には三人称でありながら、一人称とも感じられ、読者に直接告白するような印象を与えるのは、この作品全体に「舞」という固有名詞が使用されることに起因するところが大きいように思う。

そこで、視点の融合と揺れという観点から、固有名詞が一人称語り手主人公に使われる現象を考えてみたい。幾つかのケータイ小説に観察される現象であり、その典型的な例は『恋空』である。『恋空』は「美嘉」が一人称語り手主人公という設定であるにもかかわらず、「私」とか「あたし」といった一人称が一切使われず、常に「美嘉」という固有名詞が選ばれる。

日本語では、幼い女子が自分の名前で「ユキは、あのチョコレートが欲しい」というような少々甘えた感じのする一人称表現を使うことがある。しかし、小説という書き言葉の中で一貫して名前を使うのはなぜだろうか。この件について、日本テレビによる2012年の調査報告「徹底調査！　なぜ増える？自分を名前で呼ぶ女子」(2012）がヒントになる。

この調査によると、自分のことを「わたし」と呼ぶかわりに、下の名前で呼ぶ人が増えているとのことである。調査では10代から20代の女性の60％近くが自分のことを「下の名前」で呼んでいるとの指摘がある。その理由として「わたし」という表現が少し改まった感じであること、またせっかく自分に特有の名前があるのだから、それを使うことで個性をアピールしたいという気持ちもある、とのことである。

一般論から言うと、小説で「私」の代わりに名前で語ることは避けられるべきとされ、もし作者がそのような表現を使ったとしても、編集の過程で没になる可能性が大きかっただろう。ケータイ小説の場合はそのような編集者のインプットが全くなく、作者が自由に表現できるという利点がある。固有名詞は、特に女性が言語主体であれば、一人称とも三人称ともとれる便利な表現なのである。

『恋空』で「私」(または「わたし」や「あたし」）が避けられ三人称としても通用する固有名詞の「美嘉」が使われるのは、一人称表現が改まった感じで読者との距離を生むこと、また美嘉という自分のイメージを前景化したいという動機があると解釈することができる。しかしもっと根本的には、一人称と名前の両者を同時に伝えることができる「美嘉」という選択が効果的だからだろう。

ここで『恋空』から抜き出した（17）と（18）を比較してみたい。

（17）『恋空』上 23

美嘉とユカは視線をそらし、万が一何かあった時のためにと瞬時に逃げる態勢をとった。

(18)『恋空』上 17

美嘉の通っていた高校では当時まだ“携帯電話”を持っている人が少なく、ほとんどの人が“PHS”を持っていた。

(17) では、三人称に近い形で「美嘉」が使用されている。それはここで「美嘉とユカは」となっていて、美嘉の視点寄りの「美嘉はユカと（一緒に)」が使われていないことからも知れる。(18) では「美嘉」は三人称にも一人称にも解釈できる。どちらにも読めるというところが名前を利用するメリットなのであろう。作品全体の印象としては「美嘉」は一人称の代わりとして使われ、私語りの印象を強くしている。作者は読者にむしろ幼友達にでも話しているような印象を与えつつ、しかし、同時に、あくまで三人称の語りの視点からある程度の距離を置いた物語を装った描写をすることができる。この方法で、私としての美嘉と他者から見た美嘉が同時に表現される。親しい人から見た一人称の私としての「美嘉」であっても、時として語り手が登場人物を指す表現としての「美嘉」が出没し、そこには、語りの人称の融合と揺れが観察できる。作者はむしろこの効果を利用して、複数の語りの視点を同時に実現しているのだと思う。

実際「美嘉」は物語の複数のレベルで機能している。一人称語り手主人公であり、心内会話の発話者として直接話法の中に登場する話し手であり、語りの中に時々出没する「彼女」としての第三者である。そして、さらに、『恋空』の作者としての美嘉というイメージがつきまとうことも無視できない。

このように、ある種のケータイ小説では、語り手と主人公の名前を同一の下の名前で呼ぶことで、その呼称が可能にする複数の人称の融合と揺れを実現するのである。

ところで、『天使がくれたもの』の登場人物香久山聖（かぐやましょう、通称カグ）の視点から語られる『君がくれたもの』にも興味深い現象が観察できる。この作品は三人称で語られ、主人公は「聖」という表現で登場する。ただ、主人公が男性であり、その一人称としての使用に不自然さが感じられることもあることからか、「俺」が使われることもある。

(19)『君がくれたもの』7

マンションを出て、俺は原チャリを動かし、現場へ向かった。

俺の名前は…香久山（かぐやま） 聖（しょう）。

周りからは“カグ”と呼ばれている。

年は、誕生日来たから…１６。

同い年の耀緒と、一緒にくらしている。

『君がくれたもの』の場合は一人称の「俺」と「聖」の両方を混合することで、三人称の語りであっても一人称の描写文が導入される。この手法が使われているため、作品全体に人称の融合と揺れが感じられる。

5.2.5　語り手の視点を伝える表現

前項で物語の語りの視点について観察したが、本項ではさらに『天使がくれたもの』と『君がくれたもの』を比較し、語り手の視点がどのように伝えられるかを考察してみたい。両作品では、登場人物の名前が使われていて基本的に三人称の印象を与えるが、一人称の語りに近い現象が見られることは前項で考察した通りである。ここでは、両作品に描かれる同一場面がどのように表現されているか比較してみよう。

(20)『天使がくれたもの』20-21

①…ピンポーン…。

②インターホンを鳴らして、ドアが開くのを静かに待つ。

③美衣子もテルオのこと…。

④…もしそうなら、あたしは…どうしたらいいんやろ。

⑤そう悩み続けていると、ガチャッとドアが開いた。

⑥出てきたのは…テルオではなく…カグのひねくれた顔。

⑦舞の表情は、一気に不機嫌なものに変化する。

⑧「…なんやおまえか。アイツはまだ帰ってないで」

⑨毎回、憎たらしい口調で対応する彼。

⑩「じゃあ外で待つわ」

⑪舞はムッとした顔で、部屋には入らず…ドアの前に座り込んだ。

⑫「暑苦しいねん、おまえ。はよ入れや」

⑬うっとうしそうな顔でそうつぶやくと、彼は部屋に戻っていった。

⑭「…おじゃまします」

⑮舞は、気まずいながらも靴を脱いで、恐る恐る部屋に上がっていった。

⑯ソファに座り、カグの様子をうかがう。

⑰…彼は、舞に背中を向けて、黙々と爪を切っている。

⑱シーンと静まり返ったリビングでは、爪を切る“カチッカチッ”という音だけが、時計の秒針のように響くだけ。

⑲……気まずい。

⑳いづらい空気に耐え切れず、舞は彼に話しかけた。

㉑「仕事は？」

㉒「…休み」

㉓あっけなく返され…再び爪きりの音だけが響く。

㉔静かな空間に、苦しい沈黙が重く広がっていく。

(21)『君がくれたもの』18-19

①次の日の夕方、仕事から帰ってきた聖は、インターホンの音に導かれ、玄関へと向かった。

②「…………」

③ドアを開けて…視界に入ったのは、制服姿の舞。

④彼女は、目が合ったと同時に、顔を露骨にしかめた。

⑤「…なんや、お前か、輝緒は、まだ仕事から帰ってへんで」

⑥同じく、聖もブスッとした顔をした。

⑦「……じゃあ、外で待つ」

⑧舞はそう言って、玄関の前でしゃがみこむ。

⑨このまま…中に入れんと放ってたら、輝緒に何て言われるかわからん。

⑩聖は、深くため息をついた。

⑪「…暑苦しいねん、お前。はよ入れや」

⑫その言葉を置いて、聖はスタスタとリビングに戻った。

⑬文句を言いたげな目で凝視しながら、舞は靴を脱いでいる。

⑭会話などない…シーンとした空気が漂う中、時計の針の音が妙な静けさを物語っている。

⑮聖は、舞に背を向けて、淡々と足の爪を切っていた。

⑯「…仕事は？」

⑰息の詰まる沈黙に耐えきれず、舞は口を開く。

⑱「休み」

⑲彼女の心中に気づいていても、聖はわざと素っ気ない返事しかしなかった。

(20) では舞の視点から (21) では聖の視点から語られる。その違いは登場人物の人称表現で一目瞭然である。『天使がくれたもの』では「舞」が5回、「彼」が3回、「カグ」が2回使用され、『君がくれたもの』では「聖」が6回、「舞」が5回、「彼女」が2回使用されている。前者では、「舞と彼」、後者では「聖と舞」という捉え方であり、そこには、物語の構造上登場人物の誰が焦点化されるのかが明示される。

(20) の「いづらい空気に耐え切れず、舞は彼に話しかけた」(文⑳) と、(21) の「彼女の心中に気づいていても、聖はわざと素っ気ない返事しかしなかった」(文⑲) を比較すると、前者が舞に近い視座から語られるのに対して、後者は聖の見た世界を聖に近い視座から語っていることがわかる。登場人物の人称表現が異なったシーンを描き出すのに一役買っているのである。(20) と (21) は短い部分に過ぎないが、この傾向は作品を通して観察でき、固有名詞と代名詞の選択だけを見ても登場人物への思い入れの違いがはっきりする。

次に、(20) と (21) の心内会話部分を観察しよう。(20) では舞に限って (文③、文④、文⑲)、(21) では聖に限って (文⑨)、心内会話が使われる。この2種の心内会話で、語り手が異なる視座に立ち異なる視点を伝えていることがわかる。

(21) の読者は、既に『天使がくれたもの』で物語の内容を熟知していると想定されるのだが、(20) で伝えられなかった情報や感情が (21) を読むことで、その既知情報に未知情報を捕捉しながら解釈できるような仕組みになっている。これは、舞の気持ちが中心となった『天使がくれたもの』では、聖の気持ちが十分伝えられなかったと感じた作者が綴ったものであり、そこには異なった立場からの感情が満ちている。このような複数の作品を大きなスケールで書き加えるという作業は、この作品の場合に限らず、その後のケータイ小説の世界に引き継がれている。

ちなみに、異なった作者によって、ふたりの登場人物の視点からふたつの小説が書かれた例として辻仁成の『冷静と情熱のあいだ Blu』(1999) と江國香織の『冷静と情熱のあいだ Rosso』(1999) があり、筆者はその視点の違いがどのように表現されるかを分析したことがある (メイナード 2004)。それとは異なり、同一の作者が異なった作品で語るという興味深い現象である。読者の反響があれば、それに応える意味でも異なった視点から語るという自由な創作がなされる。ケータイ小説の世界が読者からの反応や要望によって、いかに拡大し流動的に変化する世界であるかを示す現象である。

5.3　語り手リレー

ケータイ小説は私語りの告白調であることから、基本的に一人称の語りが多い。しかし、一人称寄りの語りだけでは伝えにくい情報や、語り手以外の登場人物の感情を直接表現するためには、他の視点から語る必要がある。

その解決策として語り手のリレーがある。異なった登場人物などを含む語り手の物語をリレーさせることで、私語りの物語であっても複数の視点から語ることが可能になり、そこに複数の声を充満させることができる。もっとも複数の語り手が章ごとにあるいはある部分ごとに語り継ぐという小説の形態はケータイ小説に限られない。例えば村上春樹の『１Ｑ８４』(2009) にその構造が見られる。ただケータイ小説にこの傾向が多く見られるのは、作成過程の影響もあって、小説全体が断片的になることと関係があるように思う。

5.3.1　語り手リレーと複数の視点

語り手リレーの最初の例として、小説の冒頭で登場人物ふたりの視点から書かれたプロローグが提示される『太陽が見てるから』をあげよう。高校１年生の翠と野球部の補欠選手響也との恋を描いたこの作品では、２ページにわたるプロローグに、ふたりの気持ちが１ページずつ短い詩のような形式で提示される。物語の内容を予告することになるこのつぶやきのような表現を提示することで、翠と響也のそれぞれが一人称で語る後続する小説の構成を予測させる。

(22)『太陽が見てるから』上４

ねえ、補欠。
あたし、ずっと見つめてるから。

青空よりも、澄んでいて、
海風よりも、強くって。
夏の雨みたいに、泣き虫で。
粉雪みたいに、優しくて。
それで、向日葵みたいにまっすぐで…。

あたし、恋をしたよ。

あたし、青空の下の少年に
死にものぐるいの
恋をした。

ねえ、補欠。

あたしね。
ずっと、ずーっと、見つめてるから。

(23)『太陽が見てるから』上5
なあ、翠。

おれの前世は、
ブルペンの横に咲いた
向日葵だったんだと思う。

翠の前世は
眩しい太陽だったんじゃないかな。

向日葵ってさ、
どんなに頑張っても
太陽には手が届かないんだよ。

だから、神様はおれにチャンスをくれた。
朝から晩まで太陽を追い駆けるおれが気の毒で。

それで、おれは人間になれたんだ。
だから、この一球だけは絶対に無駄にはできない。

翠、おれと一緒に甲子園に行こう。

(22) は翠の私語り、(23) は補欠である響也の私語りになっていて、この2ページにふたりの気持ちが総括されている。物語の予告と言ってもいいその詩のような言葉の羅列が、切ない恋を予感させるようになっている。しかもそれがふたりの視点から提供されることで、より豊かな情報や感情を伝える仕組みになっているのである。

この他にも一人称の語りの限界を補うために、スペシャル編とかサイドストーリーなどが加えられるのもケータイ小説の特徴である。追加された物語を通して、読者たちはその小説の小宇宙を、その付録のようなストーリーも含めて共有する。

例えば、『クリアネス』では、巻末に「我輩は出張猫である」という2ページに及ぶサイドストーリーがおまけに付いている。メスの猫であるが大吾という名前のこの猫は、一人称語り手主人公さくらの母がかわいがっている猫で、さくらの元カレであるコウタロウがぐちをこぼすのを聞く役目を果たす。猫の視点がコウタロウの内面暴露に利用されるのである。

さらにもうひとつのサイドストーリーとして、恋人になるレオがさくらに会う前の様子が描かれるのだが、それは隼人の男友達のタカノリとの会話で紹介される。ここでも、小説をそこまで読んだだけではわからない、物語が始まる時点より以前の情報が追加されている。

5.3.2　語りの単位としての「-side」

ケータイ小説の中には、視点の限界を超えるため、登場人物の視点を「-side」という表現で提示する作品がある。章ごと語り手が交替したり、章内部においても語り手がシフトする。登場人物の視点をシフトすることで、ある登場人物に限られる情報を捕捉することができ、既知情報と未知情報の統合が可能になる。要するに「-side」は視点ごとの構成単位として機能するのである。

その代表的な例として『君を、何度でも愛そう。』をあげよう。この作品の一部には、登場人物である綾と京が交互に語る私語りがある。登場人物が交互に語ることで、それ以外の方法では伝わらない内容を補うことができる。

まず92-132ページは「ずっと君と -side* 京 -」という章タイトルがついているのだが、作品が綾の視点が中心となっているのに対して、この部分はあえて京の視点から語られる。 次に133-178ページにわたる部分には「幸福、そして

闇　-side* 綾 & 京-」という章タイトルが付いている。その内部構成は次のようである。

- side* 綾 -
綾と京とが淡い恋心を感じあっていることが語られる。綾は死んだ母の出てくる悪夢に悩まされている。
- side* 京 -
学校で綾の体調が悪化、綾が保健室にいる様子を京の視点から説明。悪夢について告白される。
- side* 綾 -
学校で発作を起こし、入院する。綾は意識がない。
- side* 京 -
綾がどういう状況だったか京の視点から説明。
- side* 綾 -
10日後に退院。京の家に遊びに行く。
- side* 京 -
綾の心臓病の説明。

この部分に続いて（24）で示す京の綾に対する愛の告白がある。

（24）『君を、何度でも愛そう。』上 178

……綾。きっと知らんじゃろうけど、そばにいなくて平気じゃないんは、俺のほう。綾が隣にいるだけで、たしかな幸せと愛を、そこに感じちょったよ。

——秋雨の夕暮れ。俺は、揺るがない決意を胸に秘めていた。

（24）では京の気持ちが心内会話と「俺」視点の語りを通して告白される。このような視点シフトによって、綾の視点から語られた既知情報と京の視点を提供する未知情報が統合され、新しい解釈が可能になる。

5.3.3 『*。°*hands*°　。*』の語り手リレー

語り手リレーの極端な例は、何と言っても『*。°*hands*°　。*』である。このケータイ小説は瑠璃華と恭平というふたりの登場人物が、「あたし」と「俺」という一人称の語りでそれぞれの視点から語る部分を羅列することによって、以下に示すような構成となっている。

第1章　モノクロ
　瑠璃華 side、恭平 side
第2章　白色
　瑠璃華 side
第3章　スケッチブック
　恭平 side、瑠璃華 side、恭平 side、瑠璃華 side、恭平 side
第4章　自分にないもの
　瑠璃華 side、恭平 side、瑠璃華 side、恭平 side、瑠璃華 side
第5章　嘘
　瑠璃華 side、恭平 side、瑠璃華 side
第6章　現実
　恭平 side、瑠璃華 side
第7章　手放したくないもの
　恭平 side、瑠璃華 side、恭平 side、瑠璃華 side、恭平 side、瑠璃華 side
第8章　準備
　瑠璃華 side、恭平 side、瑠璃華 side、恭平 side、瑠璃華 side、恭平 side
第9章　ありがとう
　瑠璃華 side、恭平 side
第10章　忘れな草
　恭平 side、瑠璃華の手紙、恭平 side

この小説では巻末で瑠璃華の手紙が導入されるものの、それ以外はすべての章でふたりが交互に一人称で語るという語り手リレーで成り立っている。同じ出来事が違った視点から語られることで、読者は登場人物が直接表現する感情に共感を覚えるようになる。例えば、次のケンカのシーンが瑠璃華と恭平の視点からそれぞれ語られる。

(25)『*。°*hands*°　。*』106-107
「なーんだ。もうバレちゃったの？　つまんないの！　てか、そんな怒んなくてもいいじゃん？　あ、もしかしてプレゼントとか買ってきちゃった？」
　知ってる。
　今のあたし、すごく性格悪い。
　笑いながら、思ってもいない言葉を並べた。
　そんなあたしを見て、恭平は見下したように笑う。
「最悪だな。俺、嘘つく奴とか無理」
「無理って……なにそれ？」
　あたしたち、終わりなのかな？
「受け付けないってこと。そんな奴、俺には必要ない」
　終わりなんだね。
「バカみたい。勝手に騙されたのはそっちなのに。瑠璃華だって、そんな短気な人、必要ない」

　嘘ばっか。
　今日のあたしは
　嘘の塊。
(26)『*。°*hands*°　。*』119
「なーんだ。もうバレちゃったの？　つまんないの！　てか、そんな怒んなくてもいいじゃん？　あ、もしかしてプレゼントとか買ってきちゃった？」

一縷の望みをかけて、瑠璃華に聞いたらそう言われたわけだ。
なんだか、どうでもよくなった。
騙された。
それだけが頭の中をくるくると回る。

ここでは、感情のもつれや雪ダルマ式に増大していく誤解が、ふたりの語りのギャップで効果的に表現される。読者はそれぞれの気持ちをより詳しく知り、より深く理解することができる。

以上、幾つかのケータイ小説に観察されるように、巻末に付録的に添付されたり、異なった視点の語り部分が交替で現れたりすることで物語が進展する現象を見た。これらの部分が全体の構造に組み込まれることで、いずれの場合も限られた人称でのみ語ることの退屈さを逃れ、読者に最後まで興味を持ってもらうようにアピールすることができる。同じ場でも見方によって異なった見えとして語られる。そして、言うまでもなく、そこには複数の声が聞こえる。

5.4　ケータイというツールと語りの構造

ケータイ小説には、ケータイ電話というツールをどのように使うかを示す、ケータイの操作ログ的表現が現れることが多い。物語の中にケータイが登場することで、今起きている出来事が中断されたり、ケータイの内容で物語が重大な転機を迎えたり、ケータイでメールにするか電話にするかという選択で感情が表現されたりする。もともとケータイ電話の世界に浸っているケータイ小説の作者と読者であれば、ケータイが生活上重要なものであることは当然である。しかし、コミュニケーション・ツールが物語の構成に関与するという点は、ケータイ小説特有の手法と言えよう。

濱野（2008）は、ケータイ電話というツールがケータイ小説の登場人物の行動や心理の変化をもたらすのに決定的である点を指摘している。特に小説の中で何か悩みがあっても深く悩む前にケータイのピロリンピロリンという音によって、思考経過が中断する事実に注目している。このように内面モードをケータイが中断するという現実がリアルに感じられるのが、ケータイ世代の現状なのだという。

ケータイを含めたコミュニケーションのツールが、ケータイ小説というジャンルの有様に深い影響を及ぼしているとする立場もある。平野（2009）は、ケータイ小説とはコミュニケーション偏重小説で、特に他者からの承認がすべてコミュニケーションに担わされていると指摘する。そして、いろいろなかたちのコミュニケーション方法の中で、その親密度が互いの身体への距離のグラデーションによって決められるのだという。

その具体例として『恋空』をあげ、メディアとコミュニケーションの相関図を提示している。それは、メール→電話→対面→ボディコンタクト→セックスという形で縮められるのだが、物語全体がそれぞれのツールでうまく理解できずに誤解が生じ、それを解消するために次のレベルのツールを使う構図になっている。しかも全体としてはコミュニケーションの鍵となるケータイを使って小説を書き、無数の読者とコミュニケーションをとるというきわめて論理的な構造になっている、と指摘している。

5.4.1　ケータイとその使用方法

多くのケータイ小説の中で、ケータイはしばしば重要な出来事の進展に使われる。あたかも、ケータイというツールが人間関係に不可欠であるように要所要所で現れる。次の『恋空』の例では最初のデートの誘いがケータイメールで届く。そしてその反応にあえてケータイ電話で答えるというコミュニケーションの方法が吟味される。

（27）『恋空』上 29-30

♪ピロリンピロリン♪

ある日の朝…いつも通り学校へ行くためバスを待っているとメールの受信音が鳴ったので受信 BOX を開いた。

受信：ヒロ

≪キョウガッコウサボロウ！≫

…学校サボる？　なぜ??

メールの内容がいまいち理解できなかったので、ヒロに電話をかける。

早く知りたいから電話で聞こう。

♪プルルルル♪

「はいよ～！」

ヒロの第一声から、テンションが高めなのが丸わかりだ。

再度メールを確かめると、ヒロは「学校サボって俺んちで遊ぼう」と送ってくる。そして結局その午後美嘉とヒロは深い関係になる。このように物語の進展に不可欠の要素をケータイを通して表現するのみならず、メールを受けてそれを電話で確かめるというコミュニケーション方法の選択そのものが小説に登場する。このようなケータイの操作ログは、『恋空』に限らず多くのケータイ小説の構成を特徴付けている。

コミュニケーション方法の選択が語りに現れる例をもう１件見よう。(28)は自分が決断するコミュニケーションのあり方が理由付けて選ばれ、どの方法で繋がるかという決断を通して感情が伝えられる例である。

(28)『この涙が枯れるまで』49

僕はポケットの中を探る。中から出てきたのは、今日沙紀から教えてもらった百合のアドレス。一つ一つ入力していくと、あることに気付いた。

≪090-85＊＊-＊＊＊＊おまけ☆≫

沙紀が百合の電話番号も書いてくれたんだ。

メールか電話…。どっちにしよう…。究極の選択。

メールのほうが簡単だけど、電話のほうが伝わりやすい気がした…。

悩んだあげく僕は電話をすることにした。

この現象は、まさにケータイ小説というジャンルに特有の文体的特徴として、濱野（2008）が指摘する操作ログ的リアリズムである。ケータイを操作するその過程が小説に登場し、その操作自体が談話構成上の役目を果たしたり、また、通信・受信方法の選択自体が人間関係のあり方を表現したりする。この現象がすべてのケータイ小説に見られるわけではないが、ケータイ小説の構造上のひとつの技法となっていることは確かである。

5.4.2 ケータイメールの意味

一方、ケータイ小説におけるケータイというツールの重要性は、ケータイメールの内容を小説に再現し、それが対話性を実現しながら物語の構成に使われることなどにも反映される。(29）では、ヒカルとのコミュニケーションを小説のサイドラインに埋め込むことで、一人称語り手主人公美緒が今参加している現場から逃れ、密かにコミュニケーションする様子が描かれる。

(29)『告白』Stage 1　70-71

あたしは彼のうしろで、窓に背を向けながらメールを打っていた。ヒカルからメールがきたから、その返事だ。

From：ヒカル
Sub：無題
例の女の人のこと、ちゃんと深田さんに聞いた？

To：ヒカル
Sub： Re：
聞いてないよ。聞いてどうするのさ？

From：ヒカル
Sub：Re：Re：
だって気になるでしょーっ？　彼女じゃなくて

ただの友達かもしれないし！

To：ヒカル
Sub：Re：Re： Re：
どっちでもいいよ。あたしには関係ないもん

ケータイのコミュニケーションは、あるシチュエーションから抜け出してもうひとつの世界を導入するのに便利である。私たちの日常生活でもケータイメールを読んだりケータイ電話に出たりすることで、現在進行中の出来事が中断されるのと同様である。一方話を中断したい、この場から逃げ出したいと思っている時、ケータイの着信音が鳴ると救われる場合もあり、これも小説の構造に利用される。

一般的にケータイメールでは、メールの書き手がそれぞれ自分らしさを出すためにいろいろな工夫がなされる。松田（2008）はケータイメールの顔文字、絵文字、小文字などの使用、特にデコレーションメールの場合の文字の配置や色、大きさなどの変化について、それが個性を発揮する手法となっていることをあげている。文面だけではなく、どのようなビジュアル情報を伴ってメールが送られるかが重要なのである。そこに情報を超えた感情的な意味が表現されるからである。

実際、ケータイメールの形態によって、感情を読み取ることが小説に表現される次のような例もある。(30）にはメールに顔文字、絵文字がついていないことが感情表現の一種として綴られている。

(30）『あたし彼女』165-166
恐る恐る
メールを
見る

題名：Re

本文　うん。仕事終わったら
　　　迎えに行く

顔文字のない
メール
いつもの
トモの
メールじゃない

5.4.3　ブログを導入する小説

ケータイ小説の中には『イン　ザ　クローゼット』のように、主人公が公開しているブログを中心に構成されるものまである。この作品では一人称語り手主人公である「アタシ」がお嬢様のレイナとしてブログを公開し、そのインターアクションを追うかたちで構成されている。アタシは、美人でも金持ちでもないが、美容整形をして外見を整え金持ちのお嬢様を装う。そこには例えば(31)のようなブログのやりとりがある。(31)の直前に「レイナさん、最近どこかオススメの美味しいスイーツがあれば教えて下さい」という質問があり、その反応として次の心内会話が出現する。

(31)『イン　ザ　クローゼット』上 64
はあ!?
スイーツだと？
食べ物か、そうきたか。
ダメだ、アタシは美食に縁がない。
でもたしかに、お嬢様なら流行りのスイーツの店やレストランくらいないと不自然だ。
アタシの今日のスイーツはこれだよ、バカヤロウ。
焦りながらコンビニで買った、よっちゃんイカをかじりながら、美容院の同僚の女の子にメールした。

そして、ネットで入手した情報をもとにおすすめスイーツの店について、ブログ上にコメントを送信する。

(32)『イン　ザ　クローゼット』上 65
【さやかちゃん　カキコミ Thank you　うーん、そうねレイナも美味しいスイーツ大好き　オススメはいっぱいあるけど、最近は恵比寿のラ・コッレツィオーネのガトーショコラが大好きなんだ　都内なら行ってみてね】

この小説は、このようにブログを骨組みとして構成されている。ケータイというツールを使いこなし、ブログの世界を知っている読者にアピールしやすい形態となっている。

5.4.4　ケータイメモリーと語りの構造

ケータイ小説では、ケータイ電話の機能を利用した情報が物語の一部となることがある。(33) は、ケータイのメモリーに記録されているメール（相手がこの世にはもういないので実際には送信できないメール）を打ち続けることで、そこに自分の気持ちを綴るというケースである。(34) はケータイのメモリーに記録された自分が書いたケータイ小説を、自分が自殺した後に母親が見つけ、その内容が重要な意味をもつ、というケースである。

(33) の『空色想い』では死んでしまった空兄にあてたメールが登場する。2005年3月10日から2008年8月5日までの35通のメールで、それは物語の終結時点から主人公が３年以上にわたって自分の気持ちを綴ったものである。この部分は主人公が結局どういう気持ちになったかを知るために必須であり、物語の構造上重要な役目を果たしている。小説の最後のページに掲載されている最後のメールを引用しておこう。

(33)『空色想い』332
To：空兄

Date：08/08/05 23：03
Sub：35
本当に、大好きだったよ。

ケータイメールを真夜中に打ちながら、恋人が死んで３年以上経った時点で強く生きていこうと誓う主人公が最後に打ち込む言葉であり、これで小説は終わっている。このような構成は、やはりケータイ小説ならではのもののように思える。

(34) では『天国までの49日間』で、いじめを受けた一人称語り手主人公安音が自殺後幽霊となって私語りをする。自殺したのだが、その原因となった級友を名指しにして書き残した遺書がなくなってしまう。物語の後半で幽霊の安音は、母親が安音のケータイ電話のメモリーに残っていた小説を発見しその内容を読むことで、ことの真相に気付くことを知る。その様子は次のように綴られている。ここにはケータイ小説の中にケータイ小説を埋め込むという構造が見られ、作者の創造的な私語りの手法が感じられる。

(34)『天国までの49日間』266
校長先生はお母さんが持ち込んできた何十枚にもなるA4サイズのプリント１枚１枚に、真剣な顔で目を通していた。
あたしも気になって、プリントを覗きこんでみて、とっくに止まってた息がまた止まりそうになった。
そこには、あたしが生前書いていたケータイ小説が——。
いや、小説っていったらちょっと変かもしれない。ほとんど「日記」だったから。

以上、ケータイ電話というコミュニケーション・ツールとその使用方法が、小説の構成要素として利用される例を見た。このような構成要素が重要な機能を果たすのも、ケータイ小説ならではであり、ここにはコミュニケーション・ツールがコミュニケーションに使われるのみならず、コンテンツの構成にも利用されるという興味深いメタコミュニケーション機能を観察することができる。

注1　原文は次のようになっている。

The narrative distance is the measure, as it were, of the interval between narrating and experiencing self. As such it indicates the degree of alienation and tension between these two manifestations of the self. (Stanzel 1971:67)

注2　原文は次のようになっている。

Occasionally the existence of a narrating self can be inferred from references to the past and the future. (Stanzel 1971:67)

第 6 章

私語りのナラティブ・スタイル

ケータイ小説の私語りには、いくつか特徴ある語りの技法がある。本章ではそれをナラティブ・スタイルとして捉え考察したい。ナラティブ・スタイルには＜私＞という意識がいろいろな表現に見え隠れする。例えば一人称の表現自体であったり、＜私＞についてコメントしたり＜私＞に呼びかけたりするのみならず、＜修飾節＋私＞という形をとったりする。私語りのナラティブ・スタイルで無視できないのが、いろいろな種類の心内会話である。そして本章の最後には私語りの作者が常に意識する相手、つまり読者に向けてどのようなアピールの仕方をするのか、読者にどのように話しかけるのかを分析・考察する。

一人称小説は、一般的に自伝的な回想風のものが多くなる。出来事や体験が長い年月を経て、語り手の回想という視点から語られることが多いからである。さらに、前田（2004）が指摘するように、語りの行為が独特の仕方で前景化される。それは「話し手と聞き手という枠組みを設定したり（略）語り手自身に言及して物語り行為中の語り手自身の姿を浮き立たせたり（略）することによって、物語り行為を読者に意識させる」（2004:125）ことを含む。本章では、ケータイ小説の作者と読者との関係にも注目しながら私語りのナラティブ・スタイルを考えていきたい。

6.1　一人称表現の種類と主体

日本語の一人称表現にはいろいろな種類がある。「私」「あたし」「自分」などの一人称（代）名詞やその非使用をも含む各種のストラテジーが、それぞれどのような動機に支えられて選択されるのか、それらはどのような効果をもたらすのか、という観点からケータイ小説の私語りの＜私＞に関する表現に焦点を当てることにする。

6.1.1　主体の分裂

筆者は言語の主体と物語に使われる一人称表現に関して、その機能を主体の分裂という概念を基本に論じたことがある（Maynard 2007）。

まず、主体という概念を理解する上で、ヒントとなる研究に「分裂する自己」（split self）の研究がある。Lakoff（1996）が split self という表現を使って、認知意味論的な観点から英語のメタファーを論じた際使用した概念である。この論文で Lakoff は英語の再帰代名詞の使用について、従来の統語的なアプローチでは十分説明できないことを明らかにする。つまり、英語では同一人物に言及している場合は、再帰代名詞が必要になる。（例えば「I washed me.」は文法的に誤りとされ、「I washed myself.」が使われる。）しかし、（1）と（2）のような場合は代名詞でも再帰代名詞でも正しい表現として使うことができる。

（1）　If I were you, I'd hate me.

（2）　If I were you, I'd hate myself.

ここで Lakoff は、両者の表現が可能な理由は誰の視点から見たどの self を指すか（（1）は相手から見た self で、（2）は自分から見た self）によるのであって、この場合自己が分裂して理解されているとしている。ただ、ここで異なった一人称表現が使われるその動機や効果については考察されていない。

この分裂する自己という概念を日本語の一人称（代）名詞表現に応用して、次のような表現を考えてみよう。

（3）　私が嫌いだ。

(4)　自分が嫌いだ。

(5)　私は私が嫌いだ。

(6)　私は自分が嫌いだ。

(7)　自分は私が嫌いだ。

(8)　自分は自分が嫌いだ。

まず、主体（言語行為をする者）が示されないゼロ標識となる（3）と（4）は、主体が想定されていてあえて言及する必要がない場合である。「嫌い」の対象となる自己が、客体的な「私」と内面的な「自分」として捉えられている。客体的主体が前景化し「嫌い」の対象が客体的に捉えられると（5）のように「私は私が」という表現が使われる。「嫌い」の対象が内面的に捉えられると（6）のように「自分」が使われる。（7）と（8）は、内面的な主体が前景化した表現で、それぞれ「嫌い」の対象を客体的に捉えた場合と内面的に捉えた場合である。（7）は不自然な感じがしないでもないが、その使用が全く不可能というわけでもないと思える。

なお、ここで言う客体的主体と内面的主体には、次のような特徴がある。

客体的主体	内面的主体
外に向けて明示する 客観的な主体認知を目的とする 主体が外側に見る私 外側から見られることを意識する 主体から距離のある概念	主体の内面を伝える 主体の内省的な見方を伝える 主体が内側に見る自分 外側からの視線を意識しない 主体に近い概念

さらにこの現象を応用すると Maynard（2007）で論じたように、日本語の一人称表現について次のような理解が可能になる。

1．言語行為の主体は、前景化する必要がなければゼロ標識となる。
2．客体的主体には「私」およびそれに類する表現が使われる。
3．内面的主体には「自分」が使われる。
4．小説における一人称の非使用は、コンテキストからあえて言及する必要がない場合、また、トピックとして設定されていて提示する必要がない場合が多い。

5. 小説の中で客体的主体を表層化して「私」などとするのは、コントラストのため明示する必要がある時、私的な立場であることを明示するため、トピック構造の維持のため、などのことが多い。

具体例を観察する前に、異なった主体のあり方がどのように解釈されるのかについて考えておきたい。それには認知文体論の分野で論じられてきた小説における split self の研究、特に Emmott（1997、2002）や Ryder（2003）などがヒントになる。

Emmott（1997、2002）は、小説の登場人物がどのように表現されるかについて次のように説明する。小説ではいろいろな場面で人物の一面が表現されるが、そこに表現されるのは分裂した主体としての登場人物である。そしてある場面で行為し描写される登場人物の一側面を enactor と呼ぶ。enactor とは分裂した主体の一表現であり、それが複数登場する。読者はそれらを統合して、主人公を認識・理解する。より具体的に言うと、読者が物語を読むことで描く情報を contextual frame とし、そのフレームの中で人物理解がなされるのだが、異なった contextual frame に異なった enactor として現れる行為者の統合されたものが、登場人物の全体像となる。例えば、フラッシュバックを用いた小説では、enactor が過去の世界に登場しそれが現在の enactor との関連で認識・解釈されるように、である。

ケータイ小説における一人称表現は、ゼロ標識、「私」（「あたし」や「俺」などを含む）と「自分」の使用・非使用によって主体が分裂し操作され、それなりの複数の自己が表現される。それは小説の中の複数の contextual frame 内に登場し、統合されて解釈される。告白調の作品が主流を占めるケータイ小説では一人称表現が特に重要な位置を占めるのだが、その意味は一様ではなく複雑に重なり合っているのである。

6.1.2 一人称自称詞の使用・非使用

ケータイ小説の文章は、通常一人称の主人公が登場する場合省略されるゼロ標識が多い。しかし、ディスコースによっては一人称自称詞が頻繁に使用されることがある。それは語り手がより鮮明に登場し、語り手が自らの目から見た世界を描く場合であり、それは、＜私＞視点、＜私＞中心の語り方である。

（9）は、そのような例である。「瑠璃華 side」という章タイトルに続いて次の記述がある。

（9）『* 。° *hands*° 。*』18

朝の光が差しこむ部屋。

今日も無事に朝を迎えました。

あたしはゆっくりと体を起こしてから、いつものように見上げた。

白い天井。

白い壁。

周りを見渡せば……白、白、白。

あたしは、何年前からかずっとこの白い箱に閉じこめられている。

だからあたしは、白が大嫌いだった。

水原瑠璃華、17歳。あたしが普通に元気だったら、高校3年生なんだ。

でも、あたしは高校には行ってない。あたしの生活すべてが、この白い箱の中。

この部分には、ゼロ標識でも不自然ではないものがあるにもかかわらず、下線部に見られるように一人称表現が繰り返し使用されている。「あたし」は語り手とともに物語の登場人物としての＜私＞を意識させる。登場人物としての「あたし」は客体的主体を捉えているわけで、この一人称表現は、物語の語り手と登場人物を同時に前面に押し出す機能がある。

一方、（10）のように、一人称が一貫してゼロ標識の現象も見られる。

(10)『視線』下 194-195

①不思議と冷静。

②決して、完全に諦めたという訳ではなかったのだけれど……。

③せめて最後に、佐伯君があれ程までに愛する魅惑的なレースの世界の余韻を感じて行こうと、コース全体をほぼ全て見渡せることの出来るグランドスタンドの最上段に立った。

④思いっきり息を吸った。

⑤まだ少し、レーシングカーの排気の臭いがする。

⑥何となく、昼間に聞いたイクザーストノートが耳に残っている。

⑦たぶん、いつも佐伯君が吸っている空気と聞いている音。

⑧たった1日だけだったけれど、佐伯君の愛する世界に自分の身を置くことが出来た。

⑨同じ空の下、同じ空気を吸って同じ雰囲気を味わうことが出来た。

⑩もう、それだけで満足な気がしていた。

⑪そして、その日に見た、佐伯君の姿を思い出していた。

⑫『あの時、彼の転職を止めなくて良かった』

⑬本当に心から、そう思っていた。

(10) では語り手が語りの中で言語主体として機能し、あえて自称詞を使う必要がない。(文⑤、文⑥、文⑦、文⑫を除いてはすべて「私は」が省略されゼロ標識になっていると考えられる。) ここでは、一貫して語り手の声が潜在的に意識される。

6.1.3 『視線』の一人称表現

ここで『視線』で、どのような一人称表現が使われているかを観察してみたい。『視線』は一人称の語り手主人公栞の20才から15年におよぶ恋を描いた作品で、大学時代の仲間であり親友の渡辺悠美、栞が一目惚れをする佐伯章吾、一度はつきあうことになる岡田哲也、後に世話になる藤村允といった仲間たちとの交流が描かれている。佐伯と岡田は親友であり、栞は本当は佐伯が好きなのだが言い出せずにいた。一時は岡田の優しさに魅かれてつきあうのだが佐伯への思いを捨てきれず、結局大学卒業の頃は佐伯と幸せな恋人関係となる。しかし、結婚に反対されふたりは愛し合っているものの別れる。それから、5年、10年と、ふたりはそれぞれの道を歩むのだがどうしてもあきらめきれずにいる。そして偶然母校で再会し、長い試練を超えて結ばれる純愛物語である。

まず（10）で見たように一人称のゼロ標識が頻繁に観察されるが、そこには語り手の存在が潜在的に意識される。次に、この作品の中で「私」と「自分」がどのような使われ方をしているかを観察しよう。まず、「私」が頻出する（11）と「自分」が頻出する（12）と（13）を比較してみたい。

（11）『視線』上 47-48

「あ！　はい、はい！」

私は、焦って携帯をバッグから取り出した。

焦る必要なんてないのに。

「えっと……ここをこうして……っと……」

私の携帯の扱いに困っているような佐伯君の様子に、思わず見とれてしまっていた。

そのような、よくある光景に“見とれる”なんて、おかしいと思われてしまいそうだけれど、本当に“見とれていた”と言う表現がぴったりの私だったと思う。

初めて佐伯君を紹介された時に、彼の目に釘付けになっていた、あの時と同じ私がいた。

（12）『視線』上 101

しかし、いくら感情を押し殺しているつもりでいても、佐伯君への想いが日増しに大きくなって行くことは、どうしても否定することは出来ない自分がいた。

それを止めることの出来ない自分が恐い。

（13）『視線』上 102

そして、佐伯君に対する気持ちに無理に蓋をするようにして、岡田君と付き合ってしまったことを、後悔にも似た気持ちにもなってしまっていた。

そのように考えてしまう自分も恐い。

それでも、まだ岡田君との仲を壊したくないと思っていた自分もいた。

そんな自分が更に恐かった。

「私」が使用される場合は、語り手がある距離を置いて自己を客体的に捉えるため、それだけ語り手の描写意識が強く伝わり、そこには登場人物としての＜私＞のイメージが浮かぶ。「自分」が使われる場合は内省的に内面の自己を捉えていて、そこには語り手の秘かな声が聞こえる。いずれにしてもゼロ標識の時と比較すると＜私＞がより強く意識される。

(14) は「私」と「自分」が混用される部分である。

(14)『視線』下 60

両親に対して、また、学生時代の自分の優柔不断のせいで哀しみや辛さというものに巻き込んでしまった周りの人たちに、その時の私の未熟さを恥ずかしく思っていた。王子様を待っていた夢見る幼い自分が、未だ、私の中に存在していたという事実も、同時に突きつけられた瞬間だった。

早いうちに、自分から佐伯君に確かめなければいけないとも思っていた。

佐伯君には、私の両親の思いや育ってきた環境なども、ほとんど話していなかったのだから。

浮かれすぎていた私……。

危なく、過去の失敗を繰り返すところだった。

自分のことだけしか見えなくて自分を見失うこと。

(14) の「私」と「自分」を全部どちらか一方にすることも、入れ替えることも可能である。しかしこのような選択がなされたのには、それぞれ語り手が自己を客体的か内面的かどちらに捉えているかによるのであって、そこに異なった自己が表現される。

「私」と「自分」の違いは、次の「私がいた」と「自分がいた」という表現の比較によってさらに明らかになる。このような表現の選択は一見どちらでもいいように見えるが、『視線』の作者は、意識・無意識にかかわらず、それなりの動機があって選択しているわけでそれを無視することはできない。

(15)『視線』上 198

私は、それまでの自分というものを振り返った。

親に甘え、悠美に甘え、そして前田君に甘え……。

甘えてばかりの私がいた！！！

(16)『視線』上 29

その間、"佐伯君"という人に逢い、彼に夢中になってしまっていた私がいた。

(17)『視線』上 101

しかし、いくら感情を押し殺しているつもりでいても、佐伯君への想いが日増しに大きくなって行くことは、どうしても否定することは出来ない自分がいた。

(18)『視線』上 144-145

『本当は送ってもらいたいのに…もう少し、一緒にいたいのに……』

それでも、そう言うことが出来ない自分がいた。

(15) から (18) はいずれも「私」と「自分」に修飾節が先行する。修飾節付きであるからには、語り手がある程度客観的に自己について描写しているのだが、選ばれる一人称表現によって、より客体的か内面的かに差が出てくる。「私」はむしろ客体として自己を捉え、「自分」はより内省的に自己の内面を捉える。(この点については **6.4** も参照されたい。)

以上、ゼロ標識、「私」、「自分」という異なった表現の自己表現を観察したのだが、ケータイ小説の読者はこれらの複数の視点から見た＜私＞を複合することで、その複雑に重複するイメージを理解する。私語りの＜私＞をとってみても、そこには複数の声が聞こえるのである。

6.2　＜私＞を意識した語りのスタイル

私語りのケータイ小説では、＜私＞という意識がいろいろな形で表現される。告白調の文章であれば、＜私＞の視点からの描写が中心となることは当然であるが、本項では幾つかの表現方法を観察していく。

6.2.1　＜私＞についてのコメント

一人称の語り手はその告白の中で＜私＞、つまり自分自身についてコメントすることが多い。それは、語り手視点から見た一定の距離感のある描写となる。特に目立つのは、(1) 自分のバカさ加減を嘆く表現、(2) 自分へのツッコミ表現、(3) 自分を詠嘆の対象として形容詞や感嘆表現で描写するケース、である。多くの場合心内会話や語り手のつぶやきとして提示される。

まず、自分のバカさ加減を嘆く表現であるが、それはコメントの対象としての語り手を演じるために便利である。

(19)『いつわり彼氏は最強ヤンキー』上 78

納得できず「もう１回!!」と、何度も挑戦したせいで、腕がジーンとしびれてきた。

私って馬鹿…。

(20)『天国までの49日間』67

あたしは、バカだ。世界最悪の、大バカだ……。

(21)『お女ヤン!!』31

おいおい!!

あたしが昨日言ったの？　自分で白百合だって？

ま、まさか！　嘘だろおいっ！

昨日のあたしはバカ！　オマエはバカだ！　抹殺したい！

語り手のコメントの中には、次のような自分へのツッコミもある。

(22)『いつわり彼氏は最強ヤンキー』上 187

「菜都に手を出す奴は絶対ゆるさねぇ」

うっ…。

サラリと吐かれたその頼もしい言葉に、ドキンと胸がうずく。

こんな状況だというのに、ときめいてどうする…。

(23) は、高校生に酒をすすめるシーンで、自分の過ちに気付いてツッコむ例である。

(23)『ラブ★パワー全開』108

やっと思い出したあたしは慌てて謝った。

高校生に飲酒すすめてどうすんのよ！　……今まで連れまわしてた居酒屋とかも、本当は駄目なんじゃん？　飲んでないとはいえ、居酒屋とか大人としてどうなの、あたし！

このようなツッコミ表現は、語り手が自分について再帰的にコメントするという視点シフトを可能にする。

さらに、自分を情感の対象として形容詞を伴った感嘆表現で距離を置いて捉えることもある。自分自身に対する感嘆表現は、あたかも他者の視点から発信されたような強い感情を表現することになる。語り手が「私」や「あたし」を名詞句のまま独立して用いることで、その情報をそのまま詠嘆の対象として提示するからである。

(24)『Love Letter』上 189

かわいくない言葉と一緒に投げつけて、あげくにミキ先輩の言葉にまでダメ出ししちゃうなんて……。

かわいくない……私。

(25)『クリアネス』131

自分を大事にできなかった、バカなあたし。

自分に大事にされなかった、かわいそうなあたし。

以上に見られるような一人称の語り手が頻繁に自分を描写する手法は、ある程度の距離を置きながらも、いかに自意識が強く自分のことを語りたがっているかを示していると言える。私語りのケータイ小説には、このような＜私＞へのこだわりと＜私＞への潜在意識が充満している。

6.2.2　＜私＞への呼びかけ表現

ケータイ小説のディスコースでは、自分に距離を保ちながら呼びかけることで感情を表現することがある。会話性を利用して自分に話しかけ、インターアクションを鮮やかに導入することで、生き生きとした文章にすることができるからである。

語り手が命令形などを使いながら自分に呼びかけることは、あたかもその場で自分と会話しているような対話性をもたらす。＜私＞に呼びかけるのは、語り手がもうひとりの自分を前景化したいからであり、そこには＜私＞視点の語りの多様性が観察される。幾つかそのような例を観察しよう。

(26)『大好きやったんやで』上 23

「はーい。どちらさん？」

出たー!!!!!!　あいつや!!!!!!!　間違いなくあいつの声や！

第二関門突破!!

いつの間にかベッドに正座しとる俺。

（落ち着け！　俺！　落ち着くんや！　焦っとるんは格好悪いでー。電話かけてあげたんやで的な演出するんや!!）

そう……俺はいわゆる「かっこつけマン」やった。

(27)『Bitter』50

わたしはなぜか表情を固める。

笑え、私。

ただ口角をあげればいいだけ。

(28)『クリアネス』38-39

いざレオの声を聴くと、誘いを断る勇気が揺らいでしまう。

……いやいや、頑張れあたし。

ハッキリ言えばいいんだ。

やっぱり興味ないから行かない、って。

「あ、あのさ、日曜なんだけど……」

「ん？」

「よ、用事が出来て行けなくなっちゃったんだよね、ゴメン」

—おい、あたし。

何嘘ついてんのよ。

ここで使用される「俺」「私」「あたし」などの一人称表現は、自分に呼びかけることで可能になる会話性を利用しながら、ドラマ効果を生み出している。私語りをするということは単に語り手として語るだけでなく、語り手が登場人物の＜私＞を相手として会話することも含むのである。

6.3 ＜私＞からの見えを語るスタイル

6.3.1 私語りの心象風景

ケータイ小説には風景描写が少ないと言われてきたにもかかわらず、風景描写がケータイ小説で構造上の機能を果たしていることは、**5.1.2** で簡単に触れた。ここではもう一度私語りのスタイルの一方法としての心象風景について観察しておきたい。

風景描写の中にはその言語主体の語りの視点が強く反映される表現がある。そこには、風景と言えども、＜私＞に映った見えとしての心情が風景に映し出される。幾つか例をあげよう。

(29)『告白』Stage 1　163-164

でも……三上くんと付き合うことで、恭一への気持ちをホントに忘れられるかな。やっぱり恭一を好きでいるか、いないかということに彼は関係ない気がする。

見上げた秋晴れの空は、青色というより、涙色に近かった。

「見上げた秋晴れの空は、青色というより、涙色に近かった」という表現は、一人称語り手主人公美緒の目に映った風景であり、限りなく感情的な描写になっている。それは風景描写というより感情表現に近い。風景描写が感情表現と解釈されるのは、作者が提示した風景を読者も同じように見て、その風景から感じる情意を共有し共感するからである。(これは **7.1.1** で触れる付託効果である。)こうして自分の見えを表現することでその風景を見る<私>を間接的に前景化する付託的な表現は、私語りのケータイ小説に有効な手法である。

自分の感情と風景描写を交錯させる例を見よう。

(30)『この涙が枯れるまで』32

１年２組の教室には僕と百合しかいない。

沈黙のまま時は流れていく。夕焼けが教室を照らす。

何か照れてきた…。百合の顔がまともに見られない。

百合の顔に映る夕焼けがさらに百合をきれいにする。

ドクン…ドクン…。

またあの感覚だ…。

(30)の「夕焼けが教室を照らす」と「何か照れてきた」という同一語を使った表現は、結束性を実現しながら、そこに風景と感情の繋がりが見られる。(結束性については **6.4.2** を参照されたい。)「百合の顔に映る夕焼けがさらに百合をきれいにする」という表現には、語り手の視点を中心に自然現象が捉えられている。言うまでもなく、文学における風景描写は心象風景として描かれることが多いのだが、特に一人称語り手の視点から描かれるケータイ小説では、この傾向が強い。

6.3.2　私的妄想で語るスタイル

私語りのケータイ小説では＜私＞が妄想している内容が提示され、それが内面を表現する場合がある。例えば（31）では主人公がいろいろ考えてぼーっとしていて、妄想中という心理が描かれるのだが、それが心内会話として現れる。

（31）『ラブ★パワー全開』 89-90

ん？　何だこれ。拾いあげると、そこには可愛い女の子の字があった。

“今年も無理（笑)。お返しヨロシクネー♪　REIKO”

れいこ？

えっと、美代さんは……美代だよね？

れいこ美代？

いやいや、そんなわけない。じゃあ、これって……？

妄想はケータイ小説に特有の現象ではないが、心内会話が自由に使われる語り方では出現しやすいものである。自分が考えたり夢見たりすることを妄想して、そのままケータイ小説の語りとして使用することで、より強い私語りのスタイルが生まれる。

6.4　＜修飾節＋私＞という構造

一人称表現に形容詞が先行する表現については、既にあげた（24）と（25）にも観察されるのだが、ここでは特に＜修飾節＋私＞という構造に焦点を当て、その表現性と談話構造上の機能を考察する。それが、＜私＞を前景化する私語りのナラティブ・スタイルを特徴付ける技法のひとつとして機能するからである。

6.4.1　修飾節の機能

連体修飾節に関しては、内の関係、外の関係、限定用法、非限定用法など、その種類について論じられてきたが、ここで問題になるのはその談話上の機能である。筆者は『談話表現ハンドブック』（メイナード 2005）で論じたことがあるが、以下まとめておこう。

根本的には、修飾と修飾される名詞というユニットは、その総体が世界をひとつの現象として切り取る機能を果たす。例えば誰かが急に「きのう買った本、おもしろかった？」と尋ねたとする。この場合、尋ねられた側は「きのう買った本」という表現の唐突さに驚くだろう。しかし、互いにきのうある本を買ったという事実を承知しているのなら不自然ではない。単なる「本」ではなく、「きのう買った本」という世界の切り取り方が自然になるからである。

小説では、冒頭に連体修飾節付きの表現が使われることがある。この点について、牧野（1980）は、これが「読者を渦中に巻き込むためのストラテジー」（1980:102）であると指摘しているが、これもまた連体修飾節と修飾される語がひとつのユニットとなって物語に登場することに関係しているものと思われる。

ところで、修飾節が名詞の前に置かれるという語順を利用して、聞き手に対しスムーズに情報伝達を行うために使われることがある。特に非制限的用法ではCollier-Sanuki（1997）が指摘するように、丁寧表現として使われることもある。例えば、ばったり会った相手が自分のことを憶えていないかもしれない可能性がある時、それを考慮に入れて「いつか、成田空港でお会いした山口です」と言ったり、新入社員が自己紹介する時「こちらでお世話になる中村ユカです」のような表現をするが、これは、相手に必要と思われる情報をframeとして与えるという気配りからきている。日本語の修飾節はこのようなframing functionを備えていて、これが丁寧表現に繋がる。この他にも連体修飾節が客観的な描写を可能にするという側面もある（Collier-Sanuki 1993、1997）。

具体的には、＜修飾節＋名詞＞という構造は（1）文脈支持、（2）視点移動、

(3) 提示表現、などの機能を果たす。

まず、(1) の文脈支持は談話上の機能であるが、具体的には修飾節がある情報を文の内部に統合することによって、修飾される名詞を前景化したり、すでに前景化されている名詞をそのまま維持する働きがあることを意味する。物語では登場人物など主要な情報を文脈に沿って提示する際、その登場人物に関連した情報を修飾節に入れて統合する。それによって登場人物をトピックに導いたり、またある情報が重要であっても構造的には従属節内に付属的に提示したりする。つまり、文脈を維持したまま、情報を統合する方法として機能するのである。

次に (2) の視点移動であるが、修飾節は物語の視点移動を導く。日本語の語順に沿って、つまり修飾節に名詞が続くという順序に視点を導くことで、そのディスコースで表現したい視点移動を実現する。

修飾節に後続する名詞句が独立して提示される場合があるが、この場合は(3) の提示表現として機能する。例えば「椰子の木が繁る海岸通り」というような表現は「海岸通りには椰子の木が繁っている」という表現と比較すると、そのまとまった情報提示の効果がわかる。このような修飾節は坪本 (1993) の指摘にあるように、名詞句を目立つ位置に独立して据えることによって、聞き手の意識の前面に提示することになる。

6.4.2 ＜私＞と結束性

＜修飾節＋私＞という構造は、修飾節の情報をあたかも既知情報のように提示し、名詞である「私」を前景化する。それによって＜私＞を支えにした談話の結束性を可能にする。＜修飾節＋私＞という構造は多くのケータイ小説に見られる現象であり、「私」が初出である場合にも使われる。語り手が自分を意識した表現であるが、ト書き風のスタイルを維持するためにも有効である。

＜修飾節＋私＞という構造で興味深いのは、＜私＞を前景化するため、それが談話のトピックとなりやすい点である。トピック (またはテーマ) は、それについてコメントする題材を指し、それは通常後続するコメント (またはレーマ) を伴う。トピックが連鎖するとそれが結束性を実現する。結束性 (cohesion）とは Halliday and Hasan（1976）が英語の談話構造について用いた概念で、文と文との繋がりを各種の言語操作で関連させる現象を指す。例えば、指示詞で前出した事物を指したり、接続詞で前文との意味上の関連性を示したり、類似した語を用いることで意味の関連性を示す場合、そこに結束性が生まれると考える。（トピック、テーマ、結束性などについての詳細はメイナード1997、2005などを参照されたい。）

ケータイ小説で＜修飾節＋私＞が＜私＞を前景化し、それが談話のトピックとなって結束性を実現する場合を見てみよう。

（32）『Love Letter』上 81

①ミキ先輩を責めることなんて誰もできない。

②一番ズルイのは、心地よさだけを求めて、一歩踏み出す勇気さえない私。

③一番弱いのは、こんなふうに陰で泣いていることしかできない私。

④応援だってできないくせに。

⑤邪魔さえもできない。

⑥好きだって認めないくせに。

⑦嫌いにもなれない。

⑧何が優しさで。

⑨何が愛情で。

⑩何が恋なのか。

⑪まだ私には難しい。

ここで「一番ズルイのは、心地よさだけを求めて、一歩踏み出す勇気さえない私」の代わりに「私は一番ズルく、心地よさだけを求めて、一歩踏み出す勇気さえない」とすることも可能である。しかし修飾節を伴う「私」を使用することで、＜私＞を中心として切り取った世界としてのイメージがより鮮明になる。この効果はこの表現が独立名詞句となっていることによってさらに強調される。

(32) ではまず修飾節付きの表現で＜私＞をドラマチックに提示する。後続する短い文では語り手の内面を直接表現するのだが、文④、文⑤、文⑥、文⑦はすべて「私」がゼロ標識のトピックとなっていて、ここに結束性が認められる。そして最後に「まだ私には難しい」という表現で自分について描写する。ちなみに「まだ私には難しい」の代わりに「まだ（それは）難しい私」とすることも可能であるが、ここではこの部分をまとめる意味で述語付きにすることで、この談話部分の意味の一貫性をもたらす。

談話構造上の機能を理解するためにもう１例引用したい。一人称語り手主人公瑠璃華の恋人恭平が語る部分である。

(33)『* 。°*hands*°　。*』192–193

①今まで、拓也も含めて、学校の周りの奴なんて誰も受け入れてなかった俺。

②信じてなかった俺。

③こんなにいい仲間がいたのに、なんで今まで気づかなかったんだろう。

④汚いものばかりじゃない。

⑤こんなにたくさん大切なものがある。

⑥今まで俺は、汚いものしか見ようとしていなかったのかもしれない。

⑦それを教えてくれたのも、隣に座っている瑠璃華なんだ。

⑧そして今、隣に瑠璃華がいることがなにより幸せで。

⑨瑠璃華のうれしそうな顔。

⑩こんな楽しそうに授業受ける奴、他にいるか？

⑪そう考えると、なんとなく笑ってしまった。

⑫でも、それと同時に、毎日、こうして隣に瑠璃華が座っていればいいのに……と思ってしまう自分がいた。

ここでも文①と文②に見られる修飾節付きの「俺」という表現が、後続する文の「俺」の連鎖を支えている。文⑥に見る「俺」という語彙の繰り返しと、文③と文⑪のゼロ標識が談話の結束性を支える。＜修飾節＋私＞という表現で＜私＞を前景化することで、一層＜私＞が印象深く意識の中に刻まれる。そして文⑫の修飾節付きの「自分」という表現で自分の内面を捉えて自分を語る。このような一人称表現のレトリックは、私語りのナラティブ・スタイルの有効な一技法なのである。

6.5　心内会話と語り手の出没

語りのディスコースでありながら、語り手の思考内容や感情を直接話法で提示し、それを引用または引用に似た形で提示する場合がある。心内文と心内会話である。心内文は会話表現と語り部分のかけはしとなる何らかのマーカーの付いた表現である。引用マーカーの「と」やそれに準ずるもの、または会話部分が思考や思惟の一部であることを「思う」とするなど、何らかの指標が目に付く。

心内会話は語りのディスコースでありながら、その場で語り手が会話をしているように提示される独立した部分である。要するに心内会話とは、かぎ括弧なしで提示される、発話されない会話調の内言である。語り部分で語り手や登場人物が、日常会話に似たカジュアルで創造性に富んだスタイルで私語りをするのである。

心内文は直接話法として引用されるため、それだけ語り手の態度や感情が顕になる。一方心内会話では語りのディスコースとの差異を、言語表現、特に話のスタイルで明確にすることが多い。いずれの場合も読者は、語り手のキャラクターを定義付けるきわだった特徴、つまり語り手のキャラ、を間接話法の場合より印象強く受け止める。ここで言う「キャラ」は単なる登場人物としてのキャラクターの略ではなく、特に類型化され、キャラクターを形成する属性としての特徴を指す。

ざっくばらんな口語体の心内会話は内的な独白として機能することが多く、物語の場では口に出しては言わない言葉を通して、心の奥底にある思想や感情、不安や希望などを顕にする。心内会話は演劇の劇的独白にその系譜を求めることができると言う説（前田 2004）もある。劇中で本来無言である登場人物が直接客席に話しかけるように、ケータイ小説では直接読者に告白するのである。こうしてケータイ小説では、会話部分だけでなく、私語りの一部である心内会話にも会話の声の残響が聞こえ、そこに語り手の態度や感情を垣間見ることができるようになっている。

心内会話は、そのコンテキストによって異なった談話上の機能を果たす。その種類を、(1) 思考内容を暴露する「思考心内会話」、(2) 直接引用される相手の会話に心内会話文で答える「掛け合い心内会話」、(3) 相手なしで、ひとりで会話しているような心内会話で自分の心中を伝える「一人相撲心内会話」、(4) 直接引用に続けて心内会話で終わるという形で描写から会話へのシフトが見られる「会話つなぎ心内会話」の4つに分けて考察したい。以下、それぞれの心内会話例を見ていこう。

6.5.1 思考心内会話

思考心内会話では、会話部分を自分で発話しているが、それに混じって自分の思考内容が心内会話で提示される、つまり、直接会話部分と、例えば (34) の下線部で示された心内会話が入り交じる場合に観察される。

(34) では会話の間に挿入される心内会話によって、読者は一人称語り手主人公安音の心の中のつぶやきをそのまま聞くことができる。心内会話の告白と会話の交錯で、異なった声の残響が聞こえ、読者にとってはそれだけ読みがいのあるディスコースとなる。

(34)『天国までの49日間』45-46

冷血人間の榊でもさすがに腹が立ったのか、軽く眉間にシワが寄ってる。<u>言い過ぎだな、今のは</u>。

「ごめん……でも」

<u>よし、とりあえず謝った</u>。<u>ここは素直にならなきゃ</u>。

「でも……あたし、今、ひとりぼっちじゃん？　誰にも見えないし、誰とも話せないし、話し相手ぐらい、欲しいでしょう……？」

こんなこと言うの、すっごいいやなんだけど、仕方ない。

榊は少し黙ってから、こう言った。

「つまり、寂しいわけ？」

6.5.2 掛け合い心内会話

直接引用される相手の会話に心内会話文で答える場合があり、それは会話の掛け合いを実行しているような印象を与える。答えの内容は相手には伝わっていないのだが、あたかも会話をしているような印象を与える。このような心内会話には、実際会話する際に選ばれるスタイル（例えば、デス・マス調などでフォーマルに答える）が使われたりするためそれだけ臨場感を醸し出す。

(35)『告白』Stage 1　132

「う～ん、低いわね。酒井さん、生活不規則になったりしてない？」

してます。15年の人生の中で、今が不規則のピークです。

(36) と (37) も、相手の発話にいちいち心中で答え、それが掛け合い心内会話として機能している例である。(36) では選ばれるスタイルの変化と呼びかけ表現が、(37) では間投詞が実際の会話のような効果を生む。

(36)『空色想い』13

「なんか空くん、全然戸惑ってなかった」

「彩花が戸惑いすぎなのよ」

……いや、ママ、あなたが冷静すぎますよ。

「あんまり迷惑かけちゃだめよ」

……あんたが言うな、あんたが。

(37)『いつわり彼氏は最強ヤンキー』上　37

そうつぶやきながら、久世玲人は視線を鋭くし、私をじっと見つめた。

「菜都、俺は解消する気はない」

…え？

「どーせ騒がれるのも今だけだ」

…えぇ!?

「我慢しろ」

えええーっ!!

なんでそうなるのよ!!

6.5.3 一人相撲心内会話

心内会話で心の中を伝える場合、それがあたかもひとりで会話しているような印象を与える場合がある。特に実際の発話では避けられるような乱暴言葉でざっくばらんに感情表現するため、ひとりごとの独り相撲の会話という印象を与える。乱暴言葉を使うことで、語り手の態度が直接伝わりそこには語り手のキャラが感じられる。

(38)『イン　ザ　クローゼット』上 29

タクシーの運転手が怪訝な顔をしてバックミラーからアタシを見ていた。

見るなよ、チクショウ。

テメエは客商売だろうが。

そんなジロジロ客の顔見て失礼だろうがよ。

アタシは睨み返したが、サングラスでアタシの目が奴に見えない事に気づいた。

(39)『粉雪』37

「えー？　リミットカットまでしてんのに？　っていうか俺、ジェットコースターは嫌いだよ。高いとこ怖いし！」

聞いてねぇよ。

きっとあたしは、この見ず知らずの男と事故って死ぬ運命にあるんだろう。

6.5.4　会話つなぎ心内会話

自分の発話が直接引用され、それに心内会話が続いてそこで終わる、という構造もある。ここには、相手に向ける会話から自分の内面へと変化しながら心内会話で心理状況を暴露するという語り方がある。

(40)『いつわり彼氏は最強ヤンキー』上 84

「しっかし、あの久世君と一晩中ゲームして遊んだって、そんな貴重な体験できるのアンタだけよ！　この贅沢者！」

「贅沢者って…」

どこがよ。

できることなら、代わってほしいんですけど。

(41)『いつわり彼氏は最強ヤンキー』上 160-161

どこまでも大げさな３人に、困るどころかあきれてくる。

そんなに騒ぐほどのことなのだろうか…。

しかも、デートなんて呼べない１日だったのに。

「なっちゃん！　玲人に何してあげたの!?」

「いや、何も」

するもんですか。

即答する私に、３人は「またまたぁ～！」とニヤけた視線を返してくるだけ。

以上、心内会話がどのようなコンテキストで使用されるかを見た。いずれの場合も語りの中に内面を暴露する会話表現をふんだんに使う手法は、読者が語り手や登場人物の心理状況に直接アクセスするために役立つ。心内会話は私語りには欠かせない手法であり、その会話性と対話性故にケータイ小説の会話体文章を支える機能を果たすのである。

6.5.5　私語りと会話の間

本項では、語りの部分にも大いに心内会話という形で会話や対話の声が充満していることを観察した。特にバリエーションに富んだ心内会話は、多くの会話の場を導入し、あたかも複数の声で会話行為をしているような雰囲気を作り出す。ケータイ小説には会話が多いと言われるが、括弧で括られた直接話法が多いだけではなく、語りの部分でも会話しているようなディスコースになっていることがわかる。語り手が常に見え隠れしながら、読者に話しかけるような会話性を保っているのである。

ところで、語りと会話とは決して別々の世界として存在するわけではない。言語は最終的には主体が誰かに話しかける、語りかけるものとしてある。ケータイ小説のディスコースは、その本来の姿が鮮明に感じられる世界を創りだしているのだと思う。特に、会話つなぎ心内会話の例には、会話と心内会話の姿をした語りが共存している。

語りと会話との関係で思い起こすのは、Genette（1980）が言及するディエゲーシス（diegesis）とミメーシス（mimesis）である。ディエゲーシスは語ること（telling）と、ミメーシスは見せること（showing）と類似した概念で、詩、演劇、物語などの語り手の手法について用いられる。ケータイ小説に観察できる会話性は、語りの方法としてはミメーシス的であると言える。会話は語り手の存在を強く感じさせる描写ではなく登場人物が演じる発話行為であり、それを通して「見せる」からである。語り手が語り手であることを主張することなく、登場人物や語り手の発話行為を通して演じる語り方である。ディエゲーシスとミメーシスをはっきり区別することは困難で、あくまで程度の問題ではあるが、確かにケータイ小説のディスコースはミメーシス的である。

ケータイ小説が、描写より演技・実演を表現する会話に支えられていることは、語ることの元来の意味を思い出させる。物語とはもともと口承文化の中で生まれ、それは根本的には話し言葉であった。それが小説という書き言葉中心の表現形態となったわけだが、ケータイ小説は会話性を重視した会話体文章として物語の原点に近付いている。誰かを相手に告白するように話しかけるジャンルである。

興味深いことに、心内会話が物語から姿を消したのは近代小説が勢力を増したからで、古典（例えば『源氏物語』）では文章のひとつのタイプとして使われていたとする説がある。三谷（1996）は芥川龍之介の『羅生門』の分析をしているが、その中で芥川が近代小説の語りと昔話的な語りの手法の間で悩んでいたことを指摘している。そしてその結果生まれた作品が『羅生門』であり、そこには心内会話（三谷の言う「内話文」）が呼び込まれていて、それによって登場人物に同化しなくては書けない内話文を導入していると述べている。「内話文」が近代文学とどう関わっていたかについて、三谷の言葉を借りよう。

> 近代という時代は、内話文を抑圧した。文学の自立性を配慮せずに、日常生活では、他者の内話は聞こえないという、日常性を重視する写実主義・自然主義の強い影響を受けたからである。この近代主義は普天化され、近代小説では、内話文に自覚的なテクストは極めて稀なのである。仮に、日常生活で発話されるとしたら、狂気として扱われることになる内話文は、しかし、前近代の古典的テキストでは区分され、源氏物語の古注では、地の文・会話文・草子地と並ぶ文章分類の一つとして扱っていたのである。（1996:223　「テクスト」と「テキスト」の使用は原文のまま）

本項で観察した心内会話は、こうした歴史的な視点から考えてもごく自然な形の一表現形態であり、会話体文章を用いるケータイ小説に多く観察されるのも納得のいく現象である。

もっとも、会話部分（あるいは括弧に括られていなくても引用されたと思われる部分）と地の文という区分けや、語りや登場人物の視点の細分というアプローチ自体が近代の産物だとする見方もできる。ポストモダン的な観点からすれば、語り部分も会話部分も複雑に入り乱れて交錯するのがむしろ自然の形であり、もともとその境界線を引くことは難しいのだ、という見方もできる。

場交渉論の観点から言うと、本項で観察した現象は語りの場と会話の場の交錯を意味する。その場では特に参加行為の管理が大切になり、対他的態度の伝達や情的態度の伝達が重要になる。その言語の出来事には複数の主体が入り乱れるわけで、それらすべての交渉の結果として交渉意が実現する。

なお、語り部分が会話的であることは、Bakhtin（1981、1986）の言語の対話性を思い起こさせる。そこには会話体文章に当然存在する会話者の声の多重性が認められる。大きな物語ではなく複数の小さな物語の声が入り乱れる語り方は、ポストモダン的であり、マンガ・アニメ的リアリズムの娯楽文芸にふさわしい。

確かにケータイ小説は、語り手が会話の世界を招待したような世界である。その会話のバリエーションが導入されることで、異なった声が聞こえる。Bakhtin（1981、1986）の考えでは、談話の意味解釈にはその談話自体だけでなく談話の表現を介してその外部で起きているコミュニケーションにも目を向ける必要があるのだが、それは、バリエーションが外部を招き入れるからである。しかし、ケータイ小説を観察していると、むしろ、ある表現を使うことでそのコンテキストを招き入れるという逆の場合もあることに気付く。意図的にいろいろなコンテキストを導入し具現化し、さらにシフトするのである。

こうして声の多重性の概念を一歩進めて考えてみると、コンテキストがあってそれに表現が応えるだけでなく、ある表現でそれにまつわるコンテキストを呼び起こすことで、その意味を操作するという表現の仕方が出現する。コンテキストから表現を理解するというより、コンテキストは表現の一部であって、コンテキストを創造し操作するという手法である。ケータイ小説の作者は会話体文章がもたらす表現効果を駆使して、生き生きとしたディスコースを創り出しているのである。

6.6　読者へのアピールを狙うスタイル

6.6.1　デス・マス調へのシフト

私語り行為の一種として、デス・マス調などを通して読者に直接語りかけアピールする場合がある。このようなシフトは、誰かにアピールする意図から丁寧表現になるもので、誰かとは不特定多数の誰かである。意見を述べたり問いかけたりするのに、あたかも公の場を想定して誰かに聞いてもらいたい気持ちがあることを伝える。正式に発表する前によく考えてから至った結論なのだ、というような印象を与える。この他者を意識した語り口調は、逆に読者に語り手の存在をそれだけ意識させることにもなる。

(42)『いつわり彼氏は最強ヤンキー』上 177
どうしよ…。
本当にどうしよう…。
原田菜都、久世玲人の彼女になって初めてリアルなピンチを迎えています。

(43)『ポケットの中』8-9
「ほんものの、わたしだけのおうじさま！」
想像して、うっとりする。ああ、サッカーが超うまいイケメン王子様、早く現れて！
それから、あっという間の12年。……現実は甘くないみたいです。

(42) と (43) では、下線部だけデス・マス調にシフトしている。逸脱したスタイルとなっているため、特別の意味が想定される。それは読者に宣言するような説明口調となっていて、そこに設定される場は現行の物語内部ではなく、物語の外部に存在する読者に直接アピールしている。

6.6.2　終助詞で直接語りかける態度

相手を意識した表現として、終助詞を使用し読者との会話を装った語り手の表現がある。そこには見え隠れする語り手が、相手としての読者にその存在をあらためて意識させる効果がある。そのような例が (44) と (45) である。

(44)『ラブ★パワー全開』7
じゃあ、どうして知ってて好きになってんの？　って話だよね。彼は普通の高校生で、金持ちお坊ちゃんじゃないし。あたしは人数合わせで行ってるわけだし。
だーよーね！　その疑問、大正解。もうここまで聞いたら、最後まで聞いてね。

ハッキリ言って、今まで年下になんて全く興味なんてなかったし。逆に年下じゃなくて、あたしには年上が合ってると思ってたもん。

(45)『イン　ザ　クローゼット』上 106

ほかに娯楽がないんだよ。

最低だって？

わかってるよ、うるせえ、ほっとけ。

6.6.3　言葉への意識とコメント

語り手が意識されるディスコースの一種として、言語表現についてコメントする場合がある。例えば次に見るように、方言の使い方、助詞の使い方、発話の特徴、についてコメントする場合がある。

(46)『ラブ★パワー全開』157

「だから邪魔。まとわりつくな」

いつもの大阪弁じゃなくて。それに聞いたこともないような鬱陶しそうな声。

(47)『空色想い』233

「え〜！　やっぱあやって、小さいときも無愛想だった？」

小さいときもってなんだよ。“も”って。

(48)『やっぱり俺のお気に入り』175

舞台の上の未来もかわいかったけど、やっぱ俺はこっちの未来を好きになったんだよな。

「姫、どうでしたか？　文化発表会のご感想は？」

わざとらしく口調を変えて、聞いてみる。

また、語り手が言い直すことで言語行為を意識させることもある。

(49)『ワイルドビースト　I』53

窓の外を流れる景色が徐々に見慣……見飽きたものになってきて、それが心を重くする。

(50)『風にキス、君にキス。』77

壊れたくなかった。

壊れちゃいけなかった。

(51)『告白』Stage 1　9

それがあたし、酒井美緒と、ヘラヘラ男・深田恭一の出会い。

いや、再会だった。

このような語り手の言葉への意識は、読者に語り手の語る態度を思い起こさせる。その意味でこのような表現方法は、＜私＞を意識させる私語りのナラティブ・スタイルのひとつの手法として機能していると言える。

第 7 章

私語りのレトリック

ケータイ小説を特徴付ける表現方法の中には、幾つか重要なものがあるのだが、本章では広義のレトリックの綾を中心に論じたい。ケータイ小説のレトリックで目立つのは、細分化され、述語部分が無いまま独立して用いられる言語単位である。そこで、まず、独立名詞句、体言止め、細切れ表現に焦点を当てて観察したい。次にポストモダンの文芸としてのケータイ小説では、幾つかの種類の日本語のバリエーションが使われているのだが、特にそれが語り手の特色を鮮明にし、さらに語り手のキャラ立ちに役立つことを理解したい。

また本章ではレトリックを広義に捉えて、エンターテインメントとしてのケータイ小説の文章がユーモアに満ちていて笑いを誘うようになっていること、加えてケータイ小説以外のジャンルとの交錯・融合を捉える間(かん)ジャンル性という現象を追う。

7.1 独立名詞句と体言止め

独立名詞句に触れる前に、独立語一般について考えてみよう。南（1993）は、独立語文の種類に、間投文、はたらきかけ文、応答文、提示文、その他があるとし、その特徴を説明している。間投文は「ああ」「どっこいしょ」など、はたらきかけ文は呼びかけやあいさつ、注意喚起、命令、要求、祈り等、そして応答文は「うん」「いいえ」などである。これらのグループと性格を異にする独立語文として提示文があり、それには題目文と表示文がある。題目文は「ある談話の、ある単位的部分の主題、要旨などを示すもの」(1993:69)、表示文は「いろいろなものごとについての説明、支持、注意などを名詞句の形で伝えるもの」であり、「単語1つのきわめて簡単なものから、相当長い複雑な構造のもの」(1993:70) まであると説明している。

南 (1993) の指摘で興味深いのは、提示文としての独立語文で、それには通常の文のように、描叙、判断、提出、表出の4段階が含まれるとしている点である。さらに「内容的な面では、そこで問題とされるものごとそのもの、場所、時その他がことばの形で表され」、「文法的性格としては、提示のしかた、受け手への伝え方が問題となる」(1993:72) と述べている点である。しかし、一方で、提示文は他の独立語文と比較すると、「客観的なものごとについての情報を伝えることが主」(1993:69) になっているとしている。ただしこれは、間投詞やはたらきかけ文や応答文が、なんらかの言語主体の「感情・感覚・意向 (態度) などにかかわる面の比重が大きい」(1993:69) ことと比較して捉えた特徴にすぎない、と付け加えている。

ケータイ小説のディスコースには、南 (1993) のあげる間投文、はたらきかけ文、応答文が独立語文として登場する。ただ特に注意したいのは、南の言う提示文である。提示文のような表現力を持っていて、しかも受け手への伝え方が表現される独立語文、筆者の言う独立名詞句である。独立名詞句は多機能を果たすだけに、そのレトリック効果を細かく観察していく必要がある。

7.1.1　独立名詞句と付託

筆者は独立名詞句のレトリックについて論じたことがある。『情意の言語学』(メイナード 2000) で山田 (1936) の「喚体の句」の概念を基本に、呼びかけ表現と感嘆名詞句を中心に、感動喚体、提題、コト感嘆名詞句など、一連の独立して用いられる独立名詞句を考察した。同時に名詞表現が体言止めとして <X が + 名詞> <X は + 名詞> という形で文末に用いられる場合についても触れた。筆者は、呼びかけ、提題、感嘆名詞句などの広義の名詞句のストラテジーが、相手や対象を提供するのはもちろんのことであるが、それ以上に驚きや感動や親近感など多様な情意を表現することを論じた。

名詞句表現は、情意の対象を談話の世界に投げ出すことで、主体の感動のありかを示すことができる。特に感嘆独立名詞句は、直接感情を表現する言葉を使わないで、しかし、感動的に詠嘆の情意を表現するのだが、その根本には感情を直接「悲しい」とか「うれしい」と言うのではなく、感動の対象を提示することを通して、相手に訴えるという「付託」の動機が働いていることを論じた。

付託とは、和歌の手法であるが、読んで字のごとし、何かに託して感情や思いを表現することである。尼ケ崎（1988）は、和歌では思いをそのまま表現するのではなく、花鳥風月その他の事象を引き合いに出して語ることを良しとすると説明している。思いを直接表現するのではなく、何かに寄せて表現するのである。付託は心情を表現する時、直接表現ではうまく伝わらないということの裏返しである。情意は「悲しい」とか「うれしい」という感情を概念化した語彙で表現されることもある。しかし、それでは深い感情は表現できない。そうではなくて、何か他のものを談話の世界に持ち込んで焦点を当て、話し手・書き手の見えを伝えることで、相手も共に経験してくれるだろうことを期待するのである。

付託はもともと和歌の手法ではあるが、この手法は日常言語のレトリックとも根底で繋がっていると思う。私達は、日常生活でも一輪の花に恋心を託したり、月の光に悲しさを託したり、雲間から射す陽の光に希望を託したりすることがある。独立名詞句は、あるものを付託の対象として、私達の宇宙に投げ出す表現手段なのである。

独立名詞句は、名詞のみの、または説明節や修飾節を伴ったり、助詞を伴うものもあるのだが、ここでケータイ小説に使われる例を幾つか見てみよう。

（1）は、独立名詞句が小説の場や時を設定するために使われる場合である。一人称語り手主人公芽衣が好きな男の子を探すシーンであるが、その時、修飾節や形容詞を伴った名詞句によって場所設定がなされる。

（1）『赤い糸』上 104
アタシは、当てもなくアッくんを探した。
街灯の光も薄暗い小さな脇道。

真っ暗な公園。

どこにもアッくんの姿はない。

どこにいるの？

(2) は修飾節付きの名詞句が付託的に提示され、シーンを描く小道具を提示する。

(2)『太陽が見てるから』上 32

空には、薄く伸びた雲がまんべんなく広がっている。

乾いた砂ぼこりが舞い上がるグラウンド。

浜風でさびついた緑色のフェンス。

土色に染まったボール。

代々、使い古されてきた金属バット。

使いなれたグローブと、スパイク。

スパイクの底でアスファルトを蹴っ飛ばすと、線香花火のような火花が散る。

(2) の「乾いた砂ぼこりが舞い上がるグラウンド」という独立名詞句の表現性を考えてみよう。この表現を読むと、ある場に焦点が当てられそこが大切な場所であるような予感がする。それはこの表現が提示句としての機能を果たし、独立名詞句が読み手の意識の中にはっきり浮かびあがるからである。加えて語り手が修飾節付きで「乾いた砂ぼこりが舞い上がるグラウンド」として世界を切り取って、そのような「グラウンド」を描写する時、読者もその見えを経験する、つまり、読者は語り手が見た風景を同じように見るように仕向けられる。(2) では続いてそのような風景の中に幾つかの物体が置かれる。それらもすべて修飾節付きの独立名詞句という形態をとっている。

ここで「乾いた砂ぼこりが舞い上がるグラウンド」のかわりに「グラウンドには乾いた砂ぼこりが舞い上がる」という表現を使うこともできる。しかしそのような叙述の文構成では、感動を呼びそうな風景の設定が弱い。場を中心としその細かい描写を通してさらに次の行為へ、という視点移動を促す効果が弱められるからである。

一定の長さの名詞句で文を終えることは、リズム感をもたらす効果もある。特に独立名詞句表現は、他の短い文と一緒になって語りに話し言葉の調子を加えることができる。実際に客を前にリズムを取りながら語っているような印象を与えることも可能である。

このように述部が表層に出て来ない独立名詞句は、談話構造上動詞文とは異なった機能を果たす。名詞句で言い切った場合は、モダリティ表現の解釈が読者との共感に委ねられることになる。このため独立名詞句は談話構造上、特にその情報構成上、背景的・添付的な情報を提示することが多い。これとは対照的に、動詞文では主体のモダリティが表層化することから、言語行為の主体の発想・発話態度が明確になり、ディスコース全体を通してどのようなコミュニケーションを目的としているか、何をどんな形で読者にアピールしようとしているか、などが伝えられる。重要な事実のまとめや読者への働きかけ等は、動詞文のモダリティで伝えることが多い。独立名詞句と動詞文はそれぞれ異なった談話上の機能を受け持ちながら、情報の前景化や背景化を含めたディスコースの表現性にそれぞれ貢献する。

場交渉論的に言うと、同じ対他的態度や情的態度の伝達と言えど、言語表現によって異なったタイプや深さのアピールの仕方があるのだと解釈できる。

なお、修飾節付きの独立名詞句は、詠嘆表現としての機能が中心となる場合もあるので、幾つか例を見ておこう。ここで使われる感嘆独立名詞句は付託的効果を狙ったもので、感情を呼び起こす現象を談話の世界に投げ出し、それが主体にどのような見えとなって映るかを示すものである。

(3)『白いジャージ』37

先生が誰かを想ってる目。時々、遠い目をする先生。先生を抱きしめたいって思っちゃうような……そんな目。

(4)『Love Letter』上 202

自分が情けないと言ったタイキ。

ミキ先輩のために寮を探していたタイキ。
本気の恋を終えて涙を流したタイキ。
ミキ先輩と一緒にバスケを引退したタイキ。
ゲンゴロウに「サンキュ」と告げたタイキ。

その全部がタイキの強さで、そして弱さ。
その全部がタイキらしさ。
そんなタイキのすべてを守りたいと感じた。
あの日から、タイキとの関係は特に変わってはいない。

このように独立名詞句は、情報の焦点化や語り手の感嘆の対象を付託的に提供するために使用される。独立名詞句は間接的に、しかし効果的に、語り手の見えを伝える私語りの有効な手段なのである。

7.1.2　体言止め

名詞句と同様、述語部分を持たない文型として体言止めがある。体言止めとは、広義には動詞述部のない表現で、＜トピック＋名詞＞または＜主語＋名詞＞という名詞で終わる独立した句から成り立っている表現である。

具体的には、体言止めは次の様式の表現を指す。

1. ＜X は＋名詞＞または、＜X が＋名詞＞という構造で「だ」（または「である」）を伴わないもの
2. 名詞で終わり、後続する述部「する」を伴わないもの
3. 「わけ・はず・こと・感じ」などの名詞化表現で「だ」（または「である」）を伴わないもの

体言止めは文学作品に使われ、その表現効果について論じられてきた。中村（1991）は、文学作品で印象的な体言止めを使う作家として太宰治をあげ、『富嶽百景』の「娘さんは、興奮して頬をまっかにしていた。だまって空を指さし

た。見ると、雪。はっと思った。富士に雪が降ったのだ。山頂が、まっしろに、光りかがやいていた。御坂の富士も、ばかにできないぞと思った。」という文を例示する。中村はこの「見ると、雪」という表現について、それは「見ると、雪である」の述語を省略したものであり、「はっと打たれたその瞬間の衝撃」を「感動の＜体言止め＞でみごとに捕らえている」(1991:216) と評している。

体言止めは、命題をまとめて投げ出す表現である。出来事自体に焦点を当てるため、出来事への志向性をより強く感じさせる表現である。体言止めには何らかの述語とモダリティが潜在的に存在するのだが、それをあえて具体的に表現しないストラテジーである。すべてを言わずに言い切ることで、かえってその命題を操作する書き手の存在が感じられる表現なのである。独立名詞句と同様、付託的な効果を狙って用いられる技法で、ケータイ小説にも多く使われる。例を見てみよう。

(5)『視線』上 8

佐伯省吾。

学年は同じだけれど、一浪しているので、歳はひとつ上。

九州の福岡出身で、大学の近くに一人暮らし。

趣味はバイク。

学部は、岡田君と同じ理工学部機械工学科。

まぁ、私としては、一度しか会っていない割には、短期間でかなりの情報を得たつもり！

(6)『赤い糸』上 23

アタシの隣はナツくん。

中学に入ってからの友達で、勉強の才能がすべてスポーツにいっちゃった感じのスポーツバカ。もちろん彼女も好きな子もいないサッカー命くん。

前の席は優梨。

優梨はこげ茶のロングヘア。この前、隣のクラスの男をフッていた。美人でモテるのに、彼氏はナシ。

ここだけの話、優梨はナツくんに片想い中だ♪

そして、優梨の隣がアッくん。

アッくんは、中２にして体験人数50人。100人ギリまであと半分っていう恋愛の達人だ。

少し童顔で茶髪の短髪をいつもツンツンにセット。ほかの中学にふたり彼女がいるという、遊び人。

あと、ひとりだけ隣のクラスになっちゃった美亜。

美亜はアタシや優梨と違って、かなりのギャル。たぶん学年一派手だ。

(5)と(6)の下線部の体言止めは、述部を使わないことで情報が名詞句化され、ひとつの概念として切り取られて提示される。名詞句に焦点が当てられ、それを通して何か宣言しているような感じを受ける。いずれにしても、書き手は感動を込めて言い切っているのである。しかも情報を簡潔に提示しリズム感を伴いながら、インパクトのある言い切りとなっている。

ところで、若者の間では、通常の文章の中に名詞止め（体言止めを含む）表現が多く使われることが指摘されている（山室 1999）。山室（1999）は若者の文章の中に、箇条書きや見出しのようなもの、また、後続する文章のトピック提示のためのものなどが使われることを指摘する。そして中には山室の言う「宙に浮いた」表現があり、特に論理的な文章ではその情報がどのような意図で提示されているのかわからないものもある、と警告している。確かに、論文のようなジャンルでは名詞止めは無責任な印象を与え、読み手を困惑させることが多い。

しかし、体言止めはジャンルによってその頻度も機能も異なる。簡潔性を利用した新聞の見出しから、ケータイ小説のような文芸作品における感動を込めた体言止めまでいろいろある。

体言止めの中には、(6)の「優梨の隣がアッくん」や（7）の下線部のように焦点化の機能を果たすものもある。トピック提示とは異なった形で、あるコンテキストがあり、そのコンテキストが期待する新しい情報を名詞句で提供するというパターンであり、＜X が＋名詞＞という形をとる。談話構造上は、名詞句が情報を提供し、同時にそれに焦点が当てられ、さらに説明が続くという形になっている。

(7)『Love Letter』上 202
その全部がタイキの強さで、そして弱さ。
その全部がタイキらしさ。
そんなタイキのすべてを守りたいと感じた。
あの日から、タイキとの関係は特に変わっていない。

体言止めは、＜X は＋名詞＞であれ、＜X が＋名詞＞であれ、私語りのレトリックのための機能を果たす。両者とも、語り手がある情報をその感動の対象として談話の世界に投げ出すのである。述部を伴わない文の終わり方は、その感動の対象を解釈することを余儀なくされる。このような間接的なアピールの仕方はむしろ潜在的な＜私＞を意識させるものでもある。場交渉論的な視点から理解すると、感動の対象を同じ目で見ることで共に経験し、言語の主体と相手が「感応的同調」するように促す表現である。

7.1.3　独立名詞句とトピック・フレーム

独立名詞句は、談話構造上、トピック・コメントという結束性を促す機能がある。トピック・コメントの関係は **6.4.2** で観察したように、言語表現の連鎖による結束性をもたらす。

ここでは『片翼の瞳』と『賭けた恋』から引用した (8) と (9) を観察したい。なお、『賭けた恋』は『片翼の瞳』の続編として出版されたもので、同一の作者による作品であるが、その両方に共通した手法が使われている。主人公がトピックとして提示され、そこで設定されたトピック・フレームにコメント的な描写が続く。

(8)『片翼の瞳』上 60

早瀬瞳。

17の夏……。

初めて“大人”になった季節であり。

そして…、初めて汚れを知った季節でもあったんだ。

(9)『賭けた恋』上 8

早瀬瞳。

19歳。

ごく普通の家庭に長女として生を享け、現在は保育士の資格を取るために短大へ通っている。

(8) と (9) では小説の時の流れを、17歳と19歳という情報を独立名詞句でトピックとして提示・紹介し、それにコメントが続いている。

(10) は提示された修飾節付きの独立名詞句が大きなトピックとなり、その枠組みの中で後続する文③、文④、文⑤がコメントとして続く例である。

(10)『* 。° *hands*°　。*』8

①汚い嘘をつく大人。

②ひとりを集団でいじめる子供達。

③みんな、自分だけを守り、相手を傷つけてる。

④なんて愚かなんだろう。

⑤その中に俺もいて、そんな世界で生きているのがバカバカしくて仕方ない。

(10) では、独立名詞句「汚い嘘をつく大人」と「ひとりを集団でいじめる子供達」が談話レベルのトピック提示の役割を果たしていて、そこで出来上がった枠に続いてコメントの語りがなされる。名詞句をまず投げ出してトピックとすることは、その付託的効果を狙ったものであり、それによってトピック・フレームの提示という談話構造上の機能をも実現する。

このように独立名詞句によって、ある概念をひとつの事実として提示し、それから談話を展開していくわけで、独立名詞句はトピック・フレーム提示という機能を支える手法としても利用される。

7.2 細切れ表現の効果

本項では、独立名詞句と体言止めに限らず、広く細分化されるケータイ小説のレトリックを観察したい。ケータイ小説に細切れ表現が頻繁に使われるのには、ケータイメールの影響がある。何より短いことが重要になるからである。しかしその現象は単にそれだけでは片付けられないものがある。細分化された表現は、会話的、発話的であり、リスト化、即表現などの効果がある。即表現とは、思索や感情の経過をそのまま提示する場合で、頭に浮かんだこと、心に思ったことをそのまま細切れで表現する場合を指して言う。

ところで短い定型化された文章はケータイメールの世界独特のものであるが、そのコミュニケーション方法について興味深い指摘がある。東（2007c）は、ケータイメールでは、人は理念や象徴では繋がり合えないのだが、情報の回路においてだけは繋がりあえるのかもしれない、という考えを明らかにしている。短い文章を頻繁にやりとりするケータイメールの世界は、まさに、内容を共有せず、しかし回路だけは共有するコミュニケーションの場である。詳細の説明よりなんとなく繋がること、つまり説明より共感や感情を重視するケータイのコミュニケーションのあり方は、そのままケータイ小説の細分化された表現に影響を及ぼしている。

ケータイ小説の細切れ表現を語る上で触れなければならないのは『あたし彼女』である。この作品が第三回日本ケータイ小説大賞を受賞した時、その細切れ状態の文章がメディアから注目されたことは記憶に新しい。例えば高橋（2008）は、短く区切られた文章は、女の子のおしゃべりをそのまま生かしたものであり、それはあたかもラップ詩のようだと述べている。高橋（2008）から引用しよう。

ぼくは、『あたし彼女』の「文」を、まず、口頭でゆっくり発音してみた。すると、どうだ。驚くべきことに、そのままラップ調になってしまったのである！　ぼくの考えでは、この「文」の作者は、いまどきの若い女の子の「しゃべり」口調を再現することを、この小説での最大の目標とした。そして、そのために、携帯の画面の「狭さ」を利用したのである。(2008:120)

高橋はさらに続ける。

まだ、はっきりと、断言はできないのだが、この「文」に現れているのは、「意識」や「内面」の「浅さ」の積極的な肯定であるように思える。(2008:120)

『あたし彼女』の例は第1章でも既に提示したのだが、再度見ておこう。次のような細切れ状態である。

(11)『あたし彼女』8-9
てか
アタシ
彼氏いなかったこと
あんま
ないし
当たり前
みたいな
中学から今まで
男尽きたこと
ないし
だって
むこうから

寄ってくるし
別に
アタシから
誘ってるわけじゃないし

ケータイ小説が細切れ表現を使うのは、ケータイというツールそのものや、ケータイ小説作家たちが日常経験している話し言葉に多くの影響を受けていることは疑いない。しかし、細分化された表現には、それなりの表現性があるのであり、筆者はそれを見逃すことなく理解する必要があると思っている。次に細切れ表現の表現性や機能を幾つか考察しよう。

7.2.1　リズム感と即表現

まず細分化現象が語りにリズム感を与える場合を観察しよう。

『あたし彼女』ほどでないにしても、ケータイ小説のディスコースは広範囲にわたって細切れ状態になっているのだが、細分化された表現にはいろいろな要素がミックスされている。例えば（12）には独立名詞句、形容詞文、呼びかけ、短い疑問文の繰り返し、が観察され、全体的にリズム効果がある。

（12）『賭けた恋』上 20

ハニかんだ笑顔を見せて、あたしたちは逃げるようにしてその場を離れた。

真っ赤な顔。
すごく熱い。
ねぇ、聖。
なにを企んでるの？
なにを考えてるの？

（13）は、特に繰り返しに支えられたリズム感を与える細切れ表現である。この部分の細切れ表現には、擬態語、繰り返し、独立名詞句などがあり、それらがリズム感をもたらしている。

（13）『Bitter』237-238
回る、アスファルト、小石、ビル、空、太陽……。
ぐるぐる。
ぐるぐる。
回る回る、あの日の叫び。
回る回る、いつかの涙。
そして、ふと、すべてが止まった。

細切れ表現の中には、脚韻を踏むことでさらにリズム感を増す（14）や（15）のような表現もある。

（14）『天国までの49日間』245
その時のことを思い出しているのか、過去を語る舞の表情は、ひどく悲しそうだった。
舞……悲しかったよね……。
辛かったよね……。
苦しかったよね……。
あたしも美琴も有希も、誰もそんなこと知らなかったよ……。

（15）『Love Letter』上 10
幼稚園に行くのも一緒。
帰ってきても一緒。
ご飯もときどき一緒。

中には、ラップのようなリズム感を感じるものもある。

（16）『ワイルドビースト　I』61
この瞬間が一番嫌い。

この瞬間が一番重い。

細切れ表現の中には、作者や語り手の心理過程をそのまま映すような表現もある。例えば次に見られるように思考の単位と言語の単位が呼応関係を示す即表現である。

(17)『ワイルドビースト　I』57
何だか。
とっても。
よく分かんないけど。
これは。
何だか。
ヤバい感じで。
とりあえず。
一応。
凄い速度で。

(18) は、時間の経過につれて自分が変わっていくという内容なのだが、その時間の区切れを改行した細切れ表現で示している。細分化された表現は即表現として、思考内容をそのまま羅列し区切る効果があり、さらにリズム感をも生み出す。

(18)『* 。°*hands*°　。*』48
自分が一番知ってる。
毎年
毎月
毎日
少しずつ
少しずつ。

あたしは
あたしじゃなくなっていく。

（19）と（20）は想いが浮かぶままに言葉にして羅列した細切れ表現である。ここにも思考経過と言語表現の呼応関係が見られる。

（19）『片翼の瞳』上 133
事故…？
誰が…？
聖が…？
嘘…。
嘘、だよ……っ。
（20）『呪い遊び』209
俺は…
俺は何もできなかった。
助けることも…
救うことも…
俺は…
俺は…

俺が死ねば…
俺が死ねばよかったのに。
叫んでも…
叫んでも…
もう届かない。
棗も、
聖も、
もう戻ってはこない…

7.2.2 コト名詞化と私語り

名詞句で情報をリストとして羅列して提供する場合、次のように「こと」で括る場合がある。コト名詞化は情報を事実として認める機能があり、それをリストすることで細分化するわけで、そこでは事実がリズム感を持って提示される。

(21)『白いジャージ』17

お姉ちゃんは、大音量で音楽をかけて、それを注意するとお母さんに暴言を吐いたり物を投げたりすること。お姉ちゃんは家族と一緒にご飯を食べないこと。気に入らないことがあると2階の自分の部屋で暴れ、私達のいる1階に天井が落ちてくるんじゃないかと思うくらいに物凄い音がすること。お母さんを守ろうとして、私がお姉ちゃんに注意したり文句を言うと、よけいに激しく怒り出し、「お前には関係ない」と言われ、物を投げられたり、髪を引っ張られること。

ドライヤーで髪をセットしてるお姉ちゃんを後ろから見ていて、何度も殴りたいと思ってしまうこと。

いつか仕返ししたいという気持ちがどんどん大きくなってること。悔しくて悔しくて、何度も壁を殴って、手から血が出たこと。お姉ちゃんさえいなければ……と、涙が枯れるほど泣いたこと。

名詞句で提示された部分は、語り手の情報に対する態度を表現することなく、事実として提示するに過ぎない。一方言語行為の主体のモダリティを具体的に表層化して伝えるのは、動詞文でなければできない。語り手は情報をコト名詞化してリスト提示するのか、読者を説得するために自分の意見や見方を動詞文で直接提示するのか、という選択を強いられる。そして、その両者を操作するストラテジーとして、名詞句と動詞文の選択がある。

(22)はコト名詞化と動詞文を混合して、効果的にリスト化する例であり、このような操作も私語りの技法のひとつとして機能する。

(22)『風にキス、君にキス。』122

後悔……してないよ。

あたしが陸上に出会ったことも。

日向が陸上に出会ったことも。

…日向に、出会ったことも。

7.2.3　ト書きとしての細切れ表現

ケータイ小説の細切れ表現、特に修飾節付きの名詞句は、ト書きのようにも使われる。主述関係を名詞句内部に埋め込んだト書きは、登場人物をモノとして捉えることになる。それは、登場人物の行動をコトとして捉えるのでなく、あくまで登場人物自体に焦点を置く捉え方である。

坪本（1993）には、＜修飾節＋主名詞＞という句がト書き部分や新聞のキャプションなどに見られ、それらが現場指向の表現として使われるという指摘がある。ト書きのような役目を果たす例を見よう。

(23)『赤い糸』上 182

①「ナツくんと何があったのぉー？」

②問い詰めるアタシ。

③真っ赤になる優梨。

④優梨は真っ赤な顔のまま、ちょー幸せそうに笑った☆

(24)『天使がくれたもの』50-51

①２次会のカラオケを終えて、暗くなった空の下で…解散する男女。

②「送ってったろか？」

③原チャリを押して、伸哉と勇心が純子と舞に声をかける。

④「あ、もう近いし別に…」

⑤笑顔で首を振る舞。

⑥「ほんまに？　送ってやぁ！」

⑦彼女の言葉もむなしく、伸哉の元に走り寄る純子。

⑧「………」

⑨舞はあきれた顔で純子を眺めた。

⑩同じように彼女を見て、勇心はクスクスと笑っている。

⑪「乗りや」

⑫勇心は原チャリを動かしながら、舞に声をかけた。

⑬仕方なく、言われるまま後ろに乗る彼女。

⑭本当に家までの距離は近く…３分もかからない。

⑮途中で純子たちとは別れて、原チャリは舞の家の前で止まる。

⑯「ありがとう」

⑰少し照れた表情で、頭を下げる舞。

⑱「…また」

⑲勇心は背を向けて玄関に向かう舞に、ぎこちなく声をかけた。

⑳「…ん？」

㉑「…また遊ぼう」

㉒振り返る彼女に、真剣な顔でささやく彼。

㉓「うんっ！」

㉔舞は、満面の笑みを浮かべ、うなずいた。

(23) では、文②と文③で、(24) では文①、文⑤、文⑦、文⑬、文⑰、文㉒で、＜修飾節＋主名詞＞がドラマの登場人物を紹介し、その様子をト書きのように提示・説明している。ケータイ小説のディスコースで、動詞文ではなくト書きとして登場人物の行動を示すことは、文章全体にシナリオのような色合いを加えることになり、描写より演出・実演中心のディスコースを作り上げる。

ケータイ小説には、発話の後に説明を添付する形が多く見られるのだが、例えば (25) のように、発話後にその発話に関するト書き風の表現で具体的な動作を補充する場合もある。このような表現もシナリオ的雰囲気をもたらす。

(25)『恋空』上 295

「そんな告白する人なんて絶対にナルシストだよぉ！　あたしはパスだね！」

両手でバツを作り力いっぱい否定するアヤ。

7.3　日本語のバリエーションと語り手のキャラ立ち

ケータイ小説の語り部分には、現代の日本語のバリエーションが多く使われている。それは、ポストモダンの何でもありの時代の影響でもあり、同時にケータイ小説作家の創造性や冒険心を反映するものでもある。一人称の語り手は語り部分に使うバリエーションを通して読者に語り手のイメージを提供する。ケータイ小説では語り手と主人公が同一人物と理解できる場合が多いため、語り部分に使われる言語表現の選択がそれだけ重要な意味を持ってくる。

語り部分で特にバリエーションが生きてくるのは、心内会話である。ケータイ小説の中でも心内会話が頻繁に使われる作品には、変化に富んだバリエーションが集中的に使われる。語り手は物語の進行役を果たしているのだが、同時にスタイルで語り手のイメージを生み出す。そのようなバリエーションは語り手のキャラクターを定義付ける属性としてのキャラを設定するのに役立つのである。

心内会話では、他の語りのディスコースとの差異を、言語表現、特に話のスタイルで明確にすることが多い。そこには会話の声が聞こえ、語り手の態度や感情を垣間見ることができる。それによって読者は語り手のキャラを、間接引用などを通した場合より、直接印象深く受け取ることになる。

6.5 で既に観察したように、心内会話には会話的な要素が多く観察できる。また、これも **6.5** で指摘済みだが、あたかも実際の会話部分に反応しているかのような心内会話によって仮想の会話行為を読者に提供し、それによって語り手の内面にアクセスできるようになっている。つまり語り手のキャラ立ちのためにキャラ語が使われるのである。筆者はライトノベルでも同様の現象を扱ったことがある（メイナード 2012）のだが、登場人物が使う言葉としてのキャラ語と対照的に、それは語りのキャラ語と呼ぶべき現象である。

本項では、若者言葉（具体的には評価副詞）と方言、特に筆者が指摘してきた「借り物方言」に限って論じることにする。

7.3.1 若者言葉

ケータイ小説には会話部分のみならず語り部分にも、若者言葉風のバリエーションが使われる。ケータイ小説の語り手は原則として読者と同年代であり、読者層との共感を狙った若者言葉が観察できる。

ここで言う若者言葉とは、10代後半から30歳くらいまでの男女が仲間内で使う表現である。米川（2002）によると、若者言葉は、娯楽・会話促進・連帯・イメージ伝達・隠蔽・緩衝・浄化などのために使うくだけた言葉であり、その主な特徴には、略語、「る」を付けて動詞化する表現、接尾辞、強調語、転義があるとのことである。

若者言葉に関して佐竹（1995、1997）は「ソフト化」という表現を用いてその効用を説明している。若者たちの不安や恐れについて、自分の発言の正当性・妥当性に対する自信のなさからくる不安、聞き手の考えとズレているのではないかという恐れ、聞き手から自分のミスや聞き手とのズレを指摘されることへの恐れなどをあげ、そうした不安や恐れに対する方策として断定回避があったり、ぼかし表現が選ばれたり、半クエスチョンが使用されたりする、と説明している。佐竹はこれらがいずれも表現をやわらげる目的であるという意味で「ソフト化」と呼んでいるが、実際ソフト化は、「らしい」「みたいな」「結構」などに共通する効果として認められる。

辻（1999）は若者言葉の「とか」「っていうか」「って感じ」「みたいな」などの表現と、その心理との関係を調査している。断定回避ややわらげの表現が若者の心理と関係しているのではないか、という問いかけをしているが、辻によると、これらの表現の「語用論的機能は、発話によって設定される対人関係上の責任・拘束—いわば対人関係の『重力場』—から身を引き離すことにある」（1999:22）という。そしてこれらの若者言葉は、対人関係の濃い—薄いとか深い—浅いではなく、重い—軽いと結びついているのではないかと指摘する。「とか」や「っていうか」などの若者言葉の背景にあるのは互いを束縛する重い関係より、相手に寄りかからない軽い関係を好む対人心理ではないかという仮説を立て、実際調査をしてみた結果、部分的であるが確かに仮説通りの見方ができると報告している。

ケータイ小説には、上記の特徴を持つ表現が多く使われている。若者が軽い人間関係を好むという辻（1999）の指摘通り、ケータイ小説の登場人物がしばしば使う軽い口調や、軽い語り口は若者の対人心理に支えられているように思える。（ただし筆者はここで軽いという表現を批判的に使っているのではないことを、確認しておきたい。）

特に顕著なのは独特の評価副詞であるが、これは私語りのケータイ小説において語り手の態度の表現が大切であることと無関係ではない。また、使われる評価副詞には、ソフト化や文体の軽さなども感じられる。

登場人物の会話部分と語り部分に使う例を幾つか見よう。下記の評価副詞は、その場の性格付けに語り手の視線を感じる表現であり、若者言葉としてアピールする機能もある。

(26)『君を、何度でも愛そう。』上 57

京は頭をガシガシとかいて、「ほんとだけん‼」と無駄に大きい声で言った。

(27)『空色想い』46-47

変な男と話すといつもこうなる。貧乏ゆすりが増えて、無意味にイライラして。いつもなら大好きな部屋の静けさが気持ち悪い。

(28)『天国までの49日間』82

女子トイレの中の空気は重く冷たく、よどんでいる。

ムダに強いラベンダーの芳香剤の香りが鼻をつく。

なお、若者言葉ではない他の評価副詞も使われるが、そのような表現は発話態度を限定したりソフト化することで、私語りをする語り手の態度を読者に思い出させる力を持っている。

7.3.2　借り物スタイルとしての方言

言語のスタイルは、通常、言語使用者の社会的な立場やその人の出身地、年令、性別、職業などと関係して選ばれる。しかしステレオタイプ化したスタイルを逆に利用することもある。また、現存しない、実際には使われないスタイルであっても、それが想像上特殊なグループを思い起こさせることを利用することもある。筆者はこのようなスタイルを「借り物スタイル」（メイナード 2004）と呼んできた。

借り物スタイルとは、言語行為の主体がその話のスタイルの中に誰か他の人の声を借りてきて、その声で異なったもうひとりの主体を演じる表現方法である。一定の声だけでは表現できない効果が期待できるという利点がある。それはあたかも腹話術師のように異なった声を使っていろいろな主体を操るようなものであり、声の重複を具現化する技法である。言語のバリエーションを複数駆使するスタイルは、日常会話、ドラマ、マンガ、ライトノベルなどでも各種の効果を狙って使われるのだが、ケータイ小説では声の多重性を利用して、いろいろな借り物スタイルが語り部分に利用される。そのスタイル混用によって作品全体をよりカラフルなものにし、使用される借り物スタイルが呼び起こす態度や感情を物語の世界に導入する効果がある。

ケータイ小説では、時々話し手の出身地に関係のない方言が使われることがある。そのバリエーションは通常のスタイルから逸脱していることから、それだけ注意を呼ぶものとなる。なお、三宅（2008）は、ケータイメールで使われる方言を「ケータイ方言」と呼んでいる。ケータイ方言は遊び感覚で使われるもので、2006年に首都圏の女子中高生を中心に方言ブームになったとのことである。

一方、井上・荻野・秋月（2007）によると、2005年頃東京の女子高生の間に地方方言を好んで使う動向が見られたとのことである。もともとは地方の高校生がケータイメールを送るのに、方言を使わないとどうしても教室の日本語のようになってしまって親近感が湧かないため、その地方の方言をあえて使っていたのだそうである。それが東京の女子高生の間ではやりだし、東北弁の「行くべ」、九州弁の「よか、うまか」、関西弁の「そや」などが使われたとのことである。

このような借り物スタイルとしての方言使用は、ここ数年テレビのバラエティ番組やドラマなどにも観察される現象である。方言に対して従来のようなネガティブな印象が薄れていて、むしろ、くだけた、親しい感じを表現する方法として好まれるようになっているのだが、それがケータイ小説にも観察される。井上・荻野・秋月（2007）の言うように、方言を現代は「積極的に『娯楽』の対象にして楽しもうという態度が有力になっている」（2007:57）のであって、エンターテインメントの要素を多く含んだケータイ小説にふさわしい借り物スタイルである。

なお、田中（2011）は「方言コスプレ」という表現で方言をおもちゃ化し、楽しむ時代の方言使用を捉えている。それには近年方言の価値がネガティブなものからむしろポジティブなものとなったことが背景にあり、またメディアを通して様々な方言ステレオタイプが形成され利用されるという現状がある。具体的には、ある方言が使用されることでそれを使う人のイメージが作られる。田中によると、青森の言葉は素朴であまりカッコよくないイメージと繋がり、大阪弁をしゃべる人はおもしろくカッコいい、怖いイメージ、そして沖縄の言葉はあたたかくやさしいといったイメージに繋がるという具合である。

実際には使われないスタイルでもある特殊なグループの人々とイメージが直結することを利用した特殊なスタイルがあり、金水（2003）はそれを「ヴァーチャル日本語」という表現で捉えている。例えば、博士語とか老人語と呼べるスタイルがあり、これは『鉄腕アトム』のお茶ノ水博士の話し方に代表される。実際のところ「親じゃと？　わしはアトムの親がわりになっとるわい！」の「じゃ」「わし」「なっとるわい」などの口調は、現在使用されているとは言い難い。しかし、そんな口調で話す人を私達はすぐに頭に浮かべることができる。金水（2003、2011）は、このような特定の人物を想像させる特徴ある話し方を「役割語」と呼んでいる。

借り物方言は主体の語りの技法として用いられる。それが異なった声を代表し、そこまでに設定された語り手のイメージから脇に逸れた声としてディスコースに織り込まれる。それはあたかも語り手が異なった声で読者との会話を促すようであり、ここにはBakhtin（1981、1986）の言う複数の声に満ちた談話の対話性が具現化される。

7.3.3 借り物方言とキャラ立ち

ここでは私語りの様相を理解するために、語り手がどのように方言を導入するか、特に心内会話を中心に考察してみたい。

借り物方言が自分の内面を表現する例を見よう。(29) と (30) では、本音に近い気持ちを表現する手段として方言が使われる。それによって、語り手のざっくばらんな性格付けが可能になり、語りキャラが設定される。両方とも大阪弁が使われているが、それは語り手の飾らず直接ズケズケ言うキャラと矛盾しない。

(29)『イン　ザ　クローゼット』上 241

いやあ、大丈夫じゃなかとですばってん。アタシ恋の病、患ってしまっとーとですよあんた。

何語だよ。

アハハハ。まだぶっ飛んでる。

(30)『お女ヤン!!』134

「綾瀬ミホ、２分12秒」

先生がタイムを告げる。

「綾瀬様ぁ！　素晴らしいですわ！」

………はぁはぁはぁ……か、勝ったで。

マリア、ありがとう。

(31) では、京は九州弁のような方言でしゃべる登場人物ということが強調される。この作品では、綾が都会から田舎へ引っ越してくるという設定で、方言使用・非使用はそれだけ重要になる。京の語り部分でも心内会話部分では、その地方の方言が混ざり、それだけ語り手としての京のキャラが立つ。

(31)『君を、何度でも愛そう。』下 296

綾……なんでそんな……。

俺をまた、好きになってくれちょったんか？

何も言わず東京に行って、連絡もせず3年間ひとりにさせて、つらい思いをさせたんに。

自分勝手に戻ってきた俺を、また、好きになってくれた……。

目の奥が、ジワリと熱くなる。

7.3.4　方言語りの心理

自分が使い慣れた方言をその方言以外が使われている場で使うと、それはその話し手の素に近い姿を表現することがある。話し手のアイデンティティの一部である方言であれば、それが本音の自分を伝えたいという心理と結びつく。ケータイ小説作家がこの傾向を利用する例が幾つか観察できる。

『天使がくれたもの』では、語り部分が心内会話になるとそれが大阪弁になることが多い。語り手が語りの視点を維持する印象が強い部分は標準語で語られるのだが、心内会話ではある部分が大阪弁にシフトすることがある。心内会話内の標準語と大阪弁との使い分けが興味深い。大阪弁で語る素の私語りへのシフトは、そうでない部分とは異なったアピールの仕方で読者を引き付ける。(32) の心内会話と (33) の心内文には、そのような方言の使用・非使用が観察できるのでコントラストしてみよう。

(32)『天使がくれたもの』52-53

「…同窓会どうやった？」

「えっ…」

…キュンと胸がしめつけられた。

もしかして…気にしてくれてるん？

(33)『天使がくれたもの』55

自信に満ちた幹の笑顔。

…意外だった。

綺麗な顔でスタイルもよくてモテるのに、3年も片思いしてたなんて…。悩みなんかないと思ってた。

…それに、どっちかっていうと拓ちゃんから告白したんだと思ってたし。

(32) では一人称語り手主人公の舞が恋人カグに心内会話で直接たずねる様子が描かれ、「気にしてくれてるん？」という方言を使用することで、より素に近い自分を表現している。(33) では「と思ってた」と「と思ってたし」という引用する心内文の語りになっていて、そこには語り方に距離が感じられる。

(34) では、舞の反応が心内会話で語られるのだが、同じ心内会話部分でも方言の使用・非使用が観察できる。「これって、キス…やでな？」は素に近い反応であり、時間が経つにつれ少し冷静になった反応が「あたし、からかわれた⁉」という方言を避けた表現となっている。同じシーンの反応でも、異なった心理状況が語られるのである。前者は本音に近い気持ちであり、後者は一歩下がった心内会話である。こうして方言の選択に心理過程が表現される。

(34)『天使がくれたもの』60-61

…２人の唇が、そっと近づいていく。

……あと５センチくらい。

舞はゆっくりと瞳を閉じた。

…これって、キス…やでな？

照れくさい感情が、体を火照らせる。

……ゴツッ!!

「…痛っ！」

急に頭突きをされて、舞は額をおさえ目を向けた。

カグは、プッと笑ってエンジンをかける。

「さぁ、荷造りもまだやし…帰るわぁ！」

いつもの調子で振り返る彼。

舞は唖然となった。

…何もなかったかのような彼の態度に、キスを待っていた自分が恥ずかしくなる。

…あたし、からかわれた!?

7.3.5　ヤンキー言葉とキャラ立ち

ケータイ小説の中には、語り手や登場人物がヤンキー言葉や乱暴言葉を心内会話に使う場合がある。登場人物の場合はそれなりのキャラ立ちを狙ったものであるが、語り手が使う場合も語り手のキャラ立ちに利用される。(35) は男性の語り手の乱暴言葉で、それが素に近い感情表現であることがわかる。

(35)『やっぱり俺のお気に入り』35

表面だけしか見てねぇくせに……。

俺のこと、なんも知らねぇのに、好きだとか付き合いたいとか言い寄ってくるオンナたち。

俺を知ろうともしねぇで、そんなこと言うんじゃねぇよ。

ケータイ小説で特に興味深いのは、女性の語り手がヤンキー言葉風の乱暴言葉を使う場合である。『ワイルドビースト』や『イン　ザ　クローゼット』のように、作品によっては頻繁に使われるものがある。両作品とも一人称語り手主人公は女性なのだが、ところどころに乱暴言葉を使った心内会話を導入することで、ざっくばらんな、むしろ反社会的な、反抗的な語り手主人公のキャラ立ちに成功している。

(36)　『ワイルドビースト　Ⅰ』74

その前に座ってるミカゲは口元が少し笑ってるように見える。

……何だろう、この余裕は。

この二人、あたしに内緒で耳栓でもしてやがるんじゃないかってくらい平気な顔。

ってか、絶対耳栓してんだろって思う。

おい、その耳栓あたしにもよこせよ。

(37)『イン　ザ　クローゼット』上 49

すげえ。
なんだこいつは。
何処の星の生き物だ。

7.4 笑いの演出

7.4.1 笑いの重要性

ポストモダンの日本では、日常生活で遊びやユーモアが重視される傾向がある。井上（1997）は、現代社会における笑いの重要性を次のように論じている。江戸時代の武士社会ではタテ社会であったため、笑いはむしろ避けるものであり、笑われることは恥ずかしいことという風潮があった。一方町民社会を形成していた大阪では、笑いを人間社会の潤滑油として使い、しかもそれが対話の中で使用されてきた。そしてそのような大阪文化の中で生まれたのがボケとツッコミという対話関係なのである。

井上（1997）はさらに、日本は今ヨコ社会になりつつあり、つまり「社会の大阪化」（1997:47）が進んでいて、これからは、そのような社会に生きる個人の魅力として、洒落を楽しみユーモアを発することのできる人が求められている、と1997年の時点で予想している。

同様に太田（2002）は、現代の娯楽が笑いを取ることに始終していることを指摘する。1980年代までは漫才ブームであったのが、2000年代はお笑いタレントブームであるという。確かにお笑い番組やバラエティー番組などをちょっと覗くと明らかなのだが、笑いを取ることの重要性は、今日衰えていない。

山中（2008）は、現在社会でなぜ笑いが求められるのかについて、それがストレス社会の癒しとして必要である点をあげている。バカげた笑いに人気があるのは、笑いを通してリラックスしたり癒されたりしたいという聴衆の欲望があるからでもある。

7.4.2 ツッコミ表現

現代の日本の笑いは、ボケとツッコミという概念を抜きにしては語れない。

ボケとツッコミの定義はいろいろあるが、ここでは太田（2002）から引用しておこう。

> 古典的漫才芸で、ボケ役の言動は既成の常識や慣習を踏みはずしたり、あるいはそれを無視したりすることによって、その矛盾や欺瞞を示唆するというかたちをとる。それに対してツッコミ役は、そのボケの言動の奇妙さやむちゃくちゃさを指摘して、現存する秩序の正当性を確認する。端的にいえば、ボケとは規範からの逸脱であって、ツッコミとはそれを統制するものである。しかもその統制の仕方は、「アホか」とか「なんでやねん」といった頭ごなしに否定するというかたちを典型とすれば、規律的というよりは超越的と形容するのが適当である。(2002:69)

この定義は、古典漫才に関してであって、現在ボケとツッコミという表現はもっと広い意味で使われている。それはある場で相手の奇妙な言動を鋭く指摘し、そのことで笑いを得ようとするインターアクションである。私たちが日常的に楽しむ笑いは古典的なツッコミでなく、簡単なギャグや洒落に基づいている。しかもごく簡単なツッコミでも、そのおかしさは互いにわかり合えるという一種の甘えの関係に支えられている。ボケとツッコミはその場にふさわしく、何よりも内輪ウケするやりとりとして楽しまれるのである。

井上・荻野・秋月（2007）は、ツッコミがマンガやアニメの世界にも見られ、マンガやアニメでは登場人物がボケをかますと、その人物自身やその周りの登場人物が爆発してふっ飛ぶ、という様子が描かれることがあることを指摘している。確かにツッコミは漫才から広くポピュラーカルチャーに浸透しているのである。

ツッコミがもたらす笑いについて、それが仲間意識を増長すると主張する太田（2002）を引用しておきたい。太田は「ウケる」ことの大切さについて次のように述べている。

> たとえば、友だち同士のあいだではやっているギャグをすることは共有感

覚を刺激し、一定範囲での「仲間」空間を同定することに効力を発揮するだろう。私たちは、「笑い」をつうじて他者との関係を確認するのである。それは「仲間」空間の「笑い」として、現在では欠かすことのできない関係の相互確認行為である。(2002:163)

7.4.3　語り手ツッコミ

ケータイ小説におけるツッコミは、他の登場人物に向ける場合もまた語り手自身に向ける場合もある。そのようなツッコミは笑いを取るために使われるのだが、最終的には読者に向けての娯楽、さらに読者同士が同様のユーモアを分かち合うという共感を促すことを目的としたものである。

一人称語り手主人公が語りの中でツッコむ例を幾つか観察したい。

(38)『やっぱり俺のお気に入り』165

やがて、照明が消え、スポットライトを浴びた司会の先生が現れた。

……って、うわっ……司会、青山かよ。

舞台の上に立っていたのは、グレーのシンプルなスーツを着こなした青山だった。

(39)『お女ヤン!!』67

金髪アシメが大きい袋をズリズリ引きずりながら歩いてきた。

オマエはサンタさんか。

(40)『クリアネス』16

向かいのマンションから視線でストーキングされているとも知らずに、レオは隣の男と「あっち向いてほい」を始めた。

「あっち向いてほい」って、お前は子供か。

(41)『イン　ザ　クローゼット』上 145

アタシだってまさか同じ職場の人間にあんなところで会うなんて予想出来なかったよ。

漫画かっつうの。

下線部のツッコミは、スタイルがダ調の疑問文で、ツッコミに独特の強く鋭い口調が感じられる。またこれらの表現は、すべてそこで話に区切りを付ける談話上の機能を果たしている。

語り手が登場人物の発話や行為にツッコミを入れると、読者はその行為に語り手の態度や感情を感じ取る。自分も入れたかったかもしれないようなツッコミを、語り手が自ら入れてくれるのである。語り手のツッコミは、語り手が仮想の会話をするようなパフォーマンスとして機能する。その瞬間そこまで語ってきた語り手と違ったもうひとりの語り手が登場し、そのひとり二役の会話で、読者を楽しませてくれるのである。

ツッコミは、語り手が自分に向けて入れる場合もある。この場合、自分の語り方に一定の距離を置いて批判するようなツッコミになる。

次はすべて一人称語り手主人公が自分にツッコむ例である。

(42)『あたし彼女』212

準備を
今からする
寝る用の
Tシャツ
スウェット
クレンジングオイル
洗顔料
歯ブラシ
下着
着替え…
修学旅行かっつ～の
アタシ
ウケる
でも
ホントに

ワクワクする

超

楽しみ

(43)『いつわり彼氏は最強ヤンキー』上 187

「菜都に手を出す奴は絶対許さねぇ」

うっ…。

サラリと吐かれたその頼もしい言葉に、ドキンと胸がうずく。

こんな状況だというのに、ときめいてどうする…。

(44)『ラブ★パワー全開』108

やっと思い出したあたしは慌てて謝った。

高校生に飲酒すすめてどうすんのよ！　……今まで連れまわしてた居酒屋とかも、本当は駄目なんじゃん？　飲んでないとはいえ、居酒屋とか大人としてどうなの、あたし！

(45)『天国までの49日間』155

「いいから、落ち着け。冷静さを失ったら奴の思うツボだ」

いつになく緊迫した声の榊。

きゅっと身が引きしまる思いがした。

そうだ。あたしがビビってどうすんの？

これらすべては、語り手が自分の語り行為のバカさ加減に気付きツッコむ例である。要するに、一度語ってから、開き直ってそういうのは変だとツッコミを入れる、という行為におもしろさが感じられる。読者はこのように、語り手が物語内の状況と語る行為との間を行き来する様子から、それだけ複数の声を楽しむことができる。

このような語り方は幾つかの場をイメージさせ、場交渉論的に言えばそれだけトピカの場に投射する交渉意が複雑になる。またこのような語りの行為は、読者に言語行為の主体としての語り手の存在を意識させ、しばしばおもしろおかしい語り手のキャラ設定に効力を発するのである。

7.4.4　ツッコミ行為の機能と意識

筆者はツッコミ表現の機能について論じたことがある（メイナード 2012）ので、ここでまとめておきたい。

1. ツッコんで、そこで話にきりをつける。
2. 視点を変えた語りにシフトする。
3. ツッコミをする語り手はふざけていて、またツッコミ自体も軽いため、そこにユーモア効果が生まれる。
4. ツッコミはその場のノリで使われることが多いため、その場の軽い楽しい雰囲気を作るのに役立つ。
5. ツッコミをする語り手は、読者の前でひとつのパフォーマンスを提供すると言えるのだが、笑いを誘う遊び行為を入れることで、そのパフォーマンスを印象深いものとすることができる。
6. ツッコミによる笑いは、読者に共通感覚を促し、グループのメンバーが共有する場を提供する。
7. 語り手をツッコミキャラとして捉えることができるが、これは語り手や登場人物がボケ役、ツッコミ役をいろいろと演じることになり、キャラクターの複数の側面を提示するのに役立つ。

ところでツッコミという行為について、(46) のように語り手が意識し言及する場合がある。登場人物や語り手の行為をツッコミだとわざわざ説明するのである。この場合のツッコミは広義のツッコミで、先行する発話行為に対する批判態度の表明である。ツッコミが相手に無視されることをボヤくコンテキストで使用される点、興味深い。

(46)『天国までの49日間』281

ごもっともなツッコミだったが、ひとつ小さくため息をついた後、榊は面倒臭そうな声を出した。

ツッコミという表現が語り行為の説明に使われるのは、その行為について語り手が意識している証拠であり、この概念が私語りと密接に繋がっていることを示している。ツッコむという行為はその場のノリで可能になるのだが、そのツッコミが無視されるというそれもまた、軽いノリの雰囲気を作り出す。この笑いを意識した軽さが、ケータイ小説を読む楽しさへと繋がっているように思う。

7.4.5　アイロニーの笑い効果

アイロニー、つまり皮肉または反語は、表面上の言葉の意味とは裏腹な意味を伝え、諷刺的に解釈される。その言葉の意味を反転して解釈することを余儀なくされる。瀬戸（1997）によると、アイロニーは「高めて落とす」という原理に支えられているとのことである。つまり、通常より高めて表現すると、それが反転して否定の意味を含み、アイロニーとして読まれるという。

アイロニーのために意味を高める言語手段には、幾つかの種類がある。過度の上乗せをした語彙を使うもので、例えば、ある人の失敗談を聞いて「おまえ、天才だよ」と言ったりする場合である。また、度合いを必要以上に高める方法もあり、常にアイロニーと読まれる表現に「ご大層な」や「お偉方」、またしばしばアイロニーと解釈されるものとして「ご立派」や「おめでたい」がある。意味を高める他の方法には、感嘆文を使って意味を強化する場合や、さらに必要以上に丁寧な、大袈裟なスタイルを使用する方法がある。このような強調表現や過度に誇張した表現は、アイロニーと捉えられることが多いが、それは字義通りの意味ではないことを知らせるために必要なマーカーとして作用する。

アイロニー表現の効果について、岡本（2000）に沿って幾つか確認しておこう。まず、アイロニーを使うと字義通りの非難より攻撃的であるということがある。例えば顔を泥だらけにした子供に向かって「そんなきれいな顔をして」という発話の方が「そんな汚れた顔をして」というよりも、汚れがひどいと推測されるという実験結果がある。しかし一方、アイロニーは字義通りよりも攻撃的でない、という見方もできる。実際には非常にひどい事態であるからこそ、それをやわらげて示すためにアイロニーが用いられる場合もあるからである。

いずれにしても、アイロニー表現には、相手からの反応を期待するという機能がない。例えば「この書類、ミスだらけだねえ」と批判されれば、受け入れるか反論するか、なんらかの反応を迫られる。しかし、アイロニーを用いてどうしようもなくミスだらけの書類を前に「この書類、本当にミスがないねえ」と言われた場合には、はっきりした反応は期待されず、実際反応しにくい状況に置かれる。

アイロニー表現を使うと、反論に反論を重ねるという最悪の事態を避けることができる。攻撃的な印象を避けながら、むしろウィットに富む表現となることも多い。そのため、アイロニー表現はユーモア感をもたらすこともできる。そのようなアイロニーの例をケータイ小説から抜き出しておこう。語り手がユーモア効果を狙って、大袈裟な表現や不必要な丁寧表現を使う場合である。

(47) と (48) では引用部分を、後続する心内会話でアイロニー表現に変えることによってユーモアが生まれる。いずれの例も過度の不自然な丁寧表現が使われることで、通常の意味から逸脱していることが伝えられる。

(47)『お女ヤン!!』216

「……そうです」

　まさにその通りでございます。

(48)『お女ヤン!!』29

　癒しのミュージックがあたしの手に、よ、ようやく、ようやく帰ってきたあぁ!!!

　帰還されました!!!

(49) は、半分けんかのような状況をアイロニー表現の語りでユーモアのあるものにしている。語り手のふざけた語り口が読者を楽しませる仕組みになっている。

(49)『ワイルドビースト　Ⅱ』130

「ちゃんと考えて話せよ。間違えた事言ってみろ、承知しねぇぞ」

とてもご立派に脅して下さった。

リュウキのお言葉通りちゃんと頭を動かし、きちんとお話して差し上げようと、　息を吸い込む。

7.4.6　ユーモア表現：ふざけ・洒落・もじり

日本人はユーモアを解さないという批判がなされることがあるが、ユーモアにもいろいろな種類があり、日本語が得意とする洒落や駄洒落、落語や漫才、また川柳などに見られるように、むしろユーモアに富んだ文化なのである。言語というものは創造性や個性を伴い、楽しんだり遊んだりする側面も備えているのであって、もちろん日本語も例外ではない。

心内会話で語り手が笑いを呼ぶふざけ表現をあげよう。

(50)『空色想い』12

晃さんが苦笑いしながら、となりの男に左手を向ける。

「浜崎空（そら）です。よろしく。高校で、美容の勉強してます」

そんなそんな。ご丁寧にどうも。

……ちょっと。……ちょっと待った!!　ってことは晃さんも再婚かい。しかも子持ちかい。……いや、あたしが言える立場じゃないけどさ。

(51)『ワイルドビースト　Ⅰ』129

ハラハラしたのが損だったって思うくらい、リュウキとミカゲは普通の態度で、

「手加減しただろうが」

「よく言うよ」

口角を上げるリュウキの言葉に、ミカゲは笑いを浮かべちゃったりなんかしちゃったりしながらくっちゃべる。

これが男の友情か、はたまたただのバカなのか。

あんだけ心配して、あんだけ怖い思いして、あんだけ痛い思いして、あ

んだけ無駄にリュウキに命令されたあたしは……

絶対損してんじゃね？

完全に貧乏くじ引いたんじゃね？

残念な思いが胸を過ぎる。

(50) では、一人称語り手主人公彩花の心内会話で、自分の親も再婚子持ちであることから、相手の状況にびっくりしてる場合じゃないと気付く様子がおもしろおかしく語られている。同様に (51) でも、一人称語り手主人公アヤカが、リュウキとミカゲというふたりの男の子が仲直りする様を目の前にして、自分の反応がばかばかしくなる様がおもしろく語られる。

次は、語り手の妄想のようなふざけ心内会話が読者を楽しませてくれる例である。

(52)『お女ヤン!!』37

……いや、何食べたらあんなんなるのかはあたしが知りたい……

そ、その前にこの状況は何？

な、なんでみんな普通なの？

——ていうか、もしかしてバレてないのか？

や、ややや……やっほー!!!

マッッ、マジで？　本当に？

ほんっっとうにバレてないの!?

アイツ、バラしたんじゃないの!?　あたしのこと!!!

とっ、とにかくやった！

なんてラッキーガールなんだあたしって奴は!!

今なら海パン一丁で躍り狂って竜宮城にざっぱーんできそうだぜーい！

玉手箱ゲットして、そこら辺の人にあげてスタコラサッサ〜。

トンズラだぜ!!

いやっ!!……………いやいや違う違う。

とりあえず安堵してため息をつく。

次のような洒落を使って笑いを誘うものもある。

(53)『お女ヤン!!　2』10

「あ、あのね佐野さん」

ど、どうしよう！　聞いちゃダメじゃん！

しまった墓穴掘った!!

佐野さんが、腕を組み、不思議そうに首を傾げあたしの言葉をじっと待っている。

かなり待っている。

葵君の話題の他になにか佐野さんに聞きたいことあったかな？

か、考えろ！　オケツ回避できる話題を何か！

ああ違う！　オケツじゃなくて墓穴！

(54)『ワイルドビースト　I』34

これは……何と言えばいいんだろうか……。

今のこの状況は……どう言えばいいんだろうか……。

ポカン？

唖然？

呆然？

このようなふざけや洒落に加え、ユーモア効果をもたらすレトリックとしてもじりがある。もじりは江戸時代に流行した表現法であり、和歌・漢詩・散文をもじって、狂歌・狂詩・狂文としてもてはやされた。例えば、『伊勢物語』をもじった『仁勢(にせ)物語』があり、これは題名からして、もじっていることが一目瞭然なのだが、その一部を比較してみよう。

『仁勢物語』

おかし男ありけり。今日にありわびてあづまにいきけるに、伊勢尾張に、あはび蛤の海づらにあるを、人のいとおほく売りけるを見て、

『伊勢物語』

むかし男ありけり。京にありわびてあづまにいきけるに、伊勢尾張のあはひの海づらを行くに、浪のいと白く立つを見て、

私たちは『仁勢物語』を読む時、その内容より、どのようにもじってあるかというところに目をつける。要するにもじりの技法そのもの、つまり言語操作そのものに注意してそれを吟味し楽しむのである。このように書き手の創造力がものを言うのがもじりという言語の遊びである。もじりは他のディスコースを利用して、新しい効果を生む伝統的なレトリックの綾である。

現代ではもじりはより広義に捉えられていて、知名度の高い人・もの・事柄などを少し変化させた技法となっている。このようなレトリックの綾を駆使したケータイ小説の例をあげよう。

(55)『お女ヤン!!』20

矢沢えいきしと北島さびろうのスンバラスィートベストソングが入っているiPodがない！　和田ミキ子様が入っているiPodがない！

(55) では芸能人の名前をもじることで固有名詞を避けている。しかしそれぞれの持ち歌をイメージすることができ、一人称語り手の音楽の好みがわかるような仕組みとなっている。

7.5　マルチジャンルのスタイル操作

7.5.1　間ジャンル性

筆者は拙著『マルチジャンル談話論』(メイナード 2008) の中で、ジャンルと間ジャンル性について論じたことがある。ここでは、それを簡単にまとめ、ケータイ小説における各種ジャンルの導入の表現効果について考えてみたい。

ジャンルとは一般的に書き言葉、その中でも文芸作品の表現様式に関連して、その種類を指すことが多い。例えば、小説、エッセー、詩歌などである。筆者はジャンルを広義に捉え「ジャンルとは意味を創造する人間行為に典型的

に観察できる一定の表現様式によって支えられたある種の談話のタイプ」と定義した（メイナード 2008:2)。ここで言う表現様式とは、語彙、文法、談話構造、表現のパターンやスタイル、広くはビジュアル記号をも含む。

そして、ジャンルが交錯・融合し、異なったジャンルのディスコースがめぐり合う場所に生まれる効果を「間ジャンル性」という用語で捉えた（メイナード 2008)。

その間ジャンル性のレトリック上の効果としては、次のようなものがある。便宜上５つに分けてあるが、これらは重複することが多い。

1. 異なる世界の導入

   異なったジャンルが得意とするイメージを持ち込むことで、複数の世界をミックスさせ、そこに単一世界にはない豊かな世界が生まれる。マルチジャンルのディスコースは、複数のジャンルの異なった効果を利用することの相乗効果を狙う。交錯・融合された新しいディスコースには、複数の声が響きわたる複雑な世界が作られるためである。一定のジャンルで統一したものより、変化に富む。

2. サプライズ効果

   通常、常識では考えられないようなジャンルをあえて交錯させることは、日常性に薄められたディスコースにサプライズ効果をもたらす。ショッキングな交錯による効果が期待できる。

3. ひとつのジャンルで表現しにくいものの相互協力

   相互協力の例としては、ケータイ小説に詩的な表現を混用する場合が考えられる。単なる描写だけでは伝えられない詩的なイメージや情緒を補充することができる。

4. 創造性発揮

   ジャンル操作はレトリックの綾のひとつである。そのような表現の技法を通して創りあげるマルチジャンルのディスコースは、主体が創造性を発揮する場所である。

5. 主体の提示

ジャンル操作は言語行為を実施する主体の表現の技法のひとつであり、そのため、最終的には主体を語ることになる。複数のジャンルを導入することで私たちは複数の主体やその側面を表現することができる。

7.5.2　歌の交錯・融合

速水（2008）は、浜崎あゆみの歌が初期のケータイ小説『恋空』と『赤い糸』に影響を及ぼしている点を指摘している。美嘉は、ヒロが好きでよく聴いていた歌として憶えていた、浜崎あゆみの『Who...』を学園祭のバンドコンサートで演奏し、自らがボーカルとして歌う。（**2.2.1** を参照されたい。）ヒロへの想いを込めてその歌を歌うのだが、読者は、歌を通してしか伝わらない気持ちやムードを感じとることができるようになっている。会話部分や語り部分にはない、歌の持つイメージが生かされるからである。

なお、ケータイ小説の中には、歌詞が具体的に登場する次のような例もある。

（56）『Bitter』49
こんなになにかを楽しいと思ったのは何年ぶりのことだろう。
　　この大空に
　　翼を広げ
　　とんでいきたいな
　　悲しみのない
　　自由な空へ
　　翼はためかせ
　　いきたい

これは、好きな先生が高校生である「私」を抱きかかえて歌い出し、それを楽しむ「私」が一緒に歌うシーンである。ここで歌は、私語りの文章には感じられない独特の世界を広げる。感情を素直に表現したり、あこがれや夢を導入することができる。

7.5.3 詩的な表現の交錯・融合

ケータイ小説の間ジャンル性を語る上で無視できないのが、例えば『恋空』について既に述べたことであるが、多くの作品のプロローグなどに頻繁に使われる、詩のような、リズミカルで時には韻を踏む表現である。

高橋（2011）は小説と詩の特徴を比較しているが、詩は見た目が九割で、改行が大切であること、改行の理由は、そこで「詩人たちは（おそらく）、ことばをつむぎながら、角々で曲がれ、といっている」（2011:360）と述べていて、興味深い。

高橋は実例としてドストエフスキーの『カラマーゾフの兄弟』の（57）で示す一文を詩人が表現すると、（58）のように改行するだろうとしている。その理由として、この文はたくさんの人々の人生に関する多くの重要事件について書かれていて、どれひとつをとってもおおごとなのだから、改行して曲がる必要があるのだという。

（57）高橋（2011:360）
ミーチャの公判が終わって五日目の早朝、まだ九時前に、アリョーシャはカテリーナの家にやってきた。

（58）高橋（2011:360）
ミーチャの公判が
終わって
五日目の早朝
まだ九時前に
アリョーシャは
カテリーナの家に
やってきた

なお、高橋（2011）は、「たくさん改行してあれば誰だって、それが詩だとわかるものだったが、最近の携帯小説は、詩なみに改行が多いものもある」(2011:359) と述べ、ケータイ小説の特殊性に触れている。

ケータイ小説は、確かに改行が多く、見た目から詩的な感じを受けるのだが、それに加えて、特にリズム感を強く感じるものや韻を踏む表現も多く観察できる。例えば、本章の冒頭であげた (4) は、詩的な韻を踏んだ表現でありリズム感を生み出している。

次もそのような効果を狙った例である。(59) では「つらいこともあるだろう」と「悲しいこともあるだろう」のような脚韻を踏んだものと、「生きていく」と「生きてやる！」という類似した表現の繰り返しが、(60) では「心から笑っていたんだ」と「心から笑っていられたの」や「翼がいたから」と「いつも翼がいてくれたから」の繰り返しが詩的な印象を与える。

(59)『あの夏を生きた君へ』218

あたしはまた、駆けだす。
何度転んだとしても、立ち止まるつもりはなかった。
あたしは、もう逃げない。
目の前にある、この一瞬と向き合って生きていく。
つらいこともあるだろう。
悲しいこともあるだろう。
死にたくなるようなことだってあるかもしれない。
でも、あたしはそれでも。
全力で。
全開で。
この世界を生きてやる！

(60)『星空』51

翼と一緒にいて
いままでずっと埋まらなかったものが
少しずつ埋まってきてた。
ひとりじゃないんだ……って。

素直に思えた。
あたし、
心から笑っていたんだ。
翼がいたから。
あたしのそばに、
いつも翼がいてくれたから。
心から笑っていられたの。

7.5.4 手紙文の交錯・融合

ケータイ小説は、手紙文が頻繁に利用されるジャンルである。手紙は私視点のパーソナルなディスコースで私語りを可能にすることから、一人称告白調のケータイ小説には利用しやすいジャンルである。同時にむしろケータイ小説では表現しにくい深い気持ちを、手紙という古いコミュニケーション方法に託している面もあるように思える。例えば『空色想い』の構造ににについて**5.1.5**で述べたとき指摘したようにである。

手紙文が小説に使われることはよく知られている。いわゆる書簡文小説であり、西洋文学史上重要な位置を占めている。ドストエフスキーの“Poor Folk”（『貧しき人々』）のように文通のみで成り立つ小説もあり、またより広い読者に知られたものとしては、『あしながおじさん』や『若きウェルテルの悩み』などが頭に浮かぶ。

手紙は、いかにも実生活を反映して書かれているような印象を与え、書き手の思考内容や感情が直接率直に綴られることが多い。そのため、語りの中に異なった視点を自然に導入することができる。ケータイ電話を通して創作する小説であっても、手紙文を導入することで、ケータイ小説的なスタイルから逃れて、深くスローな感情表現ができる。ひとつのジャンルでは表現しにくい内容を交錯させることで、ジャンル間の相互協力を促す。

ケータイ小説に手紙文が交錯・融合した間ジャンル性の例として、ここでは『粉雪』と『星空』をあげよう。

『粉雪』の一人称語り手主人公、高校三年生の千里にはヤクザの恋人隼人がいる。幸せな結婚はあきらめ、隼人が死んでからも彼を愛し続けるという純愛物語である。隼人の死後友達に託された手紙を読んで、隼人の本当の気持ちを知る。

この作品には、310ページから315ページに渡って手紙文が提示されているが、その部分は「ちーちゃんへ」「小林隼人」という宛名と差出人の名前で異なったフォントで印刷され、ビジュアル的に他のディスコースと区別できるようになっている。

手紙の冒頭部分と末尾部分を引用しておこう。

(61)『粉雪』310

ちーちゃんが、俺と一緒に来ないという道を選んだことは、正しいことだよ。自分を責めることなんてないからね？

(62)『粉雪』315

ちーちゃんには、謝ることしかできません。

ホントに、ホントに、ごめんな。

そして、ありがとう。

すげぇ愛してた。

これからも、それはずっと変わらない。

『粉雪』の作者は恋人だった隼人の言葉を直接提示することで、物語を終結させている。相思相愛だった純愛の姿が手紙文によって説明されるのである。

もうひとつのケータイ小説『星空』では、**5.1.4** で既に触れたように、一人称語り手主人公流奈に10年前に死んでしまった恋人翼からの手紙が届く。それは、翼が生前彼の兄に10年後に届けるように頼んでいた手紙である。手紙は「10年後の流奈へ」で始まり、「じゃあ、流奈、またかならず出逢おうな。かならずだよ。」という表現で終わっている。

このような時間的に距離のある手紙は物語内部の時間を越えながら、読者に続編のような私語りを提供する。

以上、ケータイ小説における間ジャンル性の現象を見た。ケータイ小説以外のジャンルから、特に、歌、詩的な表現、手紙文などを借りてくることで、それぞれのジャンルの特有の表現性を利用することができる。このような操作は、ケータイ小説という作品を創造する主体、つまり、ケータイ小説の作者が、いかに豊かな創造性を発揮しているかを示している。

第8章 私語りの意味とサバイバル

本書ではケータイ小説語とそのレトリックの特徴を観察・分析・考察してきた。基本的にはケータイ小説というジャンルの言語を、ワタシ系の大衆文芸に見られる私語りの会話体文章という表現で捉えてきた。本章ではこのような私語りをするその意味について問いたい。

まず、ケータイ小説はデジタル情報や本という形態で、それがあくまで読まれるものであるにもかかわらず、会話性に満ち溢れているという現象に焦点を当てる。書く文化と話す文化という相対する流れが今変化しつつあり、日本語で話し言葉がより中心的な役割を果たすようになってきている現象に触れる。会話体文章の隆盛は単なる偶然ではなく、ポストモダンの社会に観察される意味ある現象として理解したい。

次に、ケータイ小説とサバイバルという観点から、具体的にケータイ小説の大きなテーマと言える恋愛といじめについて考察する。ケータイ小説の世界で恋愛はどのように描かれるか、どのような表現が使われどのような恋愛観が理想化されるのかを探る。さらにいじめのディスコースを分析することで、社会問題となっているいじめの種類やそのレトリック、そしてそれらを超えて生き延びるためのヒントについて考える。

ケータイ小説は、結局は少女たちが自分探しの過程で書き綴る「小さな物語」として存在する。しかし個人のアイデンティティに関わるだけでなく、それが生まれた社会を少なからず反映しているという意味で社会的である。ケータイ小説はその題材が社会意識に欠けると言われるが、ケータイ小説という現象自体が社会とどう関わりあっているか、という問題をとりあげることができる。本章ではケータイ小説という作品群の社会的意義を探るという使命感を意識しながら、いじめとサバイバルについて考えていく。

そのように社会的な要素を考えることは、逆に言語をより深く理解することに繋がる。Bakhtin（1981）に見たように、発話行為としての言語が何のためにあり何をしているのかを理解するためには、社会というコンテキスト抜きでは不可能だからである。

本章では最後に、ケータイ小説語がケータイ電話のみならず出版物に使用され、日本語の一部を形成しているのだが、それが日本語のどんな側面を前景化するか、日本語の本質に関してどんな意味があるのかという問に答えたい。ケータイ小説語という現象が、日本語をより深く理解するためにどのような意味を持ってくるのかという言語学上の意味についても考えたい。そして本書で報告した考察から、言語一般の姿を理解する上でどのようなメッセージを読み取ることができるかに思いを馳せたい。

8.1 黙読する会話的文芸

ケータイ小説は会話体文章で書かれている。しかし、読者は会話性に溢れるディスコースと言えど黙読するのみで実際声に出して発話することはない。従来書き言葉を使った文章は、黙読することが当然であり、それは相手に話しかけるというよりむしろ相手に読んでもらう言語として創造され消費されてきた。そのような背景の中で、会話体のケータイ小説はコミュニケーションのあり方に新しいテーマを投げかけてくれる。ケータイ小説は話し言葉と書き言葉が同時に内在するという興味深い文芸だからである。そこで、話す文化と書く文化というテーマをここで復習しておきたい。

8.1.1 話す文化と書く文化

世界の文化には、書き言葉を持たない文化があり、また一方、書き言葉によって成り立つ文化がある。西洋の近代文化は、グーテンベルグの活版印刷術の発明を契機として、印刷された書き言葉が重要な地位を占めるようになった文化の歴史である。

Ong（1982a）は、口承文化における思考と表現の特徴をまとめた著書で、興味深い見方を展開している。話す文化には、書く文化と比較して幾つかの特徴があるとしているが、その中で会話体文章に関連のあるものは以下である。

まず、文の構成について、従属節ではなく連続的な羅列が多くなるという。確かに会話体では文が短くなり、しかも複文ではなく重文による羅列が多い。そして、言語が一般的に抽象的でなく、その場に密着した表現になることが多いという指摘がある。話す行為にはその現場での状況がつきまとう。

次に、話す文化は分析的でなく、集合的な考え方が中心となり物語がファンタジー的になるとの指摘がある。書く文化の物語では冷静な登場人物が中心であるが、話す文化では大袈裟な発話や行動をする登場人物が多くなる傾向がある。例えば、単なる兵士ではなく「勇敢な兵士」であり、普通のプリンセスではなく「稀に見る美しさのプリンセス」という具合である。また、使用する言語も大袈裟で乱暴言葉や罵り言葉などが多くなる。

さらに、日常生活に関連した苦しみの表現が多くなるとのことである。例えば、悲惨な暴力シーンが多いなどである。このような表現は書く文化の文学ではあまり好まれず、行動に焦点を当てる代わりに内面的な危機を表現することが多いとのことである。

本書で考察してきたケータイ小説語は、このような書く文化に対する話す文化の違いとして理解することができるのではないかと思う。ケータイ小説は書くという行為を通して創作されるのだが、そこに内包される話す文化的な要素は余りに多い。ケータイ小説の語り口に口承物語的・語り部的・身の上話的な要素があることを感じるのは、筆者ひとりではないだろう。

会話のコンテキストに敏感な発話、話しかけるように告白し続ける心内会話、感情を顕にする大袈裟な表現など、ケータイ小説の作品群に思い当たるものは多い。後期ポストモダンの日本で、デジタル作品と印刷された作品の書き言葉として、そのような会話体文章が多く読まれている事実には興味深いものがある。ケータイ小説というジャンルは、話す文化と書く文化が新しい意味で統合した世界を提供しているのである。（なお、この現象がそのままライトノベルの会話体文章にも当てはまることについては拙著『ライトノベル表現論』で指摘済みなので参照されたい。)

ところで、Ong（1982b）は、書き言葉の文化が話し言葉の文化を取り入れる「第二段階の口語体」（secondary orality）の概念を紹介している。これは、書き言葉の文化でも、テレビやラジオの放送を通して口語体の表現が使われることを指す。しかし現代は、これをもっと進めた段階にあり、ネット上のコミュニケーションやケータイメールに関しても当てはまる。

8.1.2 口語化する言語

Soffer（2010）は、ネット上のコミュニケーション（CMC computer mediated communication）やケータイメール（SMS short message service）について、そのコミュニケーションが「第二段階の口語体」とは違った新しい様相を見せていることを論じている。そして現在は「デジタル口語体」（digital orality）の段階にあると主張する。「第二段階の口語体」は、もともと書き言葉をメディアに乗せる話し言葉として大衆に向けて放送・放映するという形態をとっていた。しかし、現在のデジタル口語体にはその源になる書き言葉がなく、最初から話し言葉を書いたものである。しかも、その話し言葉は沈黙のまま読まれ、発話することがない「沈黙の口語体」（silent orality）である。

ここで、デジタル口語体の特徴をSoffer（2010）をヒントにまとめておこう。

1. 話し言葉ではあっても、黙読される。
2. 口語体の表現が創造的にいろいろ工夫されて使われる。
3. 内容理解にあたって読者は積極的に自分なりの解釈をする。
4. コミュニケーション方法の制限（字数制限、入力時間）を最小限にとどめるため、口語体を使う。
5. 公共の団結意識は薄い。
6. コミュニケーションの相手は公共的ではなく小さなグループや個人が中心。グループ内では団結意識が強い。

7．CMCとSMSは、リアルタイムのコミュニケーションが可能。

上記の特徴の中では、5番以外はすべてケータイ小説の特徴と重複する。ケータイ小説を含む現代の口語体は具体的に話す行為をしなくても、そしてそれが沈黙に終わっても、話す行為に限りなく近付いた新しい話す文化と書く文化の混合体を形成している。

興味深いことにSoffer（2010）が指摘しているように、このようなコミュニケーションとポストモダンの文化・社会的環境を結び付けて考えることができる。ポストモダンの複数性・重複性という渦の中で、現代は、権威者が一方的に与える情報ではなく、いろいろな文化や人々の声を反映したバリエーションに富んだ方法で、多くの情報が交わされる。そのような時代の申し子と言えるデジタル口語体とバリエーション豊かで自由な創造性に満ちた会話体文章を駆使するケータイ小説語が繋がる。ケータイ小説というジャンルは日本だけでなく、世界のコミュニケーションの潮流にも矛盾しない存在であることがわかる。グローバル化された世界で、話す文化と書く文化の関係が大きく変化しているのである。ケータイ小説語で創造されたディスコースはこのような流れを促進する力があるわけで、その沈黙する会話体文章には言語文化上の重要な意味が含まれていると思う。

8.2　ケータイ小説の恋愛観

ケータイ小説のほとんどは恋愛物語であり、愛の成就、愛の挫折、どちらになろうとも主人公は恋愛関係に翻弄される。そして全体的に「あなたが好き」という直接的な表現が頻出する。主人公を囲む友情関係が描かれることはあるが、友情より恋愛を重視する態度は貫かれている。

ケータイ小説で常に恋愛が重大なテーマとなるのは、ケータイ小説を書く側も読む側も恋愛に強い興味を持っていることの証拠である。それは自分の日常生活にはないような切ないロマンチックな恋愛への渇望や願望でもあり、今までに友人から話を聞かされたり自分が経験したような要素を含む恋愛関係への共感でもある。一方、恋愛関係を中心としてめまぐるしく変化する事件が次々と起こる現実離れしたケータイ小説の世界は、日常性に薄められた少女たちの生活に娯楽を提供するのみならず、一種の救いをもたらすこともある。

ケータイ小説に描かれる恋愛とはどんなものか。それは何を意味しているのか。そしてケータイ小説の作者と読者にはどのような恋愛願望があり、それがどのように小説に映し出されるのか。本項ではこれらの疑問に答えたい。

8.2.1 ケータイ的圧力と暴力

ケータイ小説に描かれる恋愛に関連してまず指摘しなければならないのは、女性主人公、または女性の友人に男性側が振るういろいろな形の圧力や暴力である。速水（2008）はケータイ小説の恋愛について、それがデートDV（主人公が恋人の男性から受ける暴力）に縛られた関係であることを指摘している。そして、ケータイ小説に典型的に登場する事件の中で、レイプや流産の描写が類型的で単調であるのと違い、デートDVは非常にリアルに描かれている点を重視している。速水は「おそらく、ケータイ小説の作者たちは、自分の作品にデートDVを登場させたという意識はあまりないに違いない」（2008:168）のだろうが、実際には作品の中にいわゆるデートDVの痕跡が見られるとし、次のように記している。

> （略）ケータイ小説の中でヒロインと恋人が交わす会話やメールといった日常的なコミュニケーションの中から、専門家が掲げるデートDVの加害者と被害者の関係と一致するような状況――具体的には束縛や威圧の行為――を自然に見つけだすことができるのだ。（2008:168）

確かにケータイ小説に登場する恋愛関係には、男性側からの威圧が多く観察される。特にその傾向が強い作品は、初期のリアル系ケータイ小説『恋空』や『赤い糸』である。『恋空』では恋人ヒロの一人称語り手主人公美嘉に対する束縛、『赤い糸』では一時つきあう相手たかチャンの一人称語り手主人公芽衣に対する束縛と暴力があげられる。

もっとも恋人や夫婦など親密な男女間に見られる暴力は、何も最近になってから登場したわけではない。ただ、いわゆるデートDVのようなDV法が適用されない未婚の相手に対する過度の束縛が、ケータイ電話の登場によって一層強化されるようになったことは確かである。ケータイ電話というツールがケータイメール依存症を生み出し、相手から受けたメールはなるべく早く、少なくとも15分以内に返信しなければならないというような強迫感を生み出す。ひっきりなしに交わされるメールを通して密接な人間関係が保たれるようになっていて、いつも監視されているようなストーカー的な人間関係を強いられることが多い。

例えば『赤い糸』には次の記述がある。

(1)『赤い糸』下 184-185

寝ぼけた顔に、しつこく鳴り響く携帯——

……たかチャンだ。

「……はーい」

「はーいじゃねーよ。何度も電話してんだけど」

「寝てたぁ……」

「嘘だろ!?　だってもう昼過ぎだぞ、こんな遅く起きるの、おかしくない？」

またこんな会話かぁ……。

いつもの勘ぐり病が始まったよ。

「……休みなんだから、昼過ぎまで寝てただけ」

「はぁ？　じゃあ、昨日俺と遊んだ後に夜遊びして寝坊したのか!?　——誰だよ!?　高校のヤツだろ!?」

「——だから、違うってばっ。携帯で小説読んでたら、夜中になってて今起きたの！」

毎日エスカレートしていく、たかチャンの妄想。

可愛いヤキモチも、ただのイラつきに変わっていく。

「高校入ってから変わったよな。疲れるよ」

「――ッ！　それは……」

それはこっちのセリフだよ!!

――怒鳴りたくなる気持ちを、アタシは必死に抑えた。

最近、こんな会話ばかりだ。

たかチャンがキレて、アタシが説明して……、最後は意味もわからないままに謝る。

ここには、デート DV の行為が読み取れる。24時間芽衣の生活を監視していないと安心できないたかチャンの独占欲が芽衣を悩ませる。しかし、最終的には「意味もわからないままに謝る」のである。このふたりには暴力を振るう側とそれを甘んじる側という依存関係が出来上がっていて、DV の典型的なケースとなっている。

8.2.2　ヤンキー的恋愛観

ケータイ小説がヤンキー文化の影響を受けていることは既に指摘したことだが、恋愛観についてもヤンキーの影響が観察される。斉藤（2012）はヤンキー世界における女性像について論じているが、実は男ヤンキーもその外見に反して女性的であるという。男女の行動原理として（1）女性の関係原理と（2）男性の所有原理があるのだが、ヤンキーには一般的に関係原理の重視が見受けられる。ヤンキー社会はタテ社会で仲間同士の関係を重視し、また家族主義的で家族や親戚を大切にする。男女とも性愛関係に積極的で、かつ意外に一途な面があったりする。婚期が早く、出来ちゃった婚も多い。そしてヤンキー世界では、母性の圧倒的なまでの優位性が見られる一方、男女別々の役割が堅持されるとのことである。

女性の役割りに関しては斉藤（2012）の次の記述にあるように、旧来のイメージが根強いとのことである。

むろんゲイカルチャーの中にもヤンキー性があることや、ヤンキー集団は必ずしも女性を排除しないという点は考慮されるべきだが、一般に彼らはヘテロセクシズム（異性愛主義）の信奉者であり、女性には育児や家事労働を当然のように割り当てるという意味での男尊女卑傾向や家父長制にも親和性が高い。(2012:174)

一方、女ヤンキーもつっぱった外見に似合わず、情に脆く人情に厚いという指摘がある。酒井（2009）によると、女ヤンキーは自分のことなら我慢しても仲間のためなら死ぬ覚悟までするのだという。女ヤンキーはきっぷが良くて喧嘩っ早いものの、実は情に厚くてお人好しだと指摘する。酒井は『小悪魔ageha』というキャバクラ嬢をメインの読者とする雑誌に目を通した感想を次のように記している。

なお、ここで言う「アゲ嬢」とは『小悪魔 ageha』を愛読しその雑誌に出てくるようなファッションをしている女性を指し、「サゲマン」とは相手の男性をだめにしてしまう（ダメ男にしてしまう）女性の意味である。

たとえばアゲ嬢が二人でお酒を飲みながら語り合うコーナーを読んでみると、すごく可愛い女の子達が、
「つーかさぁ、イケメンって殴るよね？」
「首しめられてアザになったりしたことある」
「こっちも力じゃ勝てないから包丁もって暴れたし」
「ブサイクは絶対そんなことせーへん！」
と、赤裸々の DV トーク。それなのに、
「実は殴られるにも理由がある」
「普通の男を DV 男に変化させる女って……私サゲマンかも（笑）」
などと言って、笑いながら原因を自分にもってきてしまうところが、限りなくヤンキー的であるといえましょう。(2009:60)

ここには女ヤンキーがむしろ DV の加害者を甘やかし、自ら被害者となることを買って出ている様子が記されている。このような DV を寛容する態度は『恋空』や『赤い糸』にも繋がるものであり、そこにはやはりヤンキー的傾

向が見られる。

ケータイ小説の中では、恋人がヤンキーというかたちでヤンキー世界が導入されることが多い。そこに描かれるヤンキー系の恋愛では、男は強引でありながら優しいところがあり、実は女はそのような男の態度をまんざらでもない、むしろ受け止めて言いなりになりたいと思っている構図が見られる。次は『ワイルドビースト』で、助けられた一人称語り手主人公の女子高校生アヤカが、暴走族「野獣」の九代目総長リュウキと恋人同士のような関係になるシーンである。

(2)『ワイルドビースト　II』133

本当にゆっくり向けられたリュウキの顔は、さっきまでみたいには怒ってなくて、

「言ったろ」

リュウキは静かに声を出した。

「……何を？」

「守ってやるって言ったろ」

「……」

「だからお前は何も考えんな」

「……」

「安心してりゃいい」

「……」

「分かったか」

「……でもっ」

アヤカが納得しないのを見届けたリュウキは「分かんねえ女だな」と言って強引にキスをする。しばらくして、二人の間ではキスが慣例になり、リュウキにキスされてアヤカが「……何でこんな事ばっかすんの……？」と聞くとリュウキは「自分の女にして何が悪い」と答える。それに対するアヤカの反応は次のようである。

(3)『ワイルドビースト　Ⅱ』143

……何だと？
何つった？
今、何つった!?
自分の女って何!?
誰が誰の女!?
初耳だよ!!
いつからだよ!!
いつそうなったんだよ!!
そんな話、知らねぇよ!!!

リュウキの強引なやり方に隠された想いを「そんな話、知らねぇよ」と言いつつも喜んでいるアヤカの心情が語られる。アヤカはごく普通の高校生でヤンキーではないのだが、心内会話はヤンキー風乱暴言葉になっていてヤンキーの素質あり、という設定になっている。このようなふたりのやりとりはヤンキー的なざっくばらんなコミュニケーションを強調することになり物語をおもしろくさせる。

ケータイ小説に描かれる恋愛では、守る—守られるという関係が強調されることが多い。これは中西（2008）がケータイ小説の３つのキー概念のひとつとして取り上げているものでもある。恋愛の相手の社会的な背景は余り語られず、相手との巡り合いも運命的なものという前提になっていることが多い。そして「守ってあげられなくてごめん」という表現が使われることでも明らかなのだが、守る—守られるという繋がりが恋愛関係を支えている。

ケータイ小説の恋人同士は、何らかの傷を負った過去を持ち、または物語が進むにつれて何らかの悲劇に遭遇する。それらの諸事情から守る、そして救われるという関係であり、そこには社会的な要素が余り感じられない。あくまでワタシ系の小説としてふたりの宇宙内の身辺の出来事として恋愛関係が描かれるのである。

8.2.3 禁じられた切ない恋

ケータイ小説で描かれる恋はいわゆる泣ける話であることが多い。世間一般では許されない禁じられた関係をテーマにすることがあり、兄と妹が恋をするというような作品もある。

例えばナナセによる『片翼の瞳』という作品で、本の帯にあるようにそれは「切な過ぎる禁断の究極ラブストーリー」として売り出されている。この作品は第一回日本ケータイ小説大賞、読者人気投票第一位となった。禁じられた恋はそれだけ燃えるというありきたりな構造ではあるが、その人気は無視できない。

禁じられた恋愛関係が先生と生徒という場合もある。ケータイ小説の作者も読者も学校生活に直結している場合が多いので、教師との恋愛関係は現実にはなくても、妄想、夢想したい関係ではあるように思う。

例えば『白いジャージ』では、不幸な家庭事情を抱えた矢沢と、辛い過去を忘れたい教師新垣の恋愛関係が二人を支えていく。小説は高校二年生だった矢沢が卒業し新垣のプロポーズに至るまでの年月を描いているが、周りには見つからないように隠し通す関係ならではのスリルに満ちていて、それが読者を引き付ける力となっている。

新垣が告白するシーンを見てみよう。

(4)『白いジャージ』60-61

「……矢沢。好きだ……」

信じられない言葉が先生の口から……。

私……。体中が熱くなって、身動きできない。

「せんせ……今、なんて？」

「ん？　聞きたい？」

先生は、抱きしめる腕の力を少し緩めて笑った。

「……好きだよ」

先生は今度はとても甘い声で、ゆっくりと言ってくれた。

「先生……!!　私も先生が大好き。大好き……」

やっと言えた。ずっと我慢してた『好き』。
好き。好き。先生が大好き。
「言っちゃった。俺、どうしちゃったんだろぉ……」
先生は、シートを倒し、窓から夜空を覗き込む。

このような禁じられた恋はエンターテインメントとして価値があり、ケータイ小説の読者が夢中になる要素を多く含むディスコースを作り上げている。

8.2.4　純愛への渇望

ケータイ小説で一番多く描かれる、ある意味で理想の恋愛は純愛である。土井（2008）は若者の間で脱社会的な純愛物語が大流行していることをあげ、従来の恋愛物語の多くが社会的な差別や親の無理解といった外部からの圧力に抵抗するという状況で綴られていたのに対し、現在の恋愛物語、特にケータイ小説に代表される若者に人気のあるエンターテインメント小説では社会とは無関係の恋愛が描かれると指摘している。

土井（2008）の言葉を借りよう。

> しかし、現在の若者たちに支持される純愛物語の多くは、理不尽で不純な社会に対する反逆を基調とした反社会的な筋立てでもなければ、そこからの逃避を基調とした非社会的な筋立てでもなく、いわば脱社会的な筋立てとなっている。二人の前に立ちはだかる壁としての社会や他者はほとんど描かれていない。周囲の人びとは、二人の関係に対して無関心か、あるいは協力的ですらあったりする。したがって主人公たちは、周囲との葛藤をまったくといってよいほど経験することなく、最初から二人だけの世界を生きている。にもかかわらず彼らの恋愛が純化されうるのは、そこに死や病という生物学的な障壁が立ちはだかるからである。（2008:106）

現代の若者は純度100パーセントの自分を守り、純愛を経験したいという願望があるようである。自分をすべて受け入れてくれる人が必要であり、その人との関係にすべてを賭けたい。それを阻むのは社会的な拘束ではなく、あくまで個人的な状況であり、読者はその悲劇に涙する。ケータイ小説が読者を引き付けるのは、物語の筋立てというよりむしろ泣ける内容であり、主人公の個人的な境遇や恋愛経験といった身の回りの世界についての告白だからである。主人公の多くが恋人の死というような悲劇に直面しそれを乗り越えていく＜私＞という構造になるのも、ケータイ小説世界の住人たちが切ない恋、泣ける物語を好む傾向にマッチしている。

このような純愛は、暗い過去・現在を乗り越えていくための恋愛で、何よりも成長するためのステップとして捉えることができるのだが、ここで女性心理に目を向けて青年期の女性が恋愛をどう捉えているかについて考えてみたい。

内田・梅藤（2011）は20代前半の女性４名を対象に実施したインタビューの分析をもとに青年期女性の恋愛観を考察したものであるが、彼女たちは恋愛に対して肯定的なイメージを持ち、恋愛を通して成長したいと考えているようであるとし、次のように述べている。

> 現代の青年期の女性は、20代前半で親からの自立や社会参加を余儀なくされる。しかし、１人で様々なことを考え、決定、行動していけるほどの自己を確立できてはおらず、同一性確立が課題となる時期である。そこで彼女達は、自我同一性の確立によい影響を与えてくれそうな、言いかえれば自分を高めてくれる（成長させてくれる）人を恋愛対象として望み、関係を持ちたいと考えているようである。(2011:135)

若い女性は恋愛を通して成長したいという気持ちが強いのである。ケータイ小説の読者は未成年者が多く、自立や社会参加を強いられてるわけではないが、家庭を離れ学校生活の中でどう生きるかというサバイバル意識と直面する。そのチャレンジに立ち向かうため、自分の気持ちをわかってくれる恋人が登場するという設定が多い。また、研究の対象となった４人の女性は、恋人同士で葛藤を感じるもののそれに対処したい、自分とは異なる存在である他者（恋人）を受容し、相手を受容することで同時に自分を確認していきたいと意識しているとのことである。それもそのまま、ケータイ小説を取り巻く若者たちに当てはまる。

一例として 語り手リレーを利用した小説『風にキス、君にキス。』をあげよう。幼馴染で仲がよく、陸上選手の日向と陸上部のマネージャーをする柚の恋の行方を追うこの作品では、結局一時別れていくふたりが描かれる。その別れ方に恋愛の意味を読みとることができる。

まず、柚の視点からの描写を見よう。

(5)『風にキス、君にキス。』269-271

…あたしと日向は肩を並べて、夕暮れの道を歩いた。

「何かね…」

「…ん？」

「いろいろ伝えたいことはあるんだけど…」

自分でも切なく、愛しいくらいに心は落ち着いていた。

――わかっていたのかもしれない。

…ううん、きっとわかっていたんだ。

だって日向は…気まぐれな風だもんね。

風は行き先を告げないんだ。

「競走しよっか」

「は？」

「軽ーく、ゆっくり競走」

「昔は絶対にしてくれなかったくせに」

そう笑った日向の、白いシャツが夕陽に照らされて、まぶしくて、少し目を細めた。

「いーから。行くよ」

「…よし！」

「よーい…ドン！」

軽く、走り出した…その時。

…あたしは見た。

——足取りはすごく軽いのに、あたしの横をすっと通り抜ける…その走る姿を。

後ろ姿はやっぱり透明な風だった。

(略)

あたしはあなたが、大好きです。

本当に…大好きです。

涙をこらえて、微笑んだあたしは、

"相原日向"

あなたと出会ったことで…少しでも強くなれたかな。

風のように走るあこがれの日向が去って行ってしまう。それを理解しながら恋が自分を強くしてくれたのではないかと告白する。純愛が自分を救ってくれるというメッセージが読み取れる。

一方、日向の気持ちは日向の視点から「かけがえのない君に」というタイトル付きで、次のように描かれる。

(6)『風にキス、君にキス。』272-273

きっと君は
涙を流しながらも同時に
気づいていただろう?
決して決して
口には出さないけれど。
——俺が
俺らしくあるためには
相原日向が
"風"であるためには。
どうしても君が必要だったこと。

君が
柚がいないとダメだったんだ。
…本当に。
君は知っているはずだろう？
俺が今日まで
——君に走り、君に生きてきた、ことを。
そしてこれからも走り続けることを…。

自分が自分らしくあるために、自己のアイデンティティを確立するために恋人が必要だったこと、そしてその恋人を忘れないという成長過程が表現される。

ケータイ小説の恋愛ディスコースには、次のような恋愛の姿が浮かび上がってくる。まず、デートDV、ヤンキー的女性蔑視、娯楽のための禁じられた恋、などが見え隠れする。しかしどの作品にもその奥底には少女たちが愛情を求め、幼い恋心を感じ、純愛を渇望している様子がうかがえる。そして人間として成長するために恋愛を経験していくという大きなテーマが浮き彫りになってくる。

8.3　いじめのディスコースとサバイバル

いじめ問題はケータイ小説で頻繁に扱われるテーマである。それは総表現社会で自分の存在意識を確かめ、作品を通して自分のサバイバルに繋げていく過程で出現する。そのような少女たちの声を、ケータイ小説のディスコースの観察を通して聞き取ってみたい。

8.3.1　いじめ問題の背景

内藤（2001）はいじめに関して、広義の場合「実効的に遂行された嗜虐的関与」であり、狭義の場合「社会状況に構造的に埋め込まれたかたちで、実効的に遂行された嗜虐的関与」（2001:27）であると定義付けている。

いじめは職場や家庭でも起こり、また日本に特有の現象でもない。ケータイ小説でテーマとなるいじめは、ほとんどの場合学校内の出来事として描かれる。本項では日本の学校生活におけるいじめに限って考えてみたい。

学校におけるいじめの背景としては、その環境が全体主義に陥りがちな共同体組織となっていることを忘れてはならない。内藤（2001）は「戦後日本社会は国家全体主義がおおむね弱体化したにもかかわらず、学校と会社を媒介して中間集団全体主義が受け継がれ、人々の生活を隅から隅までおおいつくした社会であった」（2001:23-24）こと、そして「学校は会社とともに日本の中間集団全体主義を支えてきた」のであり、「日本の学校は若い人たちに共同体を強制する、いわば心理的過密飼育の檻になっている」（2001:24）と述べている。確かに学校生活には集団全体主義が認められ、それは特殊なスペースにおける特殊な社会として存在する。ケータイ小説でテーマとなるいじめはまさに特殊な空間で繰り広げられ、基本的にある生徒が中心となってある個人を邪魔者と見る態度であり、その者の自由を完全に略奪する。

いじめは日本だけの問題ではないのだが、日本的ないじめというものが存在するように思う。欧米の教育では学校は特別な場所ではなく、社会の法や常識が当然当てはまる場所である。しかし日本では、学校共同体という特殊な集団と化していて、「何をやっても大丈夫」的な雰囲気を作り出している。むしろそこは自分達のムカつきを受け止める容器でさえある。学校には集団自治という概念がはびこっていて、そこには内藤（2009）の言う自分たちなりの小社会が存在する。そしてその特殊な空間でノリが神聖化され、全体の空気を読んでうまく同調することが（それがいじめ行為であっても）暗黙のオキテとなる。みんなで決めたからみんなで守るべきという、多数決の暴力が存在する世界なのである。

実際、学校生活には心理的な距離を強制的に縮めるべきだ、という期待感があり、それがストレスになる場合が多い。一方、教師はいじめ側にある者を守る方が全体を統一しやすいこともあり（それは集団全体主義的な思想に支えられているのだが）、いじめられる側の立場を無視する行動に出やすい。残念ながら、いじめられている子に「みんなと仲良くしましょう」と言うような残酷なアドバイスをする教師がいるのである。

学校は、その外の世界では通用しないような特別な容器となっている。社会ではあたりまえの自由とされることの大半が学校では禁じられ、そのかわり一般社会では暴行・障害・恐喝、その他犯罪とされるものが学校では堂々と通用し、場合によっては、教育の名において道徳的に正当化されることさえある。

ケータイ小説の作者は、このような特殊な学校共同体の中にいる。あるいは最近そういう学校生活を経験した者である場合が多い。重く深刻なテーマであるが、ケータイ小説の作者が取り入れやすいテーマであることは確かである。

8.3.2　いじめ行為

一般的にいじめ行為にはいろいろあるが、次は山脇（2006）を参考に筆者がまとめたものである。

1. メールで噂話をばらまく。
2. 本人ではなく、家族を中傷する。
3. いじめの「ON」と「OFF」を使いわける。
4. 共犯関係を演出し、金銭を要求する。
5. 女の子同士で徹底して恥をかかせる。
6. 「汚い」「醜い」というイメージを植え付ける。
7. 発覚しない小さな暴力を繰り返す。
8. 完全否定の「なんで？」を繰り返す。
9. 奴隷にしてしまう。

一方、平成23年度の文部科学省初等中等教育局児童生徒課の報告「児童生徒の問題行動等生徒指導上の諸問題に関する調査」（2012）によると、いじめには次のような行為が目立つとある。

1. 冷やかしやからかい、悪口や脅し文句、嫌なことを言われる。
2. 仲間はずれ、集団による無視をされる。

3. 軽くぶつかられたり、遊ぶふりをして叩かれたり、蹴られたりする。
4. ひどくぶつかられたり、叩かれたり、蹴られたりする。
5. 金品をたかられる。
6. 金品を隠されたり、盗まれたり、壊されたり、捨てられたりする。
7. 嫌なことや恥ずかしいこと、危険なことをされたり、させられたりする。
8. パソコンや携帯電話等で、誹謗中傷や嫌なことをされる。
9. その他

このようにいじめはいろいろな行為を通して行われるのだが、上記の報告によればこの中で圧倒的に多いのが、「1. 冷やかしやからかい、悪口や脅し文句、嫌なことを言われる」ことである。言葉によるいじめの頻度は、小学校では66.0%、中学校では67.1%、高等学校では59.8%となっていて、言葉によるいじめがいかに深刻であるかがわかる。

内藤（2009）や内藤・荻上（2010）は、いじめの種類に暴力系いじめとコミュニケーション操作系いじめがあることを指摘していてわかりやすい。本項で取り上げるのはコミュニケーション操作系いじめであるが、具体的には内藤・荻上（2010）が以下で説明する通りである。

> コミュニケーション操作系のいじめは、嘲笑したり、シカトしたり、悪口を言ったり、嫌なあだ名をつけたり、デマを流したり、嫌な仕事ばかり押し付けたりと、集団内での立場を悪くさせたり、不快な気分にさせたりするものだ。(2010:40)

ケータイ小説に出てくるいじめもいわゆる言葉のいじめが多いのだが、それはいろいろなコンテキストで複雑な様相を見せる。

例えば、本来ならサポートしてもらえるはずの相手から冷たく扱われることで、さらにいじめが深刻になっていくこともある。そのような複雑ないじめがケータイ小説に出てくる場面を見よう。『天国までの49日間』では一人称語り手主人公安音がクラスメートにいじめを受けるのだが、それに対応する母親の心無い態度が描かれる。

(7)『天国までの49日間』120

あたしに対するいじめは、有希の時の比ではなかった。

掃除の時に水をかけられる、体育館やトイレに閉じこめられる、体育の時間に舞のお財布がなくなったのをあたしのせいにされ、お母さんが呼び出されたこともあった。

本当はもちろん、舞の自作自演なのに。

あたしを叩いて、なんでこんなことしたのと怒り狂うお母さん。「やってない」と訴えても「言い訳はよしなさい!!」と一喝するお母さんに、あたしはもう、親すら信じられなくなった。

こうしていじめが複数の方向から集中することで、いじめられる本人はますます孤立してしまうのである。

2012年に荻上チキによって立ち上げられた「ストップいじめ！ナビ！」(2012) は、いじめっ子の言い訳のパターンとして次をあげている。

1. いじめじゃないと言い張る。単なる遊びやふざけ、ちょっとからかってただけ、と言う。
2. いじめられっ子のせいにする。
3. 逆ギレする。
4. 自分の責任を否定する。
5. 自分たちだけのオキテを主張する。

これらの行為が多くの場合言語行為によってなされることに注意しながら、いじめ表現を考察していきたい。

8.3.3　いじめのレトリック

一般的にことばの暴力と言うと、相手を罵倒する語彙の選択を指して言うことが多い。よくあるのは、身体的な特徴をあざ笑うもので「ちび」「デブ」「ブス」「出っ歯」などであり、さらに、性格系のレッテルの「ウザい」「のろま」がある。次第に、強迫的な表現として「死ね」「消えろ」「殺す」「葬式をする」などに強化されていく。加えて、暴力的な言葉でなくても、心無いことばや表現が相手を決定的に傷付けることもある。いじめのプロセスでは、限られた表現がいじめる側の複数の者によって繰り返されることが多い。

言葉によるいじめは語彙の選択だけでなく、独特の口調を利用する場合もある。また広くは視線や距離感などノンバーバルな記号から、話の順番取りなどの会話行為にいたるまで、あの手この手が使われる。

ケータイ小説のディスコースには、具体的なことばによるいじめが観察できる。もちろんあくまで小説の中で描かれるフィクションであり、それは現実のいじめではないのだが、いじめのレトリックを考察することでいじめに対する理解を深めることは可能だと思う。さらにケータイ小説には直接いじめの表現が観察されるだけでなく、それがどのような会話の中で使われ、また語り部分でいじめ表現に対する反応や心情なども表現される。ケータイ小説に観察できるいじめのレトリックと、いじめのシーンにおけるインターアクションをデータとして分析することは無意味ではない。

いじめのレトリックとして、まずスタイルシフトを通して力関係の操作をする場合を観察したい。最初は通常よりやさしい、むしろ丁寧すぎる口調で話しかけ、それが次第に乱暴なスタイルになる場合である。最終的には強い命令形や罵声となる。スタイルをシフトすることで、次第に力関係を確実のものにしていく戦略である。

次の『天国までの49日間』では、いじめグループのリーダーである同級生舞が、一人称語り手主人公の安音と親友だった美琴とおそろいのクマのぬいぐるみを床に投げ踏み付ける。それを返して欲しければ言うことを聞けという。その命令は次第に乱暴な表現にエスカレートしていく。(8)、(9)、(10) は依頼表現と命令表現のみをリストアップしたものである。

(8)『天国までの49日間』83
「返してほしければ、言うこと聞いてよ」
「そうだね、まずは……床、舐めてもらおうか？」
「返してほしいなら、言う通りにしなよ」
(9)『天国までの49日間』84
「床がいやなら、便器でもいいよ」
「黙ってるなら、便器がいいってことにするよ？」
「さっさとやれって言ってんだよ!!」
(10)『天国までの49日間』85-88
「ほら、舐めなよ！　さっさと舐めなよ！　あぁ!?」
「てめぇ、ムカつくんだよ……！　いつだって、あたしは人と違います、特別な人間なんですってツラしてやがって……！　見ているだけで、あんたと同じ空気を吸ってるだけで、腹が立つ……!!」
「ほら、早くしろよ」
「さぁ、次は何してもらおうかな」
「ね、そこでパンツ脱いでよ」
「見て、ホラ。デジカメ持ってきたんだ。これで撮ってあげるから、さっさと脱いで？」
(11)『天国までの49日間』89
「ほら、パンツ脱いでよ」
「……」
「何してんの。さっさと脱いでよ」
「……」
「脱げっつってんだよ!!」
「ン……ッ」

(8) では最初は不気味にやさしい「舐めてもらおうか」という言い回しが使われ、(10) では「さっさと舐めなよ」に変化することで凄味を増す。さらに「次は何してもらおうかな」が「パンツ脱いでよ」と「さっさと脱いでよ」となり、(11) で「脱げっつってんだよ!!」となるスタイル変化は、相手の気持ちを弄ぶ武器として機能する。従来日本語のスタイルは、相手の社会的地位や発話の場の状況などと関連付けられてきたが、いじめの戦略として意図的に使われる場合がある。それは言語というものが両刃を備えた武器であることを思い出させる。

いじめは個人の自由意志を否定し、多数決の原理で不条理を押し通す。要するにいじめとは、相手を同等に扱うことを拒否する行為である。いじめのレトリックとはすべていじめる側により力があることを不条理に想定・確立する表現である。日本語には力関係を間接的に表現する丁寧表現などを中心にしたシステムがあり、それを利用することで力関係を実践し強調することになる。

次にいじめのレトリックで無視できないケースとして極度の繰り返しがある。執拗に繰り返すことでいじめられ続けると、深みに嵌ってしまい身動きできなくなるのである。そのような例を見よう。

ここで、本書でデータとするケータイ小説作品リストの中には含まれていない特殊な作品を紹介したい。『りはめより100倍恐ろしい』という作品で、著者の木堂椎はケータイ電話を用いて一気に書き進めそれをPCに転送して推敲したと述べている。本書のケータイ小説の定義には一応あてはまるものの、縦書きで出版されていていわゆるケータイ小説とは少々異なっている。『りはめより100倍恐ろしい』、つまりいじりはいじめより100倍恐ろしいというこの作品は、学校空間でのコミュニケーションの駆け引きを描いたもので、スクールカースト小説のひとつであると考えられている。第一回野生時代青春文学大賞受賞作でもあり、いじめやいじりを扱った作品として無視できないものである。

一人称語り手主人公羽柴典孝は、中学でいじられキャラだったことを高校入学後仲間に知られ、いじられるハメになる。中学で「豊臣秀吉かよ」と言われたことから、高校でも「秀吉」と呼ばれていじられる。名前でなくあだ名を付けるのは、いじめやいじりのレトリックとしてよく使われるが、その人の人格を否定する最も手っ取り早い言語操作である。

羽柴をいじる中心人物は、同級生や同じバスケ部の仲間の武者啓太郎たちである。ある日羽柴は「秀吉、その体育館履きで一発芸やれよ」と言われるが、シカトする。しかし、いじりは次第にエスカレートしていく。

この物語で、いじりを一言で執行してしまうグサリとくる言葉がある。その一言ですべてが伝わるような相手を傷付ける表現で、それは「一発芸やれよ」という言葉である。

(12)『りはめより100倍恐ろしい』198

グルグル。羽柴、一発芸やれよ。羽柴、一発芸やれよ。もう何がなんだかわからない。

このシーンでは「一発芸やれよ」という表現が6回繰り返され、そこにはその一言にさいなまれる様子が描写される。そして最後は、次のようなディスコースとなる。

(13)『りはめより100倍恐ろしい』198-199

グルグル。羽柴、一発芸やれよ。羽柴、一発芸やれよ。もう何がなんだかわから、

なくなってポンポコピーになってしまえば幸せなのですが、まだまだ私はシラフでして苦難は続くのであります。

いつまででしょうか？　そんなの決まってます。

卒業までです。典孝メモにインプット。

また、いじめのシーンでは、あるインターアクション進行中、ひとつの表現を徹底的に繰り返すことで、ことばの暴力を耐え難いレベルに持っていく場合もある。

(14)『りはめより100倍恐ろしい』98-99

「おい、いい加減避けねえでよお。やれよ」押し殺した声で武者が強制する。

恐怖を感じた。一方的な強者による弱者への搾取。大蔵が俺に無理矢理体育館履きを手に掴ませる。

開放された。そして、更なる地獄への誘い。

「さあ、やれよ」武者が一言。

俺はどうすることもできない。

「やれよ」武者がまた一言。

俺はどうすることもできない。

「やれよ」武者がまた一言。

俺はどうすることもできない。

「やれよ」武者がまた一言。

俺はどうすることもできない。

「やれ！」武者が一喝した。

俺はなんとか逃げるしかない。

「やれ！」牧も一喝した。

無理だ。逃げられない。地の果てまで追ってこられる。ケータイも手元にない。ロッカーの中だ。さりげなくチラ見をしている他の奴らには一向に動く気配がない。恨む。お前ら友達じゃねえのかよ。先輩達も頼れない。

（14）のように、悪夢のごとく繰り返されたり、複数の人間に同じことを繰り返されると、それだけ逃げられなくなる。それが命令形という上から目線の表現であればある程、追い詰められてしまうのである。

8.3.4 いじめの戦略

いじめ行為の一部として、フツウを装うことと、多数決という数の暴力を観察したい。

フツウを装うのは、圧力を与えていないと装うことに繋がり、いじめられる側にとっては納得がいかず不信感が募る仕打ちである。そのような例を『ワイルドビースト』に見よう。この作品は既に何回か紹介しているが、クラスメートの強迫に耐え切れず自殺未遂をする高校二年の女子生徒アヤカが、不良グループ「野獣」の仲間に助けられ、その六代目の頭であるリュウキとの関係を描いたヤンキー系ケータイ小説である。

学校にはアヤカが「メスブタ」と呼ぶ仲間がいる。同じようなおしゃれをして、遊ぶために売春までする仲間にどうしてもなじめないアヤカは疲れ果てる。自殺は未遂に終わり命をとりとめた後も、学校に行けばメスブタたちに売春を強要される。

「執行」というタイトルの章で結局メスブタの言いなりになる様子が描かれ、3ページにわたって(15)にリストするような表現が使われる。

(15)『ワイルドビースト　I』162-164
「時間もうちょいあるし、珈琲でも飲んで時間潰そっか」
「アヤカ初めてだから一番に選ばせてあげるね」
「今日の相手の年齢。何歳にする？」
「で、アヤカどれにする？」
「確かこの50ってのは何回かやってる奴だから、アヤカこいつにしときな」
「トラブルだけは避けてね。ややこしい事やだし」
「そろそろ行こうか」
「じゃあ、後でね」
「終わったら何か食べに行こう」

いかにも、フツウの口調でフツウのことをやるような状況が描かれる。一見親切を装う「選ばせてあげるね」という上から目線の表現も使われている。この間にアヤカの心情が切々と語られるのだが、いじめる側の口調はいたってフツウである。それが、いかに恐怖を感じる強迫であるかが読者に伝わる。いじめではないと装う行為こそ、いじめ効果のある戦略なのである。

いじめの戦略でもうひとつ無視できないのが、多数決、数の暴力、一対多という構図である。しかも、いじめは、必ずしも乱暴な強制的な言葉を必要としない。仲間からの全体主義的な圧力が感じられるのは具体的ないじめの表現だけでなく、視線や姿勢、体勢なども含むのである。そのような例を『ワイルドビースト』に見よう。

(16)『ワイルドビースト　I』157
「前に言ってた小遣い稼ぎあるじゃん？　あたしら最近ずっとそれしててさ？　ちょっと“そういう関係の人達”と知り合ったんだよね。それで明後日もその“バイト”あるんだけど、女の子が一人生理になっちゃってさ。どうしても人数が足りないの」
(略)
「でもあたし……」
「明後日ならまだ時間あるしどうとでもなるでしょ？　マジで困ってんだよねぇ」
　あたしに最後まで言わせないメスブタは頼んでるってより脅してる口調。
　視線が怖い。脅迫してるみたいな視線が。
　断らないよね？
　断ったらどうなるか分かってるよね？
　あたしらあんたに何するか分かんないよ？
　イジメられたいの？
　視線だけでそう言われてる。
　あたしにはそう聞こえる。
「……あの……」
　完全にビビリ始めてるあたしは、もう頭に何も浮かばない。

　ここでは言葉を使わなくても、グループのメンバーが団結して一対多という構造になっていることを強調しながら圧力をかけるシーンが描かれる。しかも、視線が強迫手段として機能している様子が具体的に示される。ケータイ小説のディスコースにはここに見るように、いじめられる側の心理が心内会話で表現され、被害者側の反応が直接伝わるため、いじめられる者の心理を理解するヒントを提供してくれる。

8.3.5　いじめる会話行為

いじめのインターアクションが描かれるシーンには、非日常的な会話行為が観察できる。通常の会話では当然なされるべき行為がなされず、そこに相手を拒否する態度が表現される。

まず発話行為自体の否定がある。例えば『りはめより100倍恐ろしい』で、クラスメートのグッキイをいじられキャラに仕立て上げるその過程で、グッキイの発話が無視される。ある日、バスケットボール部ではない他の部に入りたいと、主人公の羽柴が、原西、小山田、などと雑談していると、グッキイが割り込んでくる。

(17)『りはめより100倍恐ろしい』42-43

「……チアガール部とかねえ……」小山田が独特のボケで乱入してきた。

２人で笑いながら「性転換手術すんのかよ」とツッコミを入れた。

「あと、イラスト・漫画部もね」その流れに便乗して立場知らずのグッキイまで入ってきやがった。

「は？　言ったな。てめ絶対入れよ！」

　一喝。したのは俺じゃない。原西だ。

「いや、ジョークだよジョーク。みんなも言ってたじゃん……」グッキイが必死に不条理さを訴える。

「お前のはつまんねーんだよ。つまんねーからほんとに聞こえんだよ。ったくよ～～苛々させんなよ」原西が責める責める。「……イラスト……センスない……」小山田も追随する。俺はあれれ、原西さんちょっと言いすぎじゃないですか……。との顔を装いながら、内心ほくそ笑んでいた。

また会話の話者交替で次に当然続くと思われる発話が続かない場合は、隣接応答ペアに違反する表現となり、それなりの態度が表現される。そこにはいじめる会話の仕方が繰り広げられることになるのだが、ここで会話のシステムについて簡単に説明しておこう。(詳細はメイナード 1993を参照されたい。)

会話の話者交替にはあるシステムがあることが知られている。その根本には「状況の適切性」があるのだが、それは次のような会話内の状況を指す。ある要素Ａが存在し、当然その次に存在すると期待される要素Ｂがあれば状況の適切性があるとする。この場合ＢがあればＢはＡの条件を満たす要素として存在すると考えられ、ＢがなければＡに続いて当然あるべき要素が欠如していると意識される。つまり、話者交替では交替すべき条件がある時、相手がその条件に答えるという形で順番を取ることが期待されるという考え方である。

特に話し手と聞き手の順番がペアとして存在する時、それを「隣接応答ペア」と言う。隣接応答ペアの種類としては「あいさつ—あいさつ」「呼びかけ—応え」「情報の請求—情報の提供」「誘い—受諾」などがある。隣接応答ペアで後続する発話が認められないと話が絡み合わなくなる。慣例に反した行為となるのでそれなりの理由が推測される。

例えば誘われて受諾する場合は「はい」のひとことでいいのだが、拒否する場合は相手の気持ちを思い、理由を述べたり謝ったりする。同様に誰かに声を掛ければ、相手は好意的にそれに反応すると期待されるのだが、その期待に沿わない場合は意思疎通ができず、感情的にもズレが生じる。

隣接応答ペアに違反する場合を『りはめより100倍恐ろしい』から幾つか観察しよう。主人公羽柴が話しかけても冷たい反応しか感じられないのは、シカトの始まりである。

(18)『りはめより100倍恐ろしい』130

「古賀」昼休み、俺は意を決して古賀ちゃんに声をかけた。もう気軽にちゃん付けもできないほど関係は悪化している。

「なに？」本来なら毎日昼連で体育館にシューティングをしにいく古賀ちゃんが振り向いた。勿論今日もそのようで、片手にバッシュを抱えていた。

なに？　というたった２文字の単語のイントネーションだけで古賀ちゃ

んが俺と距離を取りたがっていることが判明する。それほどそっけない返事だった。

次は、主人公羽柴が古賀ちゃんを味方にしようとするのだが断られる例である。「誘い―受諾」というペアの期待される反応がなく、実際は受諾ではなく拒否される。

(19)『りはめより100倍恐ろしい』133-134
「悪いけど」俺の期待を古賀ちゃんが第一声でぶち壊す。「そういうグループの醜い衝突みたいなやつ、あまり好きじゃないから」
……。ぐうの音も出なかった。丁寧に軽蔑的に断られた。
「それに」古賀ちゃんが続ける。「お前のこともあまり好きじゃないから」
なぬ？　カミングアウトされたぞ？

このように、隣接応答ペアで期待される反応が続かない場合、心が通じ合わない。いじめにはこのような方法で感情を弄ぶ戦略が選ばれるのである。

相手を無視する会話行為の中には、いじめの行為をジョーク化してごまかす場合がある。いじめが進行しつつある時、相手の気持ちを弄ぶように「ジョークだよ」と言ってはぐらかす手が使われる。(20) では、グッキイがイラスト・漫画部がいいと言って、それなら入れよと、みんなにバカにされたことを持ち出す。グッキイの反応に牧は「ジョークに決まってんじゃん」と言ってはぐらかす。

(20)『りはめより100倍恐ろしい』51
「べ、別にイラスト・漫画部に入るだなんて言ってはねえだろ」ついにグッキイがキレた。今まで溜め続けていたのだろう。でもそのキレはノミが象の前でピョンピョン飛び跳ねているかのように、悲しいかな、余りにも弱かった。
「おい、お前なんでキレてんの？　ジョークに決まってんじゃん。馬鹿じゃねえの？」牧が頭クルクルパーの動作をしてゆったりゆった。
「俺は、俺は、そんなことっ、イラスト・漫画ッ、部だなんてっ、いっ、いっ、」グッキイが錯乱していく。

次でも、羽柴がひどいことを言うのはやめろと言うと、牧がジョーク化してなだめる。もっとも、ジョークと言いながらそれが本当はジョークではないことを強調してしまう表現なのだが。語り部分で羽柴が「よし、強気作戦成功」と心内会話を発しているが、それもいずれ何の役にも立たなくなるという形で物語は進展する。

(21)『りはめより100倍恐ろしい』5
「ジョークだよお……。そんな怒んなってえ……」牧がヘラヘラしながら宥めてきた。よし、強気作戦成功。

8.3.6 内面化するいじめ

いじめはある時期に至ると、自分が自分にするいじめと化すことがある。情けない自分、ふがいない自分、みんなに馬鹿にされる自分。そういう醜い自分を受け入れて、自虐的に自分をいたぶるのである。

羽柴が中学時代いじられキャラだったことが、仲間たちから暴露される。次にはついに隠せなくなったことを知る羽柴の心理が語られる。しかもそれは自分をいじめることで実現するのである。

(22)『りはめより100倍恐ろしい』93-94
脳内からも声がする。重く響く。発しているのは間違いなく自分だ。自分が自分に難癖や悪態をついている。

ゲへへへ。当然ノ報イダナ？　ハシバノリタカ。因果応報ダヨ。ワカッテンダロ？　グッキイノ、グッキイノ報イダヨ。コレカラハオ前ガグッキイ担当ダナ？　ゲへへへへへへへへへへへへへ。

このように内面化したいじめこそが、深い傷となっていく。

8.3.7　サバイバルに向けて

いじめの解決のためには多くの提案があるのだが、ケータイ小説に出てくるものもヒントとなる。

(23)『天国までの49日間』94

いじめをなくすのは、簡単なことじゃない。

やめろ、とかなんとか声を大にして言う勇気を持ち合わせている人は、なかなかいない。

その代わり、誰にでもできることがある。

いじめられている人に、さりげなく手を差し伸べてあげること。

「あなたはひとりじゃないよ」って、言ってあげること。

陰からそっと、見守ってあげること。

それだけで、ずっとひとりで戦っている人は、だいぶ楽になるから——……。

一方、荻上チキによる「ストップいじめ！ナビ！」(2012) の「いじめQ＆A」の中では、「いじめは100％する側が悪い」「悩まなくて済むよう、脱出策を考えよう」「記録をつけ、証拠を集め、相手が言い逃れできないように準備しよう」などが示されている。

コミュニケーション操作系の言葉のいじめは暴力と違って、法律や司法に訴えることが難しい。シカトとかくすくす笑いなどにどう対処したらいいのだろうか。内藤・荻上 (2010) には、コミュニケーション操作系のいじめの対処法として次の記載があり、自分で記録しておくことの大切さを強調している。

心の傷は、体の傷ほどわかりやすくないから、暴力系のいじめよりもちょっと手間がかかる場合がある。くすくす笑いとか、シカトとか、悪口といったようなタイプのいじめは、暴力と違って、警察に行ってもあまり効果はない。

もちろん耐え難くなったら、病院の先生に相談して、診断書をもらうこともできる。また、いじめの模様を録音したり、日記に記録したり、いじめっ子が授業中に回していたいじめを命令するメモを保存したり、いじめメールの送信者を特定したり、ネットいじめの書き込み主を割り出したりすることができれば、決定的な証拠になる。そうした証拠があれば、相手も先生も言い逃れがしにくくなるし、加害者を裁判所に訴えやすくなるんだ。(2010:44)

また、朝日新聞社（2012）による『いじめられている君へ　いじめている君へ　いじめを見ている君へ』という編著では、多くの知識人がメッセージを送っている。特にいじめられている君へ向けたアドバイスとして説得力があると思われるのは、友達関係や絆を重視しすぎることに対する警告である。一般的に友達が多いことや絆が強いことがいいという風潮が強すぎるが、むしろ人間は一人でいい、孤独でいい、友達が少なくていいという主張である。例えばこの編著の中の土井隆義による「友達づくり　苦手でいい」と齋藤孝による「一人になって読書しよう」というタイトルのメッセージにあるように、である。

一方、いじめられたら、とりあえずその環境を離れることの重要性を説く知識人も多い。同著に掲載されている茂木健一郎の「外の世界とつながろう」、鴻上尚史の「死なないで、逃げて逃げて」、野口健の「人生は学校の外にも」、さかなクンの「広い海へ出てみよう」などがある。何より、他の世界へ移動することが重要であり、筆者も根本的に同じ意見である。

いじめにあってもサバイバルするためには、どうしたらいいだろうか。いじめが多くの場合言葉による暴力であれば、その都度、相手に言われたことを記録しておくこと、そして使われている言葉のトリックを見抜くことが大切である。それを周囲のサポートできる人間が公平に分析することで、いじめがどこに表現されているか、むしろ何気ないレトリックの綾や戦略の中に、いじめがどのように隠されているかを見抜くことができる。その意味でもいじめのディスコースの分析が重要になるのだが、そのひとつの可能性として、本項で試みたようにケータイ小説の世界に住む若者たちの声を、ケータイ小説語に探るという研究態度も有意義だと思う。

しかし根本的には、環境を変えていく必要がある。内藤・荻上（2010）でいじめを「治す」方法ではなく「直す」方法が論じられているように、閉鎖的な学校、特にクラス編成というがんじがらめの環境を変えていく必要がある。クラス制度を廃止し、自由なスペースで個人の選択を許すような環境がどうしても必要だと筆者も思う。そもそも、クラスのみんなが仲良くし、クラス全体の絆を強くしようなどという考え方自体が妄想に過ぎず、全く不自然なものである。大人の世界でも全員が仲良くするなどという社会が無いように、個人の好みの自由は尊重されなければならない。学校を自由なスペースにすることで中間集団全体主義を追い出し、学校が特殊なスペースにおける特殊な社会として存在することのないようにしなければならない。

ケータイ小説でテーマとなるいじめは、まさに特殊な空間で繰り広げられるものである。それがより鮮明に浮かび上がるという意味でも、ケータイ小説語を観察・分析・考察する意義があるように思う。ただ、それは最終的な解決には繋がらない。学校という環境自体が変わらなければ、いじめはなくならないからである。

8.4　ケータイ小説語と日本語の姿

8.4.1　パトスのレトリック

筆者は『談話分析の可能性』（メイナード 1997）の中で、日本語のディスコースの傾向としてパトスのレトリックを提唱したことがある。また『情意の言語学』（メイナード 2000）では、場交渉論の枠組から日本語のディスコースを広く分析しながら、パトスという概念について論じた。ここではごく簡単に復習しておきたい。

本書で考察したケータイ小説語は、まさにこのパトスのレトリックを大いに利用した日本語現象である。そこで、まず簡単にパトスのレトリックについて説明しよう。

筆者は日本語の談話は、英語のそれと比較すると、パトスのレトリックへの傾向がより強く見られることを指摘した。英語に見られる傾向をロゴスのレトリックとして捉え、両者を比較すると次のようになる。(なお、ここでテキストというのは書き言葉のディスコースを指す。)

パトスのレトリック	ロゴスのレトリック
言語はあまり重要でない・補足性	言語の重要性・中心性
言語による伝達には限界がある	言語の意味伝達能力を信じる
トピック・コメントが重要	主・述関係が基本軸
言語主体と言語に不可欠な「場」	テキストに付随するコンテキスト
命題を包む係りと結びの表現効果が豊富	命題構成が重要
主体はコメントの発信元	主体は命題に現象をはめこむ役目
「なる」的な文構成	「する」的な文構成
出来事に対するコメントが大切	仕手がする行動が重要
終りで結ぶ	テキスト冒頭で論点を示す
エッセー的なテキスト構成	論理的なテキスト構成
自分の経験を中心とした記述が多い	客観的な記述をよしとする
共感を目的とする	説得を目的とする

もちろん、上記のような類型化に際しては注意が必要なことは言うまでもないであろう。まず第一に、同一言語内の変動性に関してである。日本語の談話は英語などと比較した場合パトス的なレトリックを好むと言えるが、日本語談話の内部でも、そのジャンルによって、または同一のディスコースでもその表現目的によって、ロゴス的なレトリックとパトス的なレトリックを混用する。同一言語にもレトリックの傾向には揺れがあるのである。

第二に、同一言語でも通時的には言語文化やレトリック法に変動性があることも十分考えられる点を無視してはならない。要するにロゴスとパトスのレトリックへの傾向は固定したものではなく、その文化や社会の変化に反応するものと考えられる。ある時代の流れによって、より好まれるレトリックの方法が生まれ変化する可能性も十分あるのである。

このような点を考慮してみても、本書で観察・分析・考察してきたケータイ小説語という現象がこのパトスのレトリックという枠組みと矛盾しないことは明らかである。筆者はケータイ小説のディスコースを、ロゴスのレトリックと対極に置かれるパトスのレトリックと照らし合わせることで、日本語の姿の一様相として捉えることができると思っている。

言語はあまり重要でなく、補足的なものと理解されているからこそ、ケータイ小説では、細切れ表現や体言止めという述部のない表現が詩的な効果を生んだり、余情感を生む。言語による伝達には限界があると感じられれば、言語を超えて感情的なアピールを狙うことになるのだが、それはケータイ小説全体に見られる傾向と一致する。

日本語はその場によって生かされ、トピック・コメント関係によって維持され、論理的ではなくエッセー的な語り方が中心になる傾向が強い。それはケータイ小説の構造とも矛盾しない。さらに、パトスのレトリックに自分の経験を中心とした私語りが多い点は、まさにケータイ小説の特徴でもある。最終的にケータイ小説が読者との共感を目的とする点もパトスのレトリックそのものである。

そのような例を見よう。次は『あの夏を生きた君へ』の冒頭部分である。

(24)『あの夏を生きた君へ』8

死にたいと思っていた。

死んでしまいたいと思っていた。

こんな世界なんか滅んでしまえばいい。

この教室に、たとえば爆弾が仕掛けられていて、なにもかも木っ端微塵に吹っ飛ぶシーンを想像すると、笑いが込みあげてくる。

窓際の一番前の席で、そんなことを考えてるあたしは狂ってるのかな。

いいや、ちがう。

狂ってるのは、アイツらの方だ。

ここでは、＜私＞をトピックとして、＜私＞の目に映った世界が描かれる。それは、＜私＞という語り手がゼロ標識のまま使われる文構成によって実現する。主語・述語という形式の文ではなく、トピック・コメントという関係で結ばれる文学的な表現方法は、ケータイ小説に限られたものではないのだが、それは日本語表現の根底にある本髄に繋がっている。

ケータイ小説のスタイルは、ケータイ電話というツールによって作り上げられた面ももちろんあるのだが、ケータイ小説語をサポートし、むしろ奨励するような日本語の本質がそうさせている面も否定できない。筆者は、このようにケータイ小説語現象を、日本語の姿全体の枠組みから理解することも大切だと思っている。そしてケータイ小説語という現象を分析するためには、本書で見たように談話分析、会話分析、場交渉論などのアプローチが不可欠であると感じている。

8.4.2　語る<私>を語る日本語

筆者は『情意の言語学』(メイナード 2000)で、パトスのレトリックで実現するのは感じる主体であると説いた。この感じる主体を理解することで、ケータイ小説の私語りの意味をより深く理解することができるのではないかと思う。

パトス的な言語では、具体的に表層に現れないものの、提示された情報よりも話し手指標にこだわって、情報を提示する言語行為の主体を理解することを求める。例えば、「彼が好き」というケータイ小説の定番表現を考えてみよう。まず主語が表層化していない上に、形容動詞で終わっていてモダリティ表現がない。そして好きという感情の対象は「彼が」という焦点化した表現で提示される。そうであっても、この表現が使われるコンテキストや言語指標(主体の視点や態度を伝える言語のマーカー)から主体が誰であるかを割り出すことができる。他にも「やる」「もらう」などの人間関係を反映する表現や「てくる」「ていく」など方向性を含意する表現は、自分と相手との関係や自分の立ち位置を間接的に知らせる。そして極め付きは尊敬語や謙譲語という上・下関係や人間関係の親密度などを指標する表現である。

裏返して言えば、日本語は言語行為の主体のあり方を、余儀なく指標せざるをえない言語として存在するのである。それは、言語を使う主体が直接意味を伝えないとしても、言語行為それ自体が間接的に主体の表現意図を伝えることになる、ということである。ケータイ小説に当てはめて言えば、日本語表現とは、小説を語る＜私＞を間接的に、しかし常に、語るものなのである。

ケータイ小説を創作する作家は、ふたつの意味で語る＜私＞を語る。ひとつは、語り手としての＜私＞を表現することこそが、言語行為の主体である作者としての＜私＞を語る、という意味である。もうひとつは上記のような、日本語の言語指標表現を使うことが、間接的に私語りをする＜私＞の表情を伝える、という意味である。

ケータイ小説を書く作者は言語の行為者であり、語り手とは別の＜私＞である。表現の主としての私は、語る＜私＞を語るという言語操作を引き受けるのである。それは本書で観察した多くの言語形式やレトリックによって実現する。会話的な心内会話の語りによる語り手の態度の表現や、付託的な独立名詞句の使用による感情表現などを通して、＜私＞は私語りをする。そこには創造的でユーモアに満ちた表現を使うことで、存在感を植えつける語り手を通した＜私＞の姿がある。

もっとも、どんな言語でも言語表現の選択が言語行為の主体の態度を伝えるわけであるが、そうであっても、日本語では主体の態度や感情が間接的に伝わる傾向が強い。日本語の言語表現はあくまで主体と相手がともに視点を集中する対象としてある。それはあたかも言語が付託の対象として投げ出され、それを投げ出した人間の存在感が、ブーメランのように再帰的にクローズ・アップされるような感じである。

言語を用いて相手に思いを伝えるとはどういうことなのかと言うと、当たり前のことではあるが、それは外界の事実を命題の情報としてそのまま伝えるのではなく、それをそう把握する主体の心を情意として伝えることなのである。主語・述語という命題に捉えられたどちらかと言うと客体的な描写についての、全体に流れる主体の語りの表情を伝えるのである。この場合の言語は、語る主体と読者が近寄った視点からある現象を一緒に見つめるための、間接的な、メタファー的な手段として働いていると言える。

ところで、日本語の主体とその表現性との関係で、特に主観性という概念が問題とされることがある。主観性という言葉の持つ意味が明確でない、ということも含めての議論であるが、パトスのレトリックと関連して興味深い指摘がある。

次は尾上（1999）の日本語の主観性についての引用である。

> 心に浮かんだ内容だけを、どういう趣旨で浮かべたかを言わずに放り出して聞き手にゆだねる。叫ぶ自己をさらけ出して、叫んだ気持ちは相手に想像してもらう。（略）日本語においては最も直接的な“主観性”はそのような仕方で表現されてしまうのであった。（1999:105）

心に浮かんだ内容だけを、どういう趣旨で浮かべたかを言わずに放り出して聞き手にゆだねるとは、まさに付託的な表現の技法である。主観性の表現には、命題的な描写では満足できない、「叫ぶ自己」の声が聞こえるのである。

本書で考察したケータイ小説には、少女たちの叫ぶ声が聞こえる。それは心に浮かんだまま、心が動くままを重視した表現で創造されるエンターテインメントとしての文芸である。それは短い表現で感情を伝え、<私>の存在をいろいろな標識で意識させ、しかもユーモアや創造性豊かな世界である。そしてその世界ではポストモダンを反映して多くの声の残響が響き合い、それだけ複雑な意味が交渉される。そしてケータイ小説という文化現象の中で叫び続ける少女たちは、自分を探し自己を理解するために、その世界に、それが一時期に終わるものであっても、住み続けるのだろう。

ケータイ小説という言語文化と、それを支えるケータイ小説語という現象がこれからどうなっていくのか、予測することはやめておこう。ただ、このような文芸はすぐに消えてなくなるということはないように思う。2013年に入ってケータイやスマートフォンなどを使った2000字という超短編小説が人気が出てきたとのことである（NHK 2013）。新しい形態の書き言葉のエンターテインメントが生まれ、若者だけでなく30代、40代の読者が空き時間に楽しむようになっている。その文体や表現法がどういうものか、ケータイ小説を含む他の文芸と比較してみるのも興味のあるところである。

筆者は、本書で観察・分析・考察した内容が、ケータイ小説語がどのようなものであるかを理解する第一歩となってくれることを願っている。そして、今回の試みが日本語表現の創造性やバリエーションに富んだ有様をいろいろな角度から研究するヒントとなってくれればと思う。また、ディスコースの中で恋愛観やいじめなどのテーマを追うことで、言語表現をする主体とその社会・文化的な環境との関係を理解する試みも含め、ますます広く深く談話分析が試みられていけばと思う。

参照文献・サイト

あ行

秋山駿 2006 『私小説という人生』新潮社

秋山駿・井出彰 2011 『ドストエフスキーと秋山駿と』世界書院

浅野智彦 2001 『自己への物語論的接近 家族療法から社会学へ』勁草書房

浅野智彦 2005 「物語アイデンティティを超えて？」『脱アイデンティティ』上野千鶴子編, 77-101, 勁草書房

朝日新聞 2008 「島田雅彦さん『読むに堪えない』ケータイ小説に挑戦」 http://www.asahi.com/komimi/TKY200901180201.html（2013年1月22日入手）

朝日新聞社編集 2012 『いじめられている君へ　いじめている君へ　いじめを見ている君へ』朝日新聞出版

ASCII Media News Release 2012 「第五回ｉらんど大賞受賞作品決定」 http://asciimw.jp/info/release/pdf/20120125.pdf（2012年4月25日入手）

東浩紀 2007a 『ゲーム的リアリズムの誕生 動物化するポストモダン２』講談社

東浩紀 2007b 『文学環境論集 東浩紀コレクションＬ journals』講談社

東浩紀 2007c 『批評の精神分析 東浩紀コレクションＤ dialogues』講談社

anurito 2010 『ケータイ小説なんていらない』ブイツーソリューション

尼ケ崎彬 1988 『日本のレトリック 演技する言葉』筑摩書房

石黒圭 2007 『よくわかる文章表現の技術Ｖ 文体編』明治書院

石原千秋 2008 『ケータイ小説は文学か』筑摩書房

稲葉振一郎 2006 『モダンのクールダウン』NTT出版

井上宏 1997 「笑いの社会学 西と東の笑い」『日本語学』16, 1月号, 41-47

井上史雄・荻野綱男・秋月高太郎 2007 『デジタル社会の日本語作法』岩波書店

岩崎勝一・大野剛 1999 「『文』再考 会話における『文』の特徴と日本語教育への提案」『言語学と日本語教育 実用的言語理論の構築を目指して』アラム佐々木幸子編, 129-144, くろしお出版

内田利広・梅藤裕子 2011 「PAC分析からみた青年期女性の恋愛観」『京都教育大学紀

要』No.118, 125-138
宇野常寛 2008 『ゼロ年代の想像力』早川書房
宇野常寛 2011 『リトル・ピープルの時代』幻冬舎
梅田望夫 2006 『ウェブ進化論 本当の大変化はこれから始まる』筑摩書房
NHK 2013 「NHK ニュース７」2013年２月３日7:00-7:30放送
太田省一 2002 『社会は笑う ボケとツッコミの人間関係』青弓社
大塚英志・市川真人 2006 インタビュー「セカンドチャンスとしての近代をいかに生きるか 「社民的文学」という可能性」『週刊毎日別冊 小説トリッパー』春季号, 6-31
岡本真一郎 2000 『ことばの社会心理学』ナカニシヤ出版
荻上チキ 2012 「ストップいじめ！ナビ！」
http://stopijime.jp（2012年11月22日入手）
尾上圭介 1999 「文の構造と“主観的”意味」『言語』28, １月号, 95-105

か行

北田暁大 2005 『嗤う日本の「ナショナリズム」』日本放送出版協会
金ヨニ 2008 「メディア人類学からの視点 韓国からの研究者が語る『ケータイ小説』」『國文學 解釈と教材の研究』53, ５月号, 46-53
金水敏 2003 『ヴァーチャル日本語 役割語の謎』岩波書店
金水敏編 2011 『役割語研究の展開』くろしお出版
黒川裕二編 2008 『別冊ジュノン超入門！ ケータイ小説の書き方』主婦と生活社
限界小説研究会編 2009 「セカイ系と例外状態」『社会は存在しない セカイ系文化論』5-18, 南雲堂
小林伸也 2012 「広がる『スマホ小説』」
http://www.itmedia.co.jp/news/articles/1110/27/news062_2html（2012年５月６日入手）
小林秀雄 1962『Xへの手紙・私小説論』新潮社
小谷野敦 2009 『私小説のすすめ』平凡社

さ行

斉藤環 2008 『文学の断層 セカイ・震災・キャラクター』朝日新聞出版
斉藤環 2009 「ヤンキー文化と『キャラクター』」『ヤンキー文化論序説』五十嵐太郎編,

247-264, 河出書房新社
斉藤環 2012 『世界が土曜の夜の夢なら ヤンキーと精神分析』角川書店
酒井順子 2009 「女子のヤンキー魂」『ヤンキー文化論序説』五十嵐太郎編, 52-63, 河出書房新社
佐々木俊尚 2008 『ケータイ小説家 憧れの作家10人が初めて語る "自分"』小学館
佐竹秀雄 1995 「若者ことばとレトリック」『日本語学』14, 11月号, 53-60
佐竹秀雄 1997 「若者ことばと文法」『日本語学』16, 4月号, 55-64
佐藤ちひろ 2009 「表現のパイオニア ライトノベルが切り開く地平」『ライトノベル研究序説』一柳廣孝・久米依子編著, 57-72, 青弓社
佐野正弘 2011 「ブームから数年、『ケータイ小説』は今どうなっている？」 http://trendy.nikkeibp.co.jp/article/column/20110426/1035339/（2012年４月１日入手）
杉浦由美子 2008 『ケータイ小説のリアル』中央公論社
鈴木謙介 2007 『ウェブ社会の思想 ＜偏在する私＞をどう生きるか』日本放送出版協会
瀬戸賢一 1997 『認識のレトリック』海鳴社

た行
高橋源一郎 2008 「ケータイの『形式』が再現した『おしゃべり』」『週刊朝日』11月14日号, 120
高橋源一郎 2011 『さよなら、ニッポン ニッポンの小説 2』文芸春秋
武田徹 2008 「ケータイ時代のコミュニケーション」」『國文學 解釈と教材の研究』53, ５月号, 58-65
田中章夫 1999 『日本語の位相と位相差』明治書院
田中久美子 2008 「ケータイ小説の表現は貧しいか」『國文學 解釈と教材の研究』53, ５月号, 38-45
田中ゆかり 2011 『「方言コスプレ」の時代』岩波書店
中条省平 2006 『小説家になる！ 芥川賞・直木賞だって狙える12講』筑摩書房
辻大介 1999 「若者語と対人関係 大学生調査の結果から」『東京大学社会情報研究所紀要』57, 17-42
坪本篤朗 1993 「関係節と擬似修飾―状況と知覚―」『日本語学』12, ２月号, 76-87
土井隆義 2008 『友だち地獄 「空気を読む」世代のサバイバル』筑摩書房

富岡幸一郎 2011 「私小説、その『虚』と『実』の織物」『国文学 解釈と鑑賞』76, 6月号, 6-13

富田英典 2006 「ケータイとインティメイト・ストレンジャー」『ケータイのある風景 テクノロジーの日常化を考える』松田美佐・伊藤瑞子・岡部大介編, 140-163, 北大路書房

な行

内藤朝雄 2001 『いじめの社会理論 その生態学的秩序の生成と解体』柏書房

内藤朝雄 2009 『いじめの構造 なぜ人が怪物になるのか』講談社

内藤朝雄・荻上チキ 2010 『いじめの直し方』朝日新聞出版

内藤みか 2006 『何かを書きたいあなたへ ケータイ小説の女王が教える文章術！』ビジネス社

内藤みか 2008 『ケータイ小説書こう』中経出版

永江朗 2009 「ヤンキー的なるもの その起源とメンタリティ」『ヤンキー文化論序説』五十嵐太郎編, 32-51, 河出書房新社

中西新太郎 2008 「読者を後押しする＜誰でもない誰か＞の物語」『國文學 解釈と教材の研究』53, 5月号, 6-13

長峯明子 2011 「ケータイ小説らしさとは何か 形式面からの考察」『千葉大学日本文化論叢』12, 54-25

中村明 1991 『文章をみがく』日本放送出版協会

中村航・鈴木謙介・草野亜紀夫 2008 「鼎談 ケータイ小説は『作家』を殺すか」『文學界』62, 1月号, 190-208

中村光夫 2011 『風俗小説論』講談社

七沢潔 2008 「“愛情砂漠”の幻か、オアシスか ケータイ小説流行の背景を考える」『國文學 解釈と教材の研究』53, 5月号, 14-21

難波功士 2009 『ヤンキー進化論 不良文化はなぜ強い』光文社

日本テレビ 2012 「徹底調査！ なぜ増える？ 自分を名前で呼ぶ女子」2012年5月30日放送
http://www.ntv.co.jp/zip/onair/hatgenavi/404162.html（2012年10月20日入手）

「野いちご」サイト ジャンル別小説一覧 2013
http://no-ichigo.jp/genre/list（2013年8月2日入手）

「野いちご」サイト『白いジャージ』2012

http://no-ichigo.jp/read/-age/book_id/1628/page/1（2012年４月５日入手）
「野いちご」プロフィールサイト2012
http://no-ichigo/profile/show/member_id/234821（2012年10月15日入手）

は行

長谷川壌 2009 「セカイ系ライトノベルにおける恋愛構造論」『社会は存在しない セカイ系文化論』限界小説研究会編集, 南雲堂
濱野智史 2008 『アーキテクチャの生態系 情報環境はいかに設計されてきたか』NTT出版
速水健朗 2008 『ケータイ小説的。“再ヤンキー化”時代の少女たち』原書房
原田曜平 2010 『近頃の若者はなぜダメなのか 携帯社会と「新村社会」』光文社
平野啓一郎 2009 『小説の読み方 感想が語れる着眼点』PHP 研究所
福嶋亮大 2010 『神話が考える ネットワーク社会の文化論』青土社
古市憲寿 2011 『絶望の国の幸福な若者たち』講談社
本田透 2008 『なぜケータイ小説は売れるのか』ソフトバンククリエイティブ

ま行

前島賢 2010 『セカイ系とは何か ポスト・エヴァのオタク史』ソフトバンククリエイティブ
前田彰一 2004 『物語のナラトロジー 言語と文体の分析』彩流社
牧野成一 1980 『くりかえしの文法 日・英語比較対象』大修館書店
松田美佐 2008 「ケータイ／ウェブの表現スタイル」『言語』37, １月号, 40-45
「魔法のｉらんど」サイト 2012
http://ip/tosp.co.jp（2012年４月20日入手）
「魔法のｉらんど」サイト 2013
http://ip.tosp.co.jp（2013年８月２日入手）
三浦展 2004 『ファスト風土化する日本 郊外化とその病理』洋水社
美嘉 2013 「Sorapist」
http://ip.tosp.co/jp/i.asp?I = hidamari_book（2013年８月２日入手）
三谷邦明 1996 「『羅生門』の言説分析」『近代小説の＜語り＞と＜言説＞』三谷邦明編, 197-237, 有精堂出版
南不二男 1993 『現代日本語文法の輪郭』大修館書店

三宅和子 2008 「ケータイ方言 ハイブリッドな対人関係調整装置」『國文學　解釈と教材の研究』53, 5月号, 92-103
宮台真司 1995 『終わりなき日常を生きろ オウム完全克服マニュアル』筑摩書房
宮台真司 2009 「ヤンキーから日本を考える」『ヤンキー文化論序説』五十嵐太郎編, 14-31, 河出書房新社
メイナード、泉子・K. 1993 『会話分析』くろしお出版
メイナード、泉子・K. 1997 『談話分析の可能性 理論・方法・日本語の表現性』くろしお出版
メイナード、泉子・K. 2000 『情意の言語学 「場交渉論」と日本語表現のパトス』くろしお出版
メイナード、泉子・K. 2001 『恋するふたりの「感情ことば」ドラマ表現の分析と日本語論』くろしお出版
メイナード、泉子・K. 2004 『談話言語学 日本語のディスコースを創造する構成・レトリック・ストラテジーの研究』くろしお出版
メイナード、泉子・K. 2005 『日本語教育の現場で使える 談話表現ハンドブック』くろしお出版
メイナード、泉子・K. 2008 『マルチジャンル談話論 間ジャンル性と意味の創造』くろしお出版
メイナード、泉子・K. 2012 『ライトノベル表現論 会話・創造・遊びのディスコースの考察』明治書院
文部科学省初等中等教育局児童生徒課 2012 「児童生徒の問題行動等生徒指導上の諸問題に関する調査」
http://www.mext.go.jp/b-menu/houdou/24/09/1325751.htm（2012年10月19日入手）

や行

安本美典 1993 「軽いノリの文章」『文章作法便覧』國文學編集部編, 74-187, 學燈社
山下聖美 2008 「ケータイ小説 クリエイターの卵たちはどう読むか」『國文學 解釈と教材の研究』53, 5月号, 30-37
山田孝雄 1936 『日本文法学概論』寶文館
山中伊知郎 2008 『「お笑いタレント化」社会』祥伝社
山室和也 1999 「宙に浮く名詞止めの表現」『日本語学』18, 12月号, 41-44
山脇由貴子 2006 『教室の悪魔 見えない「いじめ」を解決するために』ポプラ社

吉田悟美一 2008 『ケータイ小説がウケる理由』毎日コミュニケーションズ

米川明彦 2002 「現代日本語の位相」『現代日本語講座』第4巻『語彙』飛田良文・佐藤武義編, 46-69, 明治書院

米光一成 2008 「ケータイ小説の新しさと古くささ」『國文學 解釈と教材の研究』53, 4月号, 22-29

ら行

Livedoor ニュース 2012
http://news.livedoor.com/article/detail/6396929（2012年4月4日入手）

B

Bakhtin, M. M. 1981. *The Dialogic Imagination: Four Essays*. Ed. by M. Holquist, trans. by C. Emerson and M. Holquist. Austin, TX: The University of Texas Press.

Bakhtin, M. M. 1984. *Problems of Dostoevsky's Poetics*. Ed. and trans. by C. Emerson, introduction by W. C. Booth. Minneapolis, MN: University of Minnesota Press.

Bakhtin, M. M. 1986. *Speech Genres and Other Late Essays*. Ed. by C. Emerson and M. Holquist, trans. by V. W. McGee. Austin, TX: The University of Texas Press.

Bazerman, Charles. 2002. Genre and identity: Citizenship in the age of the internet and the age of global capitalism. *The Rhetoric and Ideology of Genre*. Ed. by R. Coe, L. Lingard and T. Teslenko. 13-37. Cresskill, NJ: Hampton Press, Inc.

C

Collier-Sanuki, Yoko. 1993. Word Order and Discourse Grammar: A Contrastive Analysis of Japanese and English Relative Clauses in Written Narratives. Unpublished Ph.D. dissertation, UCLA.

Collier-Sanuki, Yoko. 1997. How to be polite using Japanese relative clauses: "Framing" function of Japanese relative clauses. 『名古屋学院大学日本語学・日本語教育論集』名古屋学院大学留学生別科（日本研究プログラム）「論集」編集委員編 4, 1-20.

E

Emmott, Catherine. 1997. *Narrative Comprehension: A Discourse Perspective*. Oxford: Clarendon Press（Oxford University Press).

Emmott, Catherine. 2002. "Split selves" in fiction and in medical "life stories": Cognitive linguistic theory and narrative practice. *Cognitive Stylistics: Language and Cognition in Text Analysis*. Ed. by E. Semino and J. Culpeper 53-181. Amsterdam: John Benjamins.

G

Genette, Gérard. 1980. *Narrative Discourse: An Essay in Method*. Trans. by J. E. Lewin. Ithaca, NY: Cornell University Press.

H

Halliday, M.A.K. and Ruqaiya Hasan. 1976. *Cohesion in English*. London: Longman.

J

Jameson, Fredric. 1984. *Postmodernism, or, The Cultural Logic of Late Capitalism*. Durham, NC: Duke University Press.

L

Lakoff, George. 1996. Sorry, I' m not myself today: The metaphor system for conceptualizing the self. *Spaces, Worlds, and Grammar*, ed. by G. Fauconnier and E. Sweetser, 91-123. Chicago: University of Chicago Press.

Lukács, Georg. 1971. *The Theory of the Novel: A Historicophilosophical Essay on the Forms of Great Epic Literature*. Trans. by A. Bostock. Cambridge, MA: The M. I. T. Press.

Lyotard, Jean-François. 1984. *The Postmodern Condition: A Report on Knowledge*. Minneapolis, MN: University of Minnesota Press.

M

Maynard, Senko K. 2007. *Linguistic Creativity in Japanese Discourse: Exploring the Multiplicity of Self, Perspective, and Voice*. Amsterdam: John Benjamins,

O

Ong, Walter J. 1982a. *Interfaces of the Word: Studies in the Evolution of Consciousness and*

Culture. Ithaca, NY: Cornell University Press.

Ong, Walter J. 1982b. *Orality and Literacy: The Technology of the Word*. London and New York, NY: Methuen.

R

Ryder, Mary Ellen. 2003. I met myself coming and going: Co(?)-referential noun phrases and point of view in time travel stories. *Language and Literature*, 12, 3, 213-232.

S

Shirky, Clay. 2011. Means. *The Digital Divide: Arguments For and Against Facebook, Google, Texting, and the Age of Social Networking*. Ed. by Mark Bauerlein. 218-314. New York: Tarcher/Penguin.

Simon, Herbert A. 1984. *Models of Bounded Rationality: Economic Analysis and Public Policy*. Vol. 1. Cambridge, MA: The MIT Press.

Soffer, Oren. 2010. Silent orality: Toward a conceptualization of the digital oral features in CMC and SMS texts. *Communication Theory*, 20, 4, 384-404.

Stanzel, Franz. 1971. *Narrative Situations in the Novel: Tom Jones, Moby-Dick, The Ambassadors, Ulysses*. Trans. by J. P. Pusack. Bloomington, IN: Indiana University Press.

使用データ

分析対象となるケータイ小説

秋桜 2008 『Bitter』スターツ出版
Ayaka. 2008 『空色想い』スターツ出版
香乃子 2012 『いつわり彼氏は最強ヤンキー』上　スターツ出版
からさわなお 2010 『ポケットの中』スターツ出版
kiki 2009 『あたし彼女』スターツ出版
Saori 2006 『呪い遊び』双葉社
櫻井千姫 2011 『天国までの49日間』スターツ出版
沙絢 2010 『君を、何度でも愛そう。』上・下　スターツ出版
星瑠 2011 『やっぱり俺のお気に入り』スターツ出版
高橋あこ 2011 『太陽が見てるから ～補欠の一球にかける夏～』上　スターツ出版
Chaco 2005 『天使がくれたもの』スターツ出版
Chaco 2006 『君がくれたもの』スターツ出版
十和 2007 『クリアネス 限りなく透明な恋の物語』スターツ出版
夏木エル 2009 『告白 – synchronized love – 』Stage 1　スターツ出版
ナナセ 2007 『片翼の瞳』上　メディアワークス
ナナセ 2008 『賭けた恋』上　アスキー・メディアワークス
陽未 2011 『ラブ★パワー全開』スターツ出版
藤原亜姫 2008 『イン ザ クローゼット blog 中毒』上・下　河出書房新社
本城沙衣 2009 『視線』上・下　ゴマブックス
繭 2010 『風にキス、君にキス。』スターツ出版
美嘉 2006 『恋空 ～切ナイ恋物語～』上・下　スターツ出版
美嘉 2007 『君空』スターツ出版
岬 2011 『お女ヤン!! イケメン☆ヤンキー☆パラダイス』アスキー・メディアワークス
岬 2011 『お女ヤン!! イケメン☆ヤンキー☆パラダイス 2』アスキー・メディアワークス

水野ユーリ 2012 『あの夏を生きた君へ』スターツ出版
メイ 2007 『赤い糸』上・下　ゴマブックス
やっぴ 2011 『*。°*hands*°　。* 〜命をかけて、愛してた〜』スターツ出版
ユウ 2009 『ワイルドビーストⅠ　—出会い編— 』アスキー・メディアワークス
ユウ 2009 『ワイルドビーストⅡ　—黒ソファ編— 』アスキー・メディアワークス
ユウチャン 2011 『粉雪』スターツ出版
ゆき 2007 『この涙が枯れるまで』スターツ出版
りん 2011 『Love Letter』上　ソフトバンククリエイティブ
流奈 2007 『星空』スターツ出版
れい 2007 『大好きやったんやで』上　河出書房新社
reY 2008 『白いジャージ 〜先生と私〜』スターツ出版

ケータイ小説特別作品

木堂椎 2008 『りはめより100倍恐ろしい』角川書店

その他の作品

あさぎり夕 1992 『ひまわり日記』講談社
いくえみ綾 1989 『彼の手も声も 1』集英社
江國香織 1999 『冷静と情熱のあいだ Rosso』角川書店
折原みと 2000 『Dokkin★パラダイス FILE 3』講談社
倉橋燿子 1995 『天使のブレスレット』講談社
辻仁成 1999 『冷静と情熱のあいだ Blu』角川書店
紡木たく 1986 『ホットロード 1』集英社
紡木たく 1988 『瞬きもせず』集英社
美嘉 2008-2009 『こんぺいとう』上・下　スターツ出版
美嘉 2009 『いちご水』アスキー・メディアワークス
美嘉 2011 『GIRLY 痛く、切なく、優しい愛』上・下　スターツ出版
美嘉・カタノトモコ 2010-2011 『キミのとなりで。』シリーズ　アスキー・メディアワークス
村上春樹 2009 『1Q84』Book 1　新潮社
Yoshi 2002 『Deep Love アユの物語』スターツ出版

人名索引

あ行

か行

さ行

た行

な行

は行

ま行

や行

事項索引

か

き

く

け

【著者紹介】
泉子・K・メイナード（Senko K. Maynard）
山梨県出身。AFS（アメリカン・フィールド・サービス）で米国に留学。甲府第一高等学校およびアイオワ州コーニング・ハイスクール卒業。東京外国語大学卒業後、再度渡米。1978年イリノイ大学シカゴ校より言語学修士号を、1980年ノースウェスタン大学より言語学博士号を取得。その後、ハワイ大学、コネティカット・カレッジ、ハーバード大学、プリンストン大学で教鞭をとる。現在、ニュージャージー州立ラトガース大学教授（Distinguished Professor of Japanese Language and Linguistics）。

主要著書・『談話分析の可能性 理論・方法・日本語の表現性』くろしお出版 1997
・*Principles of Japanese Discourse: A Handbook.*（Cambridge: Cambridge University Press, 1998）
・『情意の言語学 「場交渉論」と日本語表現のパトス』くろしお出版 2000
・*Linguistic Emotivity: Centrality of Place, the Topic-Comment Dynamic, and an Ideology of Pathos in Japanese Discourse.*（Amsterdam: Benjamins, 2002）
・『談話言語学 日本語のディスコースを創造する構成・レトリック・ストラテジーの研究』くろしお出版 2004
・*Linguistic Creativity in Japanese Discourse: Exploring the Multiplicity of Self, Perspective, and Voice.*（Amsterdam: Benjamins, 2007）
・『マルチジャンル談話論 間ジャンル性と意味の創造』くろしお出版 2008
・『ライトノベル表現論 会話・創造・遊びのディスコースの考察』明治書院 2012

ケータイ小説語考　私語りの会話体文章を探る

平成26年4月10日　初版発行

著　者　泉子・K・メイナード

発行者　株式会社明治書院　　代表者　三樹　敏
印刷者　精文堂印刷株式会社　代表者　西村文孝
製本者　精文堂印刷株式会社　代表者　西村文孝

発行所　株式会社明治書院
〒169-0072　東京都新宿区大久保1-1-7
電話 03-5292-0117　　FAX 03-5292-6182
振替 00130-7-4991

Printed in JAPAN　ISBN 978-4-625-43451-8

カバーイラスト　押金美和　　装丁　ごぼうデザイン事務所